KB210127

우리는

거짓말쟁이

우리는 거짓말쟁이

E. 록하트 지음 · 하윤숙 옮김

BARAMBOOKS

다니엘에게

싱클레어 가계도

해리스 싱클레어 - 티퍼 태프트
클레어몬트 & 보스턴

캐리 - 윌리엄 데니스
레드게이트 & 뉴욕

베스 - 브로디 셰필드
커들다운 & 케임브리지

페니 - 샘 이스트먼
윈드미어 & 벌링턴

조니　　　　　　윌

미렌　리버티 & 보니　태프트

케이든스

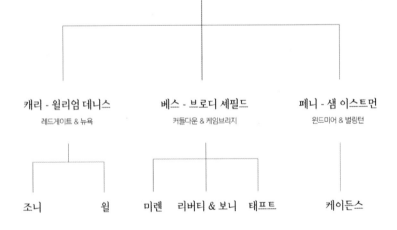

차례

1. 환영 인사

1

여기 아름다운 싱클레어 집안을 소개합니다.

아무도 범죄자가 아니고,

아무도 중독자가 아니고,

아무도 실패자가 아닌.

싱클레어 사람들은 키가 크고, 탄탄하고, 아름답다. 우리
는 대대로 자산이 많은 집안이고 민주당 지지자다. 우리는 크
게 웃고, 각진 턱을 갖고 있고, 공격적으로 테니스 서브를 친다.

이혼이 우리의 심장 근육을 산산조각 내 힘겹게, 겨우 뛰게
만 만들어도 상관없다. 신탁 자금이 바닥나도, 식탁의 신용카
드 청구서 결제일이 지나도, 침대 옆 탁상에 약병이 쌓여도 상
관없다.

우리 중 누군가 아주 지독한 사랑에 빠져도 상관없다.

지독한

사랑에 빠져

그만큼 지독한 대책이

필요하다고 해도.

우리는 싱클레어다.

애정결핍이란 없다.

틀린 것도 있을 수 없다.

우리는, 적어도 여름에는, 매사추세츠 해안가의 집안 소유 섬에서 지낸다.

당신이 알아야 할 것은 이게 전부다.

아마도.

2

내 이름은 케이든스 싱클레어 이스트먼.

나는 버몬트주 벌링턴에서 엄마와 개 세 마리와 함께 산다.

나는 이제 곧 열여덟 살이다.

비싸고 쓸데없는 물건들로 가득한 저택에서 살고 있긴 하지만, 자주 사용하는 도서관 카드 말고는 별로 가진 게 없다.

나는 금발이었지만, 지금은 까만 머리다.

나는 튼튼했지만, 지금은 허약하다.

나는 예뻤지만, 지금은 아파 보인다.

나는 그 사고 이후 편두통을 참아내고 있다.

나는 멍청이들을 못 참아낸다.

나는 의미를 비트는 것을 좋아한다. 이를테면, 편두통을 **참아낸다.** 멍청이들을 못 **참아낸다.** 같은 단어지만 이전 문장에서와 그 뜻이 완전히 같지는 않다.

참아낸다.

견딘다는 뜻이라고 할 수도 있겠지만, 꼭 그렇지는 않다.

내 이야기는 그 사고가 일어나기 전에 시작된다. 내가 열다섯 살이던 6월 여름, 아빠가 우리보다 더 사랑하는 여자와 살기 위해 우리를 떠났다.

아빠는 그럭저럭 성공한 전쟁사 교수였다. 생각해보면 나는 아빠를 좋아했다. 아빠는 마른 체격이었고, 트위드 재킷을 자주 입었고, 밀크티를 자주 마셨다. 보드게임을 좋아했고 내게 늘 져주었다. 보트를 좋아하는 아빠는 내게 카약 타는 법을 알려줬다. 자전거와 책과 미술관을 좋아했다.

아빠는 개를 좋아하지 않았다. 그런데도 우리 집 골든 리트리버들이 소파에서 자게 놔두고 매일 아침 5킬로씩 산책시킨 걸 보면 엄마를 얼마나 사랑했는지 알 수 있다. 아빠는 할머니 할아버지도 좋아하지 않았다. 그런데도 매년 여름 비치우드섬에 가서 오래전 일어난 전쟁에 대한 논문을 쓰고, 매 끼니마다 윈드미어 저택의 식탁에서 친척들을 위해 미소를 띠고 자리를 지킨 것을 보면 엄마와 나를 얼마나 사랑했는지 알 수 있다.

그해 6월, 열다섯 번째 여름, 아빠는 우리를 떠날 거라고 공표하고는 이틀 뒤 떠났다. 아빠는 엄마에게 자신은 싱클레어가 아니라고, 더 이상 노력할 수 없다고 말했다. 아빠는 웃을 수 없었고, 거짓말할 수 없었고, 이 아름다운 저택의 아름다운 가족의 일원이 될 수 없었다.

할 수 없다. 할 수 없다. 하지 않는다.

아빠는 이사짐 트럭을 미리 불러놓았고, 집도 구해두었다. 아빠는 벤츠 뒷좌석에 마지막 가방까지 다 실은 뒤(엄마에게는 사브만 남겨두고) 시동을 걸었다.

그러고선 권총을 꺼내 내 가슴을 쐈다. 잔디 위에 서 있던 나는 쓰러졌다. 총알이 관통한 구멍이 벌어지고, 내 심장은 갈비뼈 사이에서 굴러나와 꽃밭으로 떨어졌다. 상처로부터 피가 리듬을 타며 흘러넘친다.

그리고 내 눈에서,

귀에서,

입에서.

소금과 실패의 맛이 났다. 사랑받지 못했다는 수치심이 선명한 빨간색으로 마당의 잔디를, 잔디 위의 벽돌길을, 현관으로 이어지는 계단을 적셨다. 내 심장은 마치 송어처럼, 작약꽃 사이에서 파닥거렸다.

엄마가 소리 질렀다. 나보고 정신을 차려야 한다고 했다.

정상적으로 행동해, 지금 당장. 엄마가 말했다.

넌 아무렇지 않으니까. 아무렇지 않잖아.

소란 피우지 마. 심호흡하고 똑바로 앉아.

나는 엄마가 말하는 대로 했다.

엄마는 내게 남은 전부였으니까.

엄마와 나는 우리 두 사람의 각진 턱을 높이 들었고, 아빠는 차를 타고 언덕을 내려갔다. 우리는 안으로 들어가서 아빠가 준 선물들을 내다버렸다. 보석, 옷, 책, 그 뭐든. 이후 며칠 새에 아빠와 함께 샀던 소파와 안락의자도 처분했다. 결혼 기념 도자기 그릇과 은 식기, 사진들도.

우리는 새 가구를 샀다. 인테리어 전문가도 고용했다. 티파니에서 은 식기를 주문하고, 미술 갤러리를 돌아다니며 빈 벽을 채울 그림들을 주문했다.

우리는 할아버지의 변호사들을 통해 엄마의 자산을 보호하도록 요청했다.

그러고서 우리는 짐을 챙겨 비치우드 섬으로 떠났다.

3

페니, 캐리, 그리고 베스는 티퍼 싱클레어, 해리스 싱클레어의 딸이다. 해리스 할아버지는 하버드를 졸업하고 스물한 살에 집안의 돈을 물려받아 내가 굳이 알고 싶지 않은 어떤 사업을 크게 일으켜 부자가 되었다. 할아버지는 여러 채의 저택과 땅을 상속받았고 주식 시장에서 현명한 투자를 많이 했다. 할아버지는 할머니 티퍼와 결혼한 뒤 할머니가 주로 부엌과 정원에 머물게 했다. 할아버지는 종종 진주를 두른 할머니를 전시하듯 요트에 태우곤 했는데, 할머니는 그게 싫지 않은 듯했다.

할아버지의 유일한 실패는 아들이 없다는 것이었지만, 상관

없었다. 싱클레어 딸들에겐 햇볕과 축복이 가득했으니까. 늘씬하고, 밝고, 부유한 소녀들은 마치 동화에 나오는 공주님 같았다. 싱클레어 딸들의 캐시미어 가디건과 화려한 파티는 보스턴에서부터 하버드 캠퍼스, 마서즈 비니어드*에서까지 유명했다. 세 자매는 전설에 어울리게 태어난 것 같았다. 왕자와 아이비리그 학교와 상아로 만든 동상, 그리고 화려한 저택에 어울리게끔.

할아버지와 티퍼 할머니는 누가 제일 예쁜지 꼬집어 말할 수 없게 세 딸을 사랑했다. 캐리가, 페니가, 아니 베스가, 그러다가 다시 캐리가 제일 좋아지는 식이었다. 연어 요리와 하프 연주자가 등장하는 화려한 결혼식이 열렸고, 곧 밝은 금발의 손자들과 금빛 털의 강아지들이 생겼다. 그 시절, 누구보다 아름답고 미국적인 딸들을 둔 티퍼 할머니와 해리스 할아버지보다 더 자식을 자랑스러워하는 사람은 있을 수 없었다.

할머니 할아버지는 바위가 많은 집안 소유의 섬에 세 개의 저택을 짓고 이름까지 붙였다. 윈드미어는 페니에게, 레드게이트는 캐리에게, 커들다운은 베스에게 돌아갔다.

나는 싱클레어 3세 중 첫째이다. 섬, 재산, 그리고 기대를 모두 물려받을 상속녀.

음, 아마도.

---

* 미국 매사추세츠주 남쪽 해안에 위치한 섬으로, 휴양지로 잘 알려져 있다.

4

나, 조니, 미렌, 그리고 갯. 갯, 미렌, 조니, 그리고 나.

가족들은 우리 넷을 '거짓말쟁이들'이라고 부른다. 썩 틀린 말은 아니다. 우리는 거의 동갑이고 모두 가을에 태어났다. 섬에서 지내는 동안, 우리는 대체로 골칫거리였다.

갯은 우리가 여덟 살일 때부터 비치우드에 오기 시작했다. 우리는 '여덟 번째 여름'이라고 부른다.

그 이전에 미렌, 조니와 나는 거짓말쟁이가 아니었다. 우리는 그냥 사촌지간이었고, 조니가 여자애들과 놀기 싫어 하는 게 조금 짜증날 뿐이었다.

조니는 곧 생기이고, 노력이며, 빈정거림이다. 어렸을 때 조니는 바비 인형을 가져다가 목을 매달아놓거나 레고 총으로 우리를 쏘곤 했다.

미렌, 미렌은 설탕이자, 호기심이고, 비다. 당시 미렌은, 내가 클레어몬트 베란다에 걸린 해먹에 누워 책을 읽거나 그림을 그리는 동안 태프트와 쌍둥이들을 데리고 널찍한 해변에서 오후 내 첨벙거리고 놀기 좋아했다.

그러다 갯이 우리와 함께 여름을 보내러 왔다.

캐리 이모의 남편은 이모가 조니의 동생 월을 임신했을 때 가족을 떠났다. 우리는 절대 그 일에 대해서 아무 말도 하지 않기 때문에 무슨 일이 있었는지 모른다. 여덟 번째 여름이 되었을 때 월은 아기였고, 캐리 이모는 이미 에드를 만나고 있었다.

에드는 미술품 딜러였고 아이들을 좋아했다. 캐리 이모가 조니, 윌과 함께 에드를 처음 비치우드로 데려오겠다고 발표했을 때 우리가 들은 건 이게 전부였다.

그해 여름 캐리 이모 가족은 섬에 제일 늦게 도착했고, 우리는 거의 모두 부두에 모여 배가 정박하기를 기다리고 있었다. 조니는 오렌지색 구명 조끼를 입고 뱃머리 쪽을 향해 소리지르고 있었다. 할아버지는 조니에게 손을 흔들 수 있도록 나를 들어올려주었다.

우리 옆에 서 있던 티퍼 할머니는 잠시 배를 등지고 서서 주머니에 손을 넣어 하얀 박하사탕을 꺼냈다. 비닐을 벗긴 다음 내 입에 밀어넣었다.

다시 고개를 돌려 배를 바라보던 할머니의 표정이 바뀌었다. 나는 할머니가 무얼 보고 있는지 확인하기 위해 눈을 가늘게 떠보았다.

캐리 이모가 옆구리에 윌을 안고 배에서 내렸다. 윌은 노란색 아기용 구명조끼를 입고 있었는데, 사실상 구명조끼 위로 삐져나온 금발 머리카락밖에는 보이질 않았다. 윌을 보자 모두가 환호했다. 그 구명조끼는 우리 모두가 아기였을 때 입던 것이었다. 금발의 머리카락. 아직 만난 적도 없는 이 작은 아기가 싱클레어임이 분명하다는 것이 놀라웠다.

조니가 배에서 뛰어내리더니 구명조끼를 부두 바닥에 벗어던지고 달려와 미렌을, 그리고 나와 쌍둥이까지 차례로 발로 한

대씩 찼다. 그런 다음 할아버지와 할머니 앞으로 걸어가선 똑바로 서서 말했다. "할아버지, 할머니, 그동안 안녕히 지내셨습니까? 즐거운 여름이 되기를 기대하겠습니다."

티퍼 할머니가 조니를 안아주었다. "엄마가 그렇게 말하라고 시켰구나, 그렇지?"

"네, 하지만 저도 다시 만나서 반갑다고 말하고 싶었어요."

"아이구, 착해라."

"이제 가도 돼요?"

할머니가 조니의 주근깨 진 볼에 입을 맞췄다. "그래, 가보렴."

배에서 짐을 꺼내는 직원들을 도우려 서 있던 에드가 조니를 따라갔다. 에드는 키가 크고 슬림했다. 피부색이 어두운 편이었는데, 인도계 혈통이어서란 걸 나중에 알았다. 까만 뿔테 안경과 말끔한 도시 옷차림. 스트라이프 셔츠와 오는 동안 조금 구겨진 린넨 정장을 입고 있었다.

할아버지가 나를 내려주었다.

할머니의 입 모양이 잠깐 일직선이 되었다가, 곧 이를 활짝 드러내며 앞으로 걸어갔다.

"당신이 에드군요. 기분 좋은 서프라이즈네요."

에드가 악수를 했다. "우리가 올 거라고 캐리가 말하지 않았나요?"

"물론 들었죠."

에드는 하얗고 하얀 우리 가족들을 둘러보았다. 그러다 캐리 이모를 향해 "갯은 어디 있지?"라고 물었다.

사람들이 부르자 갯이 보트의 갑판 위로 올라왔다. 구명조끼를 벗으며, 버클을 풀기 위해 시선을 아래로 향하고선.

"엄마, 아빠." 캐리 이모가 말했다. "조니와 같이 놀면 좋을 것 같아서 에드의 조카를 데려왔어요. 얘는 갯 파틸이에요."

할아버지가 손을 뻗어 갯의 머리를 쓰다듬었다. "안녕, 젊은 친구."

"안녕하세요."

"이 애의 아버지가 올해 돌아가셨어요. 조니와 갯은 서로 제일 친한 친구고요. 우리가 갯을 몇 주 동안 데리고 있으면 에드의 여동생에게 큰 도움이 될 거예요. 그리고 갯, 아줌마가 미리 말했지? 우리 야외에서 음식도 해먹고, 수영도 하고 잘 지내보자." 캐리 이모가 설명했다

하지만 갯은 대답이 없었다. 갯은 나를 보고 있었다.

갯은 코가 인상적이었고, 입은 달콤해 보였다. 짙은 갈색 피부에 곱슬기 있는 검은색 머리카락. 마치 눌린 스프링을 품고 있는 것처럼, 몸은 에너지로 가득 찬 것 같았다. 뭔가를 찾고 있는 것처럼 보이기도 했다. 갯은 사색이자 열정이었고, 야망과 진한 커피였다. 나는 영원히 질리지 않고 그를 쳐다볼 수 있을 것 같았다.

우리의 시선이 맞닿았다.

나는 뒤돌아서 도망쳤다.

갯이 따라왔다. 섬을 가로지르는 목재 산책로를 따라 나를 쫓아오는 발소리가 들렸다.

나는 계속 뛰었고, 갯은 계속 따라왔다.

조니가 갯을 쫓았다. 그리고 미렌은 조니를 쫓아왔다.

어른들은 부두에서 예의를 차리며 에드 곁에 모여 선 채로 계속 이야기 중이었다. 아기 윌을 내려다보며 어르는 소리를 내기도 했다. 꼬마들은 자기들끼리 노느라 바빴다.

우리 넷은 커들다운 앞의 작은 바닷가에 다 와서야 멈췄다. 거기엔 높게 솟은 바위로 양옆이 막힌 작은 모래사장이 있었다. 사람들이 거의 이용하지 않는 곳이었다. 큰 바닷가의 모래가 훨씬 부드럽고 해초도 적기 때문이었다.

미렌이 신발을 벗자 우리도 따라서 맨발로 섰다. 우리는 바다에 돌을 던졌다. 우리는 그냥 거기에 그렇게 있었다.

내가 모래밭에 우리 이름을 적었다.

케이든스, 미렌, 조니, 갯.

갯, 조니, 미렌, 케이든스.

우리의 이야기는 이렇게 시작된다.

◆ ◆ ◆

갯이 더 있게 해달라고 조니가 졸랐다.

조니가 원하는 대로 이루어졌다.

그다음 해에 조니는 갯이 여름 내내 섬에서 지낼 수 있게 해 달라고 졸랐다.

갯이 왔다.

조니는 장손이었다. 할아버지와 할머니는 조니에게 안 된다 는 말을 한 적이 거의 없었다.

5

열네 번째 여름. 나는 갯과 단둘이 작은 모터보트를 꺼내왔 다. 아침 식사 직후였다. 미렌은 베스 이모가 시킨 대로 쌍둥이 들과 태프트를 데리고 테니스를 치고 있었고, 조니는 그해 러 닝을 시작해서 섬의 둘레길을 계속해서 뛰고 있었다. 갯은 내 가 있던 클레어몬트 부엌으로 와서는 배를 타러 나가고 싶지 않냐고 했다.

"별로." 나는 침대로 돌아가 책을 읽고 싶었다.

"제발." 갯은 제발이라는 말을 한 적이 거의 없었다.

"너 혼자 할 수 있잖아."

"나 혼자는 못 빌려. 그러면 안 될 것 같단 말이야." 갯이 말 했다.

"왜 안 돼? 괜찮아."

"너네 중 누구라도 같이 있어야 된다고."

갯은 억지를 부리고 있었다. "어딜 가고 싶은데?" 내가 물었다.

"그냥 섬 밖으로 나가고 싶어. 가끔은 여기를 못 견디겠어."

그때는 갯이 견디지 못하겠다는 게 무엇인지 몰랐지만 알겠다고 대답했다. 우리는 윈드 재킷과 수영복을 입고 모터보트를 몰아 바다로 나갔다. 조금 뒤 갯이 시동을 껐다. 우리는 바닥에 앉아 피스타치오를 먹으면서 소금기가 밴 공기를 마셨다. 수면에서 햇빛이 반짝였다.

"물에 들어가자." 내가 말했다.

갯이 물속으로 뛰어들었고 나도 뒤따라 뛰어내렸다. 해변에 비해 물이 너무 차가워서 숨이 턱 막혔다. 해가 구름 뒤로 숨었다. 우리는 미친 듯이 웃음을 터뜨렸고, 물속에 들어간 건 정말 멍청한 짓이었다고 소리를 질렀다. 무슨 생각이었던 걸까? 심지어 해안에서 떨어진 곳엔 상어가 다니는 것도 잘 알고 있었는데 말이다.

상어 얘기는 하지 마, 제발! 우리는 앞다투어 상대를 밀치면서 보트 뒤쪽의 사다리를 올라가려고 했다.

얼마 후 갯이 뒤로 물러나 내가 먼저 올라가게 해주었다. "네가 여자라서 그런 게 아니라 내가 착해서 그런 거야."

"고맙기도 하지." 내가 혀를 내밀었다.

"약속해, 상어가 내 다리를 물어뜯으면 내가 얼마나 멋졌는지 연설해주는 거야."

"그래." 내가 말했다. "개트윅 매튜 파틸은 맛있는 한 끼 식사가 되었다."

이렇게까지 추울 수 있다는 게 이상하게 웃겼다. 둘 다 수건을 챙겨오지 않았다. 우리는 의자 밑에서 찾아낸 양털 담요를 같이 두르고 웅크려 앉았다. 맨 어깨가 닿았다. 차가운 발도 차곡차곡 포갰다.

"저체온증에 걸리지 않으려는 것뿐이야." 갯이 말했다. "네가 예뻐 보인다든가 뭐 그런 거라고 착각하지 마."

"나도 알아."

"담요가 너무 네 쪽으로만 가 있어."

"미안."

한동안 침묵이 흘렀다.

갯이 말했다. "난 네가 예쁘다고 생각해. 방금은 왜 그랬는지 나도 모르겠다. 그런데 언제 그렇게 예뻐진 거야? 신경 쓰이게."

"나는 늘 똑같은데."

"너 좀 바뀌었어. 내 작전을 망치고 있고."

"작전?"

갯이 침통하게 고개를 끄덕였다.

"그런 바보 같은 얘기는 처음 들어. 무슨 작전?"

"그 어떤 것도 내 방어막을 뚫지 못하게 하는 것. 눈치 못 챘어?"

24

그 말에 내가 웃었다. "응."

"젠장. 잘되고 있는 줄 알았는데."

우리는 화제를 돌렸다. 오후에 꼬마들을 데리고 에드거타운에 가서 영화를 보면 어떨지 이야기하다가 상어가 정말로 사람을 잡아먹는지에 대해서도 이야기했고 *플랜츠 대 좀비* 게임 이야기도 했다.

그러고는 다시 배를 몰아 섬으로 돌아왔다.

얼마 후부터 갯은 내게 책을 빌려주기 시작했고, 초저녁에 작은 바닷가로 나를 보러 왔다. 골든 리트리버들과 함께 윈드미어 잔디밭에 누워 있던 나를 찾아내기도 했다.

우리는 섬 둘레길을 걸었다. 갯이 앞에 서고 내가 그 뒤로 걸으며 책 이야기를 하거나 상상 속의 세계를 만들어내기도 했다. 그러다 배가 고파질 때까지, 혹은 지겨워질 때까지 섬 둘레길을 몇 바퀴나 돌기도 했다.

길을 따라 진한 핑크색 해당화가 쭉 피어 있었다. 공기 중에 희미하고 향긋한 냄새가 났다.

어느 날, 갯이 책을 들고 클레어몬트의 해먹에 누워 있는 것을 보았는데, 문득 갯이 내 것처럼 느껴졌다. 마치 나만의 특별한 사람인 것처럼.

나는 말없이 해먹 안에 들어가 갯의 옆에 누웠다. 그의 손에서 펜을 빼앗아—그는 언제나 펜을 들고 책을 읽었다—그의 왼쪽 손등에는 '*갯*', 오른쪽 손등에는 '*케이든스*'라고 썼다.

갯이 내게서 펜을 빼앗아 내 왼쪽 손등에 '*갯*', 오른쪽 손등에 '*케이든스*'라고 썼다.

운명에 대해 말하려는 게 아니다. 나는 운명이나 소울메이트같이 초자연적 현상은 믿지 않는다. 당시 우리가 서로를 이해했다는 뜻이다. 온전히.

하지만 우리는 겨우 열네 살이었고, 나는 한 번도 키스를 해본 적이 없었다. 다음 학년에 올라간 뒤에는 남자애들 몇 명과 키스를 하기도 했지만, 어쨌든 우리는 사랑이라는 말을 쓰지 않았다.

6

열다섯 번째 여름. 나는 다른 애들보다 일주일 늦게 도착했다. 아빠가 우리 곁을 떠났고, 엄마와 나는 끝없는 쇼핑을 하고 인테리어 전문가와 상담해야 했기 때문이다.

조니와 미렌은 두 뺨이 발그레해진 채 부두로 우리를 마중 나와선 여름 동안 놀 계획을 잔뜩 늘어놓았다. 둘은 벌써 가족 테니스 토너먼트 경기를 준비하고, 아이스크림 레시피도 찾아서 책갈피를 끼워두었다. 우리는 배를 타고, 모닥불을 피울 것이었다.

꼬마들이 여느 때처럼 우르르 몰려다니며 소리를 질렀다. 이모들은 차갑게 미소를 지었다. 도착 직후의 한바탕 부산스러운 분위기가 지나가자 우리는 모두 칵테일을 즐기기 위해 클레어몬트에 모였다.

나는 갯을 찾으러 레드게이트로 갔다. 레드게이트는 클레어몬트에 비해 훨씬 작긴 했지만 그래도 이층에 침실이 네 개 있었다. 여기서 조니, 갯, 윌이 캐리 이모와 함께 지냈다. 에드도 섬에 오면 같이 지냈는데, 자주 있는 일은 아니었다.

나는 부엌문으로 가서 방충망 사이로 안을 들여다보았다. 갯은 낡은 회색 티셔츠와 청바지를 입고 조리대 옆에 서 있었다. 나를 못 본 것 같았다. 갯의 어깨는 내가 기억하는 것보다 훨씬 넓어 보였다.

갯은 싱크대 위쪽 유리창에 거꾸로 매달려 있던 마른 꽃 한 송이의 리본을 풀었다. 꽃잎이 느슨하게 달려 있는 핑크색 해당화였다. 비치우드 섬 둘레길을 따라 피어 있는 꽃.

갯, 나의 갯. 우리가 자주 가던 산책길의 해당화를 내게 주려고 한 송이 꺾어온 것이다. 이 꽃을 걸어 말려놓고는 내가 섬에 도착하면 주려고 기다리고 있었던 것이다.

나는 그 무렵 그저 그런 남자애 한 명, 아니 세 명인가와 키스를 한 적이 있었다.

나는 아빠를 잃었다.

나는 거짓과 눈물이 가득한 집을 떠나 이 섬으로 와서

갯을,

갯의 손에 들린 저 꽃을 보았다.

그리고 그 순간, 창문으로 들어와 갯에게 머무른 햇빛,

부엌 조리대 위에 놓인 사과,

공기 중에 섞인 나무와 바다 냄새,

나는 그것을 사랑이라고 불렀다.

사랑이었다. 이 감각이 너무나 강렬하게 덮쳐와 나는 우리
사이에 놓인 방충망 문에 기대야 했다. 겨우 똑바로 서 있기 위
해. 갯을 만져보고 싶었다. 마치 토끼나 새끼 고양이의 털이 너
무나 부드럽고 특별해서 손을 뗄 수 없는 것처럼. 우주가 멋진
것은 갯이 그 안에 있기 때문이었다. 나는 갯의 청바지에 난 구
멍, 맨발에 묻어 있는 흙, 팔꿈치의 상처 딱지나 한쪽 눈썹 위
의 흉터도 사랑했다. 갯, 나의 갯.

그렇게 서서 갯을 바라보는 동안 그는 봉투에 꽃을 넣었다.
펜을 찾아 이 서랍 저 서랍 쾅쾅 열고 닫다가 자기 주머니에서
펜을 찾아내고는 봉투에 글씨를 적었다.

갯이 써넣은 게 주소라는 것은 주방 서랍에서 우표를 꺼낼
때 깨달았다.

갯이 봉투에 우표를 붙였다. 발신인 주소를 적었다.

내게 보내는 편지가 아니었다.

나는 갯이 알아차리기 전에 레드게이트를 떠나 둘레길 쪽으
로 달렸다. 혼자서 어두워지는 하늘을 바라보았다.

애꿎은 해당화 덤불 하나에서 꽃을 모두 꺾어 하나씩 하나
씩, 성난 바다에 던졌다.

7

그날 저녁 조니가 내게 갯의 뉴욕 여자 친구 이야기를 했다. 이름은 라켈이었고, 조니도 그녀를 만난 적이 있다고 했다. 조니는 갯과 마찬가지로 뉴욕에 살지만 캐리 이모와 에드와 함께 다운타운에 사는 반면, 갯은 엄마와 업타운에 살고 있다. 조니는 라켈이 현대 무용을 하고 검정색 옷을 입는다고 전했다.

미렌의 남동생 태프트는 라켈이 집에서 만든 브라우니 한 상자를 갯에게 보낸 적도 있다고 내게 말했다. 리버티와 보니는 갯의 핸드폰에 라켈 사진이 있다고 알려주었다.

갯은 한 번도 여자 친구 이야기를 한 적이 없지만 나와 눈을 잘 마주치지 못했다.

그날 밤 나는 손톱을 물어뜯으면서 울었고 클레어몬트 주방 선반에서 몰래 꺼내온 와인을 마셨다. 나는 하늘로 날아올라서 화를 내며 별들을 떼어내 내팽개치고, 뱅글뱅글 돌다가 토했다.

나는 샤워실 벽을 주먹으로 쳤다. 차디찬 물로 수치심과 울분을 씻어냈다. 그러고는 버려진 개처럼 침대 속에서 덜덜 떨었다. 뼈에 붙은 살갗이 흔들릴 만큼.

다음 날 아침, 그리고 이후로도 매일 나는 아무 일 없는 것처럼 행동했다. 각진 턱을 높이 들고 다녔다.

우리는 배를 타고 장작불도 피웠다. 나는 테니스 시합에서 이겼다.

우리는 아이스크림을 잔뜩 만들었고, 나란히 누워 햇볕을

쬐었다.

어느 날 밤에는 우리 넷이 작은 바닷가에서 도시락을 먹었다. 도시락에는 찐 조개, 감자, 옥수수가 들어 있었다. 직원들이 싸준 것이었다. 나는 그들의 이름을 알지 못했다.

조니와 미렌이 금속 후라이팬에 음식을 담아 가져왔다. 우리는 장작불 주위에 둘러앉아 버터를 모래에 뚝뚝 떨어뜨리면서 먹었다. 이윽고 갯이 우리 모두를 위해 삼층 스모어[*]를 만들어주었다. 갯이 긴 꼬챙이에 마시멜로를 끼워넣는 동안 나는 장작불 빛에 비친 그의 손을 보았다. 언젠가 우리 이름을 적었던 손등에는 이제 읽고 싶은 책 제목들이 적혀 있었다.

그날 밤 왼쪽 손등에는 '*존재와*'라고, 오른쪽 손등에는 '*무*'라고 적혀 있었다.

내 손에도 적어둔 게 있었다. 좋아하는 인용구였다. 왼쪽 손등에는 '*오늘을*', 오른쪽 손등에는 '*살다*'라고 적어두었다.

"내가 무슨 생각을 하고 있는지 말해줄까?" 갯이 물었다.

"응." 내가 말했다.

"아니." 조니가 말했다.

"나는 어떻게 너희 할아버지가 이 섬을 소유한다고 말할 수 있는 건지 궁금해. 법적으로 말고 실질적으로 말이야."

"제발 미대륙 초기 정착민들이 저지른 악행 이야기는 하지 말자." 조니가 투덜거렸다.

---

* 캠프용 간식으로. 구운 마시멜로를 초콜릿과 함께 크래커 사이에 끼워 먹는다

"아니, 나는 어떻게 땅이 누군가의 소유가 될 수 있는지 묻는 거야." 갯이 손으로 모래와 바다와 하늘을 가리켰다.

미렌이 어깨를 으쓱 올리며 말했다. "사람들은 늘 땅을 사고팔잖아."

"섹스나 살인 이야기를 하면 안 될까?"

갯은 조니의 말을 무시했다. "어쩌면 땅은 아예 사람의 소유가 되어서는 안 되는 걸지도 몰라. 아니면 사람들이 소유할 수 있는 것에 한계가 있어야 할지도 모르고." 갯이 몸을 앞으로 숙였다. "지난겨울 자원봉사 활동으로 인도에 가서 화장실을 지었어. 우리가 갔던 그 마을에는 화장실이 없었다고."

"네가 인도에 갔다 온 건 우리 모두 잘 알고 있지." 조니가 말했다. "벌써 마흔일곱 번쯤은 들었으니까."

나는 갯의 이런 점이 좋았다. 갯은 매우 열정적이고 세상에 대해 지칠 줄 모르는 관심을 보이기 때문에 다른 사람이 그의 말을 지루해할 수 있다는 걸 상상하지 못한다. 지루하다고, 다른 사람들이 대놓고 말해도 몰랐다. 게다가 우리를 쉽게 놓아주지도 않았고 끈질기게 우리가 생각하도록 만들고 싶어 했다. 아무 생각도 하고 싶지 않을 때조차도.

그가 막대기로 잉걸불을 쑤셨다. "내 말은, 우리가 이 문제에 대해 이야기해야 한다는 거야. 모든 사람이 개인 섬을 가지고 있는 건 아니잖아. 어떤 사람들은 그 섬에서 일하고, 어떤 사람들은 공장에서 일해. 어떤 이들은 일자리가 없어. 어떤 이들은 먹을 것조차 없지."

"이제 그만해." 미렌이 말했다.

"영원히 그만해." 조니가 말했다.

"비치우드에선 인류에 대한 왜곡된 시각을 가지고 있어." 갯이 말했다. "너네들은 모르는 것 같지만."

"입 좀 다물어." 내가 말했다. "입 다물고 있으면 초콜릿 더 줄게."

갯은 입을 다물었지만 얼굴이 일그러졌다. 갯이 갑자기 자리에서 일어나더니 모래 바닥의 돌을 집어 들고 힘껏 던졌다. 그런 다음엔 스웨트셔츠도, 신발도 벗어 던졌다. 갯은 청바지를 입은 채로 바닷속으로 걸어 들어갔다.

화가 난 채로.

나는 달빛에 비친 갯의 어깨 근육과 물속으로 뛰어들 때 일어나는 물보라를 바라보았다. 갯이 다이빙을 할 때 나는 생각했다. 지금 따라가지 않으면 라켈이라는 여자아이가 갯을 차지할 것이라고. 지금 따라가지 않으면 갯이 멀리 떠나버릴 것이라고. 거짓말쟁이들, 섬, 우리 가족, 그리고 나를 떠날 것이라고.

나는 스웨터를 내던지고 옷을 입은 채로 갯을 따라 바다로 들어갔다. 물속으로 뛰어들어 갯이 수면에 등을 대고 누워서 떠 있는 곳까지 수영을 했다. 젖은 머리카락이 얼굴 옆쪽으로 젖혀져 한쪽 눈썹을 가로지르는 가느다란 흉터가 드러났다.

내가 손을 뻗어 그의 팔을 잡았다. "갯."

그가 깜짝 놀라며 일어섰다. 물이 허리까지 오는 깊이였다.

"미안해." 내가 속삭였다.

"난 너한테 입 좀 다물라고 말하지 않아, 케이디." 그가 말했다. "절대로 그런 말을 하지 않아."

"알아."

갯은 말이 없었다.

"입 다물지 말아줘." 내가 말했다.

갯의 두 눈이 젖은 옷 때문에 드러난 내 몸에 닿는 게 느껴졌다. "난 말이 너무 많아." 그가 말했다. "모든 걸 정치적으로 보고."

"나는 네가 말할 때가 좋아." 내가 말했다. 사실이었다. 가만히 멈춰서 갯의 말을 듣는 게 정말 좋았다.

"그냥 모든 게 나를……" 그가 잠시 멈췄다. "세상이 엉망진창이니까, 그게 다야."

"응."

"어쩌면 나는," 갯이 내 손을 잡고, 뒤집어서 손등에 적힌 글자를 바라보았다. "항상 불만을 품는 대신 오늘을 살아야 하는 걸지도."

내 손이 갯의 젖은 손 안에 있었다.

나는 몸을 떨었다. 갯의 맨팔이 젖어 있었다. 우리는 늘 손을 잡고 다녔지만 이번 여름에는 갯이 한 번도 나를 만지지 않았다.

"네 방식대로 세상을 바라보는 건 좋은 거야." 내가 말했다.

갯이 내 손을 놓고는 다시 물 위에 누웠다. "조니는 내가 입 다물기를 원해. 나 때문에 너랑 미렌이 지루해하고."

갯의 옆모습을 보았다. 그는 그저 갯이 아니었다. 갯은 사색이며 열정이었다. 야망이자 진한 커피였다. 그 모든 것이 거기, 갈색 눈꺼풀과 매끄러운 피부와 내밀고 있는 아랫입술에 있었다. 그 안에는 튀어나올 것 같은 에너지가 가득 차 있었다.

"비밀 하나 말해줄게." 내가 속삭였다.

"뭔데?"

내가 손을 뻗어 갯의 팔을 다시 잡았다. 갯은 팔을 빼지 않았다. "우리가 '*입 좀 다물어, 갯*'이라고 말할 때 그 말은 다른 뜻이야."

"다른 뜻?"

"그 말은 널 사랑한다는 의미야. 넌 우리가 이기적인 인간들이라는 걸 잊지 않게 해. 그 점에서 넌 우리랑 달라."

그가 눈길을 내려뜨리고 미소를 지었다. "그런 의미였어, *너도*?"

"응." 내가 말했다. 물 위에 떠 있는 갯의 팔을 손가락으로 쓸어내렸다.

"너네 미쳤어?" 조니가 바지를 걷어올려 발목까지만 담그고 서서 외쳤다. "물속이 완전 북극이야. 발가락이 얼고 있어."

"일단 들어오면 괜찮아." 갯이 소리쳐 대답했다.

"정말?"

"약한 척하지 마! 남자답게 물속으로 들어오라고."

조니가 웃으며 뛰어들었다. 미렌도 뒤따랐다.

그리고 그 순간은—아름다웠다.

우리들 위로 펼쳐진 밤하늘. 바다의 속삭임, 갈매기 울음 소리.

8

그날 밤 나는 잠에 들기가 힘들었다.

자정이 지났을 때 그가 내 이름을 불렀다.

창밖을 내다보았다. 갯이 윈드미어로 이어지는 목재 산책로에 등을 대고 누워 있었다. 골든 리트리버들도 그 옆에 모여 있었다. 보쉬, 그렌델, 파피, 프린스 필립, 파티마까지 다섯 마리모두. 다섯 개의 꼬리가 살랑살랑 흔들렸다.

달빛을 받아 모두 푸른색으로 보였다.

"내려와." 그가 말했다.

나는 내려갔다.

엄마 방은 불이 꺼져 있었다. 섬 전체가 깜깜했다. 개들 말고는 우리 둘뿐이었다.

"좀 비켜봐." 내가 그에게 말했다. 산책로는 그렇게 넓지 않았다. 갯의 옆에 눕자 서로의 팔이 닿았다. 나의 맨팔과 올리브

그린 빛의 헌팅 재킷을 입은 갯의 팔이.

하늘을 쳐다보았다. 수없이 많은 별들이 마치 축하 파티를 하는 것 같았다. 인간들이 잠자리에 들고 나면 열리는 거대하고 비밀스러운 은하계의 파티 같았다.

갯이 별자리에 대해 아는 척 떠들거나, 별에게 소원을 빌자는 둥 멍청한 소리를 하지 않아서 좋았다. 하지만 그의 침묵이 어떤 의미인지도 알 수 없었다.

"손 잡아도 돼?" 갯이 물었다.

나는 내 손을 갯의 손에 얹었다.

"지금 우주가 진짜 거대해 보여." 그가 내게 말했다. "뭔가 붙잡을 게 필요해."

"내가 있잖아."

갯의 엄지손가락이 내 손바닥 가운데를 문질렀다. 나는 모든 신경이 거기에 집중되었고, 닿아 있는 부분이 움직일 때마다 내 피부의 신경이 살아나는 느낌이었다.

"내가 좋은 사람인지 잘 모르겠어." 갯이 잠시 후 말했다.

"나도 마찬가지야." 내가 말했다. "그냥 되는대로 대충 살고 있어."

"맞아." 갯이 잠시 침묵했다. "넌 신을 믿어?"

"반쯤." 나는 진지하게 생각해보려고 애썼다. 갯이 가벼운 대답에 만족할 리 없었으니까. "상황이 안 좋을 때는 기도를 하거나 누군가 나를 내려다보고 내 말을 듣고 있을 거라고 상상해.

아빠가 떠나고 나서 처음 며칠 동안 신에 대해 생각했어. 신이 보호해주기를 바라면서. 하지만 그 외엔 그날그날 일상을 살아갈 뿐이야. 신앙심 같은 건 전혀 없는 것 같아."

"난 더 이상 믿지 않아." 갯이 말했다. "인도에 갔을 때 빈곤을 봤어. 신이 있다면 그런 일이 일어나도록 내버려두지 않았을 거라는 생각이 들었고. 그 뒤에 집으로 돌아오니 뉴욕 거리에서도 보이기 시작하더라. 세계에서 가장 부유한 나라 중 하나에서 병들고 굶어죽는 사람들. 난 그러니까—누군가 그 사람들을 지켜보고 있다고 생각할 수가 없었어. 그러니 나를 지켜보는 사람도 있을 리 없지."

"그렇다고 네가 나쁜 사람인 건 아니야."

"우리 엄마는 신을 믿어. 불교 집안에서 자랐지만 지금은 감리교회에 다니고. 엄마는 나를 못마땅해해." 갯이 엄마 얘기를 한 적은 거의 없었다.

"엄마가 시킨다고 믿을 수는 없지." 내가 말했다.

"맞아. 근데 문제는, 더 이상 믿음을 가질 수 없는데 어떻게 좋은 사람이 될 수 있을까 하는 거야."

우리는 하늘을 쳐다보았다. 개들이 전용 출입문을 통해 윈드미어로 들어갔다.

"너 차갑다." 갯이 말했다. "재킷 벗어줄게."

난 춥지 않았지만 일어나 앉았다. 갯도 일어나 앉았다. 올리브색 헌팅 재킷의 단추를 풀고 어깨를 젖혀 옷을 벗은 뒤 내게 건네주었다.

갯의 체온이 남아 있어 따뜻했다. 옷이 너무 커서 어깨 아래로 축 처졌다. 갯의 팔이 맨살을 드러냈다.

그의 헌팅 재킷을 입고 있는 동안 그 자리에서 키스하고 싶었다. 하지만 그러지 않았다.

아마 갯은 라켈을 사랑하고 있을 테니까. 그의 휴대폰에 저장되어 있는 사진들. 그때 봉투에 넣던 마른 해당화.

9

다음 날 아침 식사 때 엄마가 내게 윈드미어 다락방에 남아 있는 아빠 물건들을 살펴보고 갖고 싶은 게 있으면 챙기라고 했다. 나머지는 치울 예정이었다.

윈드미어에는 뾰족한 박공지붕이 있다. 다섯 개의 침실 중 두 개는 천장이 비스듬히 기울었고, 이 섬에 있는 저택 중 유일하게 온전한 다락방이 있다. 널찍한 현관과 최신식 주방이 있는데, 새로 맞춘 대리석 상판이 조금은 어색하게 보인다. 바람이 잘 통하는 방에는 개들이 돌아다닌다.

갯과 나는 아이스티가 든 유리병을 들고 다락방으로 올라가 바닥에 앉았다. 방 안에서 나무 냄새가 났다. 유리창으로 들어온 해가 바닥에 빛나는 사각형을 그렸다.

우리는 다락방에 온 적이 있었다.

동시에 한 번도 다락방에 와본 적이 없기도 했다.

책은 아빠가 휴가 때 읽던 것들이었다. 온갖 스포츠 전기물, 가벼운 미스터리물, 그리고 한 번도 들어본 적 없는 나이 든 록스타들의 자서전이었다. 갯은 책을 자세히 살펴보지 않았다. 그는 색깔별로 책을 분류하고 있었다. 빨간색 더미, 파란색, 갈색 더미, 흰색, 노란색.

"넌 읽고 싶은 거 없어?"

"그런 것 같아."

"*일루 베이스와 그 너머*는 어때?"

갯이 소리 내어 웃었다. 고개를 저으며 파란색 더미를 정돈했다.

"*나의 또 다른 자아와 함께 로큰롤은? 댄스 무대의 히어로*는?"

그가 다시 소리 내어 웃었다. 이내 진지한 목소리로 말했다. "케이든스?"

"뭔데?"

"입 좀 다물어."

나는 한참 동안 갯을 바라보았다. 그의 얼굴을 이루는 곡선 하나하나가 낯익으면서도, 처음 보는 사람처럼 느껴지기도 했다.

갯이 미소를 지었다. 빛났다. 수줍어했다. 갯은 무릎을 꿇었고, 그러느라 쌓아둔 색색의 책 더미를 무너뜨렸다. 그가 팔을 뻗어 내 머리카락을 쓸어내렸다. "사랑해, 케이디. 진심이야."

나는 몸을 기울여 갯에게 키스했다.

갯이 내 얼굴을 어루만졌다. 갯의 손이 내 목을 지나 쇄골을 쓰다듬었다. 다락방 창문에서 내려오는 햇빛이 우리를 비추었다. 키스는 짜릿하면서도 부드러웠고

머뭇거리면서도 확실했고

두려우면서도 너무나 적절했다.

사랑이 나에게서 갯에게로, 그리고 갯에게서 나에게로 쏟아져 흐르는 것이 느껴졌다.

우리는 따뜻한데도 떨고 있었고

젊은데도 예스러웠으며

살아 있었다.

나는 생각했다. 맞아. 우린 이미 서로 사랑하고 있어.

우리는 이미 그랬다.

10

할아버지가 다락방에 들어왔다. 갯이 벌떡 일어났다. 바닥에 흩어져 있는 책들을 어색하게 밟고 섰다.

"내가 방해했구나." 할아버지가 말했다.

"아닙니다, 할아버지."

"아니, 분명 방해한 게 맞아."

"먼지 때문에 죄송해요." 내가 말했다. 어색하게.

"페니는 내가 읽고 싶어 할 만한 책이 있을 거라고 생각한 모양이다." 할아버지가 낡은 고리버들 의자를 방 한가운데로 끌고 가 앉은 뒤 허리를 숙여 책들을 살펴보았다.

갯은 여전히 서 있었다. 다락방의 비스듬한 천장 때문에 고개를 숙여야 했다.

"조심하게, 젊은이." 할아버지가 말했다. 갑작스럽고 날카로웠다.

"네?"

"자네 머리 말이야. 다칠 수도 있어."

"그러네요." 갯이 말했다. "맞아요, 다칠 수 있죠."

"그러니 조심하게." 할아버지가 같은 말을 반복했다.

갯은 조용히 뒤돌아 계단을 내려갔다.

할아버지와 나는 한동안 말없이 앉아 있었다.

"그 애는 책 읽는 걸 좋아해요." 결국 내가 말했다. "그 애도 아빠 책 중에 갖고 싶은 게 있을지도 모른다고 생각했어요."

"넌 내게 정말 소중하단다, 케이디." 할아버지가 내 어깨를 토닥이며 말했다. "나의 첫 손주."

"저도 사랑해요, 할아버지."

"야구 경기에 널 데려갔던 거 기억하니? 그때 넌 겨우 네 살이었지."

"그럼요."

"그때 네가 크래커 잭*을 처음 먹어봤었지."

"맞아요. 할아버지가 두 상자를 사줬어요."

"네가 제대로 보려면 내 무릎에 앉아야 했단다. 그것도 기억나니, 케이디?"

난 기억하고 있었다.

"말해보렴."

할아버지가 내게 어떤 대답을 듣고 싶어 하는지 알았다. 할아버지는 그런 부탁을 자주 하곤 했다. 할아버지는 싱클레어 가족사에서 중요했던 순간들을 다시 이야기하면서, 그 의미를 크게 부각시키는 걸 좋아했다. 늘 그 일이 우리에게 어떤 의미를 갖는지 물었고, 우리는 아주 자세히 이야기해야 했다. 구체적인 이미지와 어떤 교훈 같은 것들도.

대체로 나는 이런 이야기를 하는 것도, 듣는 것도 좋아했다. 전설적인 싱클레어 가족, 우리가 얼마나 즐거웠는지, 우리가 얼마나 근사했는지에 대한 이야기들. 하지만 그날은 그러고 싶지 않았다.

"네 첫 야구 경기였지." 할아버지가 그때 일을 상기시켜주었다. "그 뒤로 너에게 사준 빨강 플라스틱 야구 배트도 기억하니? 보스턴 집 잔디밭에서 어찌나 열심히 스윙 연습을 하던지."

할아버지는 무엇을 방해한 건지 알고 있는 걸까? 알았다면,

---

* 팝콘과 땅콩에 캐러멜을 입힌, 당밀 맛의 스낵

신경을 썼을까?

나는 언제 갯을 다시 볼 수 있을까?

갯은 라켈과 헤어질까?

우리 사이는 어떻게 될까?

"넌 집에서 크래커 잭을 만들고 싶어 했어." 할아버지는 내가 기억을 못 하는 것처럼 계속 이야기했다. "페니가 옆에서 도와줬지. 그런데 팝콘을 담을 빨간색과 흰색으로 된 상자가 없다고 울었어. 기억나니?"

"네, 할아버지." 나는 하는 수 없이 대답했다. "그날 당장 할아버지가 야구장으로 다시 가서는 크래커 잭을 두 상자 샀죠. 저한테 상자를 주려고, 집으로 오는 길에 차 안에서 과자는 다 먹었고요. 기억나요."

흐뭇해진 할아버지가 자리에서 일어났고, 우리는 함께 다락방을 나왔다. 할아버지는 비틀비틀 불안하게 계단을 내려오다가 결국 내 어깨를 짚었다.

나는 둘레길에서 갯을 발견했다. 갯이 서서 바다를 바라보고 있는 곳으로 달려갔다. 바람이 세게 불었고, 내 머리카락이 눈 속으로 들어갔다. 갯에게 키스했을 때 입술에서 짠맛이 났다.

11

티퍼 할머니는 비치우드 섬에서 심장마비로 죽었다. 열다섯 번째 여름으로부터 8개월 전이었다. 할머니는 늙어서도 놀랄 만큼 아름다웠다. 백발에 핑크색 뺨, 키가 크고 호리호리한 체형이었다. 엄마가 개를 그렇게 좋아하게 된 것은 할머니 때문이었다. 할머니는 최소 두 마리, 많게는 네 마리의 골든 리트리버를 키웠다. 딸들이 어렸을 때부터 할머니가 죽을 때까지 줄곧.

할머니는 판단이 빨랐고 편애도 했지만 그러면서도 따뜻한 사람이었다. 우리가 어렸을 때 비치우드에서 일찍 일어난 사람은 클레어몬트로 가서 할머니를 깨울 수 있었다. 할머니는 냉장고에 미리 넣어둔 머핀 반죽을 틀에 부어 구운 다음, 섬의 다른 사람들이 일어나기도 전에 따뜻한 머핀을 원하는 만큼 먹을 수 있게 해주었다. 할머니는 우리와 함께 열매를 따다가 파이—다 흐트러지고 흘러내려 할머니가 '화산'이라고 부르던—를 만드는 법을 알려주었고, 그러면 그날 밤에는 온 가족이 모여 파이를 먹었다.

할머니의 자선 활동 중에는 마서즈 비니어드에서 열렸던, 농장 연구소 기금 마련을 위한 연례 자선 파티가 있었다. 우리는 모두 그 행사에 참석했다. 파티는 야외에 쳐놓은 아름다운 흰색 텐트 안에서 열렸다. 꼬마들은 파티복 차림에 신발을 벗은 채로 뛰어다녔다. 조니, 미렌, 갯과 나는 와인 잔을 슬쩍 들고 와 마셨고 들뜬 기분에 까불거렸다. 할머니는 한 손으로 치마 끝을 살짝 잡은 채 조니, 우리 아빠, 그리고 마지막으로 할아버지와 춤을 추었다. 그런 파티에서 찍은 할머니 사진이 내게도 한 장 있다. 사진 속 할머니는 드레스를 입고 새끼 돼지를 안고 있다.

열다섯 번째 여름, 비치우드에 할머니는 없었다. 클레어몬트가 텅 빈 것 같았다.

클레어몬트는 빅토리아풍의 회색빛 삼층 저택이었다. 꼭대기에는 작은 탑이 있고 베란다가 건물을 빙 두르고 있었다. 집 안에는 원본 *뉴요커* 만화와 가족사진, 자수 베개, 작은 조각상, 상아 문진, 액자에 담긴 박제 물고기들이 가득했다. 모든 곳, 눈길이 닿는 모든 곳에 할머니와 할아버지가 수집해놓은 아름다운 물건들이 가득했다. 잔디밭에는 열여섯 명이 앉을 만큼 커다란 피크닉 탁자가 있었고, 그 옆에는 타이어 그네가 매달린 거대한 단풍나무도 있었다.

할머니는 부엌에서 분주히 움직이며 소풍 계획을 세웠다. 공방에서 퀼트를 만들 때면 재봉틀의 윙윙거리는 소리가 아래층 어디에서나 들렸다. 할머니는 청바지 차림으로 정원용 장갑을 끼고 섬 관리인들을 지휘하기도 했다.

이제 저택은 조용했다. 조리대 위에 펼쳐져 있는 요리책도 없고, 부엌 오디오 시스템에서 흐르는 클래식 음악도 없었다. 하지만 아직도 모든 비누 받침대마다 할머니가 즐겨 쓰던 비누가 있었다. 할머니가 정원에서 기르던 식물들도 그대로였다. 할머니가 쓰던 나무 숟가락도, 할머니의 린넨 냅킨도.

어느 날, 아무도 없을 때 나는 일층 안쪽에 위치한 공방에 들어가보았다. 할머니가 모아놓은 온갖 패브릭, 반짝반짝 빛나는 단추들, 색색의 실을 만졌다.

나의 머리와 어깨가 먼저 녹았고, 이어서 엉덩이와 무릎이 녹아내렸다. 얼마 후 나는 웅덩이가 되어 예쁜 면 프린트 속으로 스며들었다. 할머니가 끝내지 못한 퀼트를 적셨고, 재봉틀의 금속 부품을 녹슬게 했다. 한두 시간 동안, 나는 순수한 액체 상태의 상실감이었다. 할머니, 나의 할머니. 천에서 할머니가 쓰던 샤넬 향수 냄새가 났지만 할머니는 영원히 떠나버렸다.

엄마가 나를 발견했다.

엄마는 나보고 정신을 차려야 한다고, 정상적으로 행동하라고 했다. 왜냐면 난 아무렇지 않으니까. 그럴 수 있으니까. 엄마는 내게 심호흡하고 똑바로 앉으라고 했다.

나는 엄마가 시키는 대로 했다. 이번에도.

엄마는 할아버지를 걱정했다. 할머니가 떠난 뒤 할아버지의 걸음걸이가 조금 비틀거렸고 균형을 잡기 위해 의자나 탁자를 붙잡는 일이 많아졌다. 할아버지는 가족의 중심이었다. 엄마는 할아버지가 흔들리는 걸 원치 않았다. 할아버지의 자식과 손주들이 여전히 곁에 있고, 늘 그래 왔듯 모두들 강인하고 즐거워한다는 것을 할아버지에게 보여주고 싶어 했다. 그것이 중요하고 친절한, 최선의 방법이라고 했다. "걱정거리를 만들지 마." 엄마가 말했다. 가족들에게 상실을 일깨우지 마. "이해하지, 케이디? 침묵은 고통을 덮는 보호막이야."

나는 이해했고 티퍼 할머니를 지워버릴 수 있었다. 아빠를 지웠던 것과 마찬가지로. 행복하지는 않았지만 철저하게. 이모들과 식사를 하거나, 할아버지와 보트를 타거나, 심지어는 엄마와 단둘이 있을 때에도-나는 내 인생에서 가장 중요한 그 두 사람이 마치 존재한 적 없었던 것처럼 행동했다. 모든 싱클레어 가족들이 똑같이 했다. 다 같이 모여 있을 때는 활짝 웃었다. 베스 이모가 브로디 이모부와 헤어졌을 때에도, 조너선 이모부가 캐리 이모를 떠났을 때에도, 할머니가 키우던 개 페퍼밀이 암으로 죽었을 때에도, 우리는 그렇게 웃었다.

갯은 전혀 이해하지 못했다. 게다가 우리 아빠를 자주 언급했다. 아빠는 갯이 괜찮은 체스 상대이자 지루한 전쟁사 이야기를 흔쾌히 들어주는 사람임을 알고는 둘이 함께 시간을 보내곤 했다. 갯은 내게 "너네 아빠가 양동이로 커다란 게를 잡아왔던 거 기억나?"라고 말하거나, 엄마에게 "작년에 샘 아저씨가 보트 창고에 플라이 낚시 도구가 있다고 말해줬는데, 어디 있는지 아세요?"라고 묻기도 했다.

갯이 할머니 이야기를 꺼내면 저녁 식사 중 대화가 뚝 끊겼다. 한번은 갯이 이렇게 말했다. "티퍼 할머니가 식탁 끝에 서서 디저트를 나눠주시던 모습이 그립지 않아요? 정말 티퍼 할머니다운 장면이었어요." 우리들 얼굴에서 당혹감이 사라질 때까지, 조니가 윔블던 테니스 대회에 대해 큰 소리로 떠들어야 했다.

갯이 아무렇지 않게, 이런 이야기를 솔직히 꺼낼 때마다-나의 혈관이 터졌다. 손목이 찢기고 손바닥으로 피가 흘렀다. 머리가 어지러웠다. 비틀거리며 식탁에서 일어나거나, 조용히 부끄러운 고통 속으로 무너져내리곤 했다. 가족 중 누구도 알아차리지 못하기를, 특히 엄마가 알아차리지 못하기를 바라면서.

하지만 갯은 늘 알아봤다. 피가 내 맨발에 떨어지고, 내가 읽고 있던 책 위로 쏟아질 때마다 갯은 다정했다. 하얗고 부드러운 거즈로 내 손목을 감아주고, 무슨 일이 있었는지 물었다. 갯은 아빠와 할머니에 대해서도 물었다. 마치 이야기를 하면 한결 나아질 수 있는 것처럼. 상처에는 그저 관심이 필요하다는 듯이.

그렇게 오랜 세월을 같이 지냈는데도, 우리 가족에게 갯은 결국 이방인이었다.

내가 피를 흘리지 않을 때, 미렌과 조니가 스노클링을 하거나 꼬마들을 돌볼 때, 혹은 모두 소파에 누워 클레어몬트의 평면 스크린 TV로 영화를 볼 때, 갯과 나는 몰래 빠져나왔다. 한밤중 우리는 타이어 그네에 앉아 팔과 다리로 서로를 감고 밤공기로 차가워진 피부에 입술을 대며 온기를 나눴다. 아침에는 킥킥거리며 와인 병과 백과사전이 일렬로 늘어서 있는 클레어몬트 지하실로 몰래 숨어들었고, 키스를 하며 서로의 존재를 경이롭게 느꼈다. 비밀스러운 행복이 느껴졌다. 갯이 쪽지를 써서 작은 선물과 함께 내 베개 아래 넣어두는 날들도 있었다.

예전에 어디서 읽었는데, 소설은 작은 감탄들을 연달아 전달해야 한대.
너랑 한 시간을 함께하면 그런 기분을 느껴.

초록색 칫솔에 리본을 묶어봤어.
내 감정을 충분히 표현하지 못하지만.

어젯밤 너와 함께 있는 게 초콜릿보다도 좋았어.
바보 같지, 난 초콜릿보다 좋은 건 없는 줄 알았거든.

심오하고 상징적인 의미로 지난번 모두 함께 에드거타운에 갔을 때 얻은 이 보주
초콜릿 바를 너에게 줄게. 그냥 먹어도 되고, 옆에 놔두고 쳐다보면서 우월감을 만
끽해도 돼.

나는 답장을 쓰지는 않았지만 우리 둘을 그린 엉터리 크레
용 그림을 갯에게 보냈다. 콜로세움 앞에서, 에펠탑 앞에서, 산
꼭대기에서, 용의 등에 올라타서 손을 흔들고 있는 막대기 인
형 같은 그림이었다. 갯은 이 그림들을 자기 침대 머리맡에 붙
여놓았다.

갯은 할 수 있을 때마다 나를 만졌다. 저녁 식사 중 식탁 아
래에서, 아무도 없는 부엌에서, 그리고 할아버지가 모터보트를
운전하는 동안에도 등 뒤에서 비밀스럽고 우스꽝스럽게 나를
만졌다. 우리 사이를 가로막는 것은 아무것도 없다고 느꼈다. 아

무도 보고 있지 않을 때면, 나는 손가락으로 갯의 뺨을 따라 목과 등으로 쓸어내렸다. 그의 손을 잡은 다음 엄지손가락을 손목에 대고는 혈관에 흐르는 피를 느끼곤 했다.

12

열다섯 번째 여름, 7월 말의 어느 날 밤 나는 작은 해변에 수영을 하러 나갔다. 혼자서.

갯, 조니, 미렌은 어디 있었을까?

잘 모르겠다.

그때 우리는 한창 레드게이트에서 스크래블 게임*을 하곤 했으니 아마 거기 있었거나, 아니면 클레어몬트에서 이모들의 말다툼 소리를 들으며 얇은 크래커에 자두 잼을 발라 먹고 있었을지도 모른다.

어쨌든 나는 캐미솔과 브라와 팬티만 입고 물속에 들어갔다. 분명 다른 옷은 입지 않고 해변으로 걸어 내려왔던 것 같다. 모래 위에서 내 옷이 발견되지 않았으니까. 수건도 마찬가지였다.

뭐 때문이었을까?

다시 말하지만, 잘 모르겠다.

아마도 나는 멀리까지 헤엄쳤을 것이다. 해안가에서 조금 떨

---

* 알파벳이 새겨진 정사각형 타일을 움직여 단어를 완성하는 보드게임

어진 곳에는 울퉁불퉁하고 커다랗고 새까만, 한밤중 어둠 속에서는 항상 악당처럼 보이는 바위들이 솟아 있다. 분명 나는 물속에 얼굴을 담그고 수영하다가 이 바위들 중 하나에 머리를 부딪쳤을 것이다.

아까도 말했듯이, 잘 모르겠다.

기억나는 것은 내가 바닷속으로 뛰어들었고,

바위투성이인 바닥까지 내려갔고,

비치우드 섬의 밑바닥을 보았고,

팔다리에는 감각이 없었지만 손가락이 차가웠다는 것, 그리고 내가 쓰러질 때 해초 조각들이 스쳐갔다는 것뿐이다.

엄마가 나를 모래사장에서 발견했다. 나는 몸을 공처럼 웅크린 채 반쯤 물에 잠겨 있었다. 주체할 수 없을 정도로 몸이 떨렸다. 어른들이 담요로 내 몸을 감쌌다. 커들다운으로 데려가 내 몸을 녹여주려고 애썼다. 따뜻한 차를 먹이고 옷을 입혔지만 내가 말을 하지 않고 계속 몸을 떨자 나를 마서즈 비니어드에 있는 병원으로 데려갔다. 의사들이 여러 가지 검사를 진행하는 며칠 동안 병원에 있었다. 저체온증과 호흡기 문제가 있었고, 비록 뇌 스캔에는 아무것도 나오지 않았지만 어떤 종류의 머리 부상을 입었을 가능성이 크다고 했다.

엄마가 호텔 방을 잡아놓고 내 옆을 지켰다. 캐리 이모, 베스 이모, 할아버지의 슬프고 창백한 얼굴빛이 기억난다. 의사들이 폐에는 아무런 이상이 없다고, 깨끗하다고 했는데도 오랫동안 폐가 무언가로 가득 찬 것처럼 느껴졌다. 체온이 정상이라고 말할 때도 내 몸이 다시는 따뜻해질 수 없을 것 같은 느낌이 들었다. 손이 아팠고, 발도 아팠다.

몸이 회복될 수 있도록 엄마는 나를 버몬트 집으로 데려왔다. 나는 어두운 방 침대에 누워서 나 자신이 한없이 불쌍하다고 느꼈다. 몸이 아팠기 때문이고, 무엇보다 갯이 한 번도 전화를 하지 않았기 때문이다.

갯은 편지도 없었다.

우리가 사랑에 빠진 게 아니었나?

아니라고?

나는 조니에게 편지를 보냈다. 갯의 소식을 알아봐달라고 부탁하는, 상사병에 걸린 멍청이가 쓸 법한 이메일 두세 통이었다.

현명하게도, 조니는 그 이메일들을 무시했다. 어쨌든 우리는 싱클레어 가문이고, 싱클레어는 누구도 나처럼 행동하지 않는다.

나는 편지 쓰기를 멈추고, 보낸 메일함에 들어 있는 이메일도 모두 삭제했다. 죄다 나약하고 바보 같은 내용이었다.

중요한 건, 내가 아팠을 때 갯이 떠났다는 사실이다.

중요한 건, 이 모든 게 한여름의 불장난이었다는 사실이다.

중요한 건, 갯은 라켈을 사랑했을 것이라는 사실이다.

우리는 어차피 너무 멀리 떨어져 살고 있었다.

우리는 가족들끼리 너무 가까웠다.

나는 아무 설명도 듣지 못했다.

갯이 나를 떠났다는 사실만 알았다.

13

여기, 나의 두개골이 있다.

트럭이 내 위를 지나며 목과 머리뼈를 으스러뜨리고 있다. 척추뼈가 부러지고, 뇌가 터져나와 흘러내린다. 눈앞에 수천 개의 빛이 번쩍거린다. 세상이 기울어진다.

나는 토하고 정신을 잃는다.

이런 증상이 수시로 나타난다. 그저 평범한 하루일 뿐이다.

통증은 사고가 난 지 6주 후부터 시작되었다. 사고와 통증이 관련이 있는지는 아무도 확실히 알 수 없었지만, 구토와 체중 감소, 그리고 막연한 공포감은 부정할 수 없었다.

엄마는 나를 병원에 데려가서 MRI도 찍고 CT도 촬영했다. 주사, 기계, 또 다른 주사와 더 많은 기계들. 뇌종양이며 뇌막염이며 할 수 있는 모든 검사를 했다. 통증을 완화하기 위해 이약을 처방했다가 저 약을 처방했다가 또 다른 약을 처방했다. 첫 번째 약이 듣지 않았기 때문이고, 두 번째 약 역시 듣지 않았기 때문이다. 의사들은 뭐가 문제인지 알아내지도 못한 채 처방전만 계속 내주었다. 그저 통증을 완화시키려고 할 뿐이었다.

의사들은 말했다. 케이든스, 약을 너무 많이 복용하지 마세요.

의사들은 말했다. 케이든스, 중독의 징후를 조심하세요.

그러고도 계속 말했다. 케이든스, 약을 꼭 복용하세요.

너무 많은 진료를 봐서 다 기억할 수도 없다. 결국 의사들은 진단을 내렸다. 케이든스 싱클레어 이스트먼. PTHA(외상 후 두통). 외상성 뇌 손상으로 인한 편두통.

난 괜찮을 거라고, 그들이 말했다.

난 죽지 않을 것이다.

단지 많이 아플 뿐.

14

아빠는 콜로라도에서 1년을 보낸 뒤 다시 나를 만나고 싶어 했다. 심지어는 나를 데리고 이탈리아, 프랑스, 독일, 스페인, 스코틀랜드로 여행을 가겠다고 했다. 6월 중순에 출발하는 10주간의 여행이며, 이는 곧 열여섯 번째 여름에는 비치우드에 가지 못한다는 뜻이었다.

"여행 시기가 아주 딱이네." 엄마가 내 가방을 싸면서 밝게 말했다.

"뭐가?" 나는 침실 바닥에 누워 있었고 엄마가 대신 짐을 싸게 내버려두었다. 머리가 아팠기 때문이다.

"할아버지가 클레어몬트를 수리하신대." 엄마는 양말을 돌

54

돌 말아 동그랗게 만들었다. "벌써 백만 번도 더 말했잖니."

나는 기억나지 않았다. "왜?"

"할아버지 생각이셔. 이번 여름은 윈드미어에서 보내실 거야."

"엄마가 할아버지를 돌볼 거야?"

엄마가 고개를 끄덕였다. "베스 이모나 캐리 이모랑은 같이 계시지 못할 거야. 너도 알다시피 할아버지는 보살필 사람이 필요하고. 그건 그렇고, 넌 유럽에서 멋진 경험을 하겠구나."

"나는 비치우드에 가는 게 더 좋을 것 같은데."

"아니, 그렇지 않아." 엄마가 단호하게 말했다.

유럽에서 나는 작은 양동이에 토하고 뻑뻑한 영국 치약으로 반복해서 이를 닦았다. 여러 박물관의 화장실 바닥에 쓰러져 차가운 타일을 뺨으로 느꼈고 나의 뇌는 액체가 되어 부글부글 거품이 이는 채 귀로 흘러나왔다. 편두통이 일어나면 나의 피가 낯선 호텔 시트에 번져 바닥으로 뚝뚝 떨어지고, 카펫을 적시고, 먹다 남긴 크루아상과 이탈리아 레이스 쿠키 속으로도 스며들었다.

아빠가 나를 부르는 소리가 들렸지만 약효가 나타나기 전까지는 대답하지 않았다.

그해 여름 나는 거짓말쟁이들이 보고 싶었다.

우리는 학기 중에 거의 연락하지 않았다. 어렸을 때는 연락을 시도해보기도 했지만 그것도 그리 자주는 아니었다. 9월이면 여름 사진에 서로를 태그하고 문자도 보냈지만 한두 달 후에는 결국 시들해졌다. 비치우드의 마법은 우리의 일상으로 이어지지 않았다. 우리는 서로의 학교 친구나 동아리, 스포츠 팀 이야기 같은 것엔 관심이 없었다. 대신, 이듬해 6월이 되어 부두에서 다시 만나면 공기 중의 소금기와 바다 위로 반짝이는 옅은 햇살 속에서 우리의 애정이 되살아날 거라고 믿었다.

사고가 난 해에 나는 며칠씩, 심지어는 몇 주씩 학교를 빠졌다. 수업에서 낙제했고 교장선생님은 내게 2학년을 다시 다녀야 할 거라고 말했다. 축구와 테니스도 그만두었다. 베이비 시팅도, 운전도 할 수 없었다. 학교 친구들은 점점 '그냥 아는 사이'로 변해갔다.

나는 미렌에게 몇 번 문자를 보냈다. 외롭고 절박한 목소리로 메시지를 남기기도 했지만 나중에는 창피해졌다.

조니에게도 전화를 해봤지만 음성사서함이 가득 차 있었다.

다시는 전화하지 않기로 결심했다. 나를 약하게 만드는 말을 계속 하고 싶지 않았다.

내가 아빠와 유럽에 있는 동안 거짓말쟁이들은 섬에 있을 게 분명했다. 할아버지는 비치우드 섬에 전화선을 설치하지 않았고 휴대전화도 거기서는 신호가 잡히지 않았다. 그래서 나는 이메일을 쓰기 시작했다. 처량한 음성 메시지들과 달리, 이메일은 두통 없는 사람이 보낸, 매력적이고 사랑스러운 메모였다.

대체로는.

　미렌!

　바르셀로나에서 너에게 손을 흔들고 있어. 우리 아빠는 여기서 스프에 들어 있는 달팽이를 먹었어.

　우리 호텔은 모든 게 금색이야. 심지어는 소금 통까지도. 끔찍하게도 화려해.

　꼬마들이 어떤 말썽을 피우는지, 넌 어느 대학에 지원할 생각인지, 그리고 진정한 사랑을 찾았는지 편지로 알려줘.

케이든스

─

　조니!

　봉주르, 여긴 파리야. 우리 아빠는 여기서 개구리를 먹었어.

　사모트라케의 니케 조각상을 봤어. 몸매가 환상적이더라. 팔은 없지만.

　너희가 보고 싶다. 갯은 어떻게 지내?

케이든스

─

　미렌!

　안녕, 나는 스코틀랜드의 성에 있어. 그리고 우리 아빠는 이번엔 해기스를 먹었지.

　해기스는 양의 심장, 간, 폐를 오트밀에 섞어서 위장에 넣고 삶은 음식이야.

그러니까, 우리 아빠는 심장을 먹는 사람인 거지.

케이든스

–

조니!

난 베를린이야. 아빠가 여기서 블러드 소시지*를 먹었어.

나 대신 스노클링도 하고, 블루베리 파이도 먹고, 테니스도 치고, 모닥불도 피워줘.

그리고 어땠는지 보고해줘. 나는 너무너무 지루해. 내 말을 듣지 않는다면 아주 창의적인 벌을 생각해낼 거야.

케이든스

답장이 없었지만 놀랍지는 않았다. 인터넷에 접속하려면 포도밭까지 가야 하기도 했지만, 무엇보다 비치우드는 그 자체로 하나의 세계이기 때문이다. 일단 그곳에 가면 바깥세상은 그저 불쾌한 꿈인 것처럼 느껴진다.

어쩌면 유럽은 존재하지도 않을 것이다.

15

다시 한번, 아름다운 싱클레어 가족을 들여다보자.

---

* 돼지의 피를 섞어 만든 소시지

우리는 야외 운동을 믿는다. 우리는 시간이 약이라고 믿는다.

드러내놓고 말하지는 않지만, 우리는 처방 약과 칵테일의 힘을 믿는다.

우리는 식당에서 집안 문제를 이야기하지 않는다. 괴로운 일을 밖으로 드러내는 것은 좋지 않다고 믿는다. 우리는 윗입술을 꼭 다물고 있다. 사람들이 우리를 궁금해하는 것은 어쩌면 우리가 마음을 보여주지 않기 때문인지도 모른다.

우리는 사람들이 우리에게 호기심 갖는 것을 즐기는지도 모른다.

여기 벌링턴에는 이제 나, 엄마, 그리고 개들뿐이다. 할아버지가 보스턴에서 갖는 영향력이나 비치우드 섬에서 우리 가족이 갖는 무게감에는 못 미치지만, 그래도 나는 사람들이 우리를 어떻게 보는지 알고 있다. 엄마와 나는 언덕 꼭대기에 있는 커다란 저택에 사는 부류이다. 호리호리한 엄마와 병약한 딸. 우리는 광대뼈가 높고 어깨가 넓다. 우리는 마을에서 볼일을 볼 때 치아를 드러내며 미소 짓는다.

병약한 딸은 말이 거의 없다. 학교에서 그녀를 아는 사람들은 대체로 거리를 둔다. 어차피 그녀가 아프기 전에도 사람들은 그녀에 대해 잘 알지 못했다. 그때도 조용한 아이였으니까.

이제 그녀는 학교에 가지 않는 날이 절반이나 된다. 학교에 갈 때면 창백한 피부와 촉촉한 눈 때문에 폐결핵으로 쇠약해져

가는 소설 속 여주인공처럼 비극적으로 아름다워 보인다. 가끔 그녀는 학교에서 울며 쓰러지기도 한다. 다른 학생들이 놀라 겁을 먹는다. 아무리 친절한 애들도 그녀를 학교 보건실까지 부축해주는 일이 지겹다.

그럼에도 그녀는 신비로운 분위기를 풍기기 때문에 고등학교에서 흔히 일어나는 불쾌한 놀림이나 따돌림을 당하지 않는다. 그녀의 엄마가 싱클레어이기 때문이다.

물론 나는 밤늦게 치킨스프 통조림을 먹거나 학교 보건실의 형광등 불빛 아래 누워 있는 스스로에게 어떤 신비감도 느끼지 않는다. 아빠가 떠난 뒤 엄마와 내가 싸우는 모습은 전혀 매력적이지 않다.

눈을 떠보니 엄마가 침실 문 앞에서 나를 바라보고 서 있다.

"그만 좀 지켜봐."

"사랑해. 널 보살피고 있는 거야." 엄마가 가슴에 손을 얹고 말한다.

"그만해."

문을 닫고 엄마를 쫓아낼 수만 있다면 그렇게 했을 것이다. 그러나 자리에서 일어날 수가 없다.

내가 그날그날 무슨 음식을 먹었는지 기록해놓은 것으로 보이는 메모들을 집 안 곳곳에서 종종 마주친다. *토스트와 잼(겨우 1/2), 사과와 팝콘, 건포도가 들어간 샐러드, 초코바, 파스타, 수분 공급? 단백질? 진저에일을 너무 많이 마심.*

내가 운전할 줄 모른다는 건 매력적이지 않다. 토요일 밤 집에서 냄새나는 골든 리트리버들 사이에 파묻혀 소설책을 읽는 건 신비롭지 않다. 하지만 사람들은 내가 싱클레어 집안 사람이기 때문에, 특별한 사람들이 모인 특권 집단의 일원이기 때문에 신비롭다고 여긴다. 어떤 집단에 속해 있다는 이유로 전설 같은 중요한 이야기의 일부로 여겨진다는 느낌엔 좀처럼 면역이 생기지 않는다.

엄마 역시 이런 느낌에 익숙해지지 않는다.

우리는 이런 사람으로 자라왔다.

싱클레어 가문. 싱클레어.

2. 버몬트

16

여덟 살 때, 아빠한테 크리스마스 선물로 동화책 한 세트를 받았다. 책 표지가 색깔별로 되어 있었다. *노란색, 파란색, 진홍색, 초록색, 회색, 갈색, 오렌지색.* 책에는 전 세계의 이야기가 실려 있었는데, 잘 알려진 이야기의 변형을 다시 변형시킨 이야기들이었다.

이 책들을 읽다보면 한 이야기에서 다른 이야기의 메아리를 듣고, 그 안에서 또 다른 이야기의 메아리를 듣게 된다. 같은 서두로 시작되는 이야기들이 너무 많다. 옛날 옛날에 세 무엇무엇이 있었습니다.

세 사람.

돼지 세 마리,

곰 세 마리,

세 형제,

세 병사,

세 염소.

세 공주.

유럽에서 돌아온 이후, 나도 몇 가지 이야기를 쓰고 있다. 새로운 각색이다.

시간이 남아도니 그중 하나를 해보려고 한다. 당신이 전에 들어본 적 있는 이야기의 변주일 것이다.

옛날 옛날에 아름다운 세 딸을 둔 왕이 있었습니다.

딸들은 결혼하지 않았고 다른 후계자도 없었기 때문에, 나이 든 왕은 누구에게 왕국을 물려줄지 고민하기 시작했습니다. 왕은 세 딸에게 자신에 대한 사랑을 증명해 보이라고 요구하기로 했습니다.

첫째 공주에게 왕이 말했습니다. "나를 얼마나 사랑하는지 말해보아라."

첫째 공주는 왕국에 있는 모든 보물을 합친 것만큼 왕을 사랑했습니다.

둘째 공주에게 왕이 말했습니다. "나를 얼마나 사랑하는지 말해보아라."

둘째 공주는 철의 강한 힘만큼 왕을 사랑했습니다.

막내 공주에게 왕이 말했습니다. "나를 얼마나 사랑하는지 말해보아라."

막내 공주는 대답하기 전에 오랫동안 생각했습니다. 마침내 그녀는 고기가 소금을 사랑하듯이 왕을 사랑한다고 말했습니다.

"그렇다면 나를 전혀 사랑하지 않는구나." 왕이 말했습니다. 그는 막내딸을 성에서 내쫓고, 그녀가 돌아올 수 없도록 다리를 거두어올리라고 했습니다.

이제 막내 공주는 외투도, 빵 한 덩이리도 없이 숲으로 들어갑니다. 그녀는 추운 겨울 동안 나무 아래서 쉴 곳을 찾으며 숲속을 헤매었습니다. 어느 여관에 도착한 그녀는 요리사 보조로 일하게 됩니다. 날이 가고 달이 가는 동안 공주는 주방 일을 배웁니다. 결국 그녀는 여관 주인을 능가하는 요리 솜씨를 갖게 되고, 그녀가 만든 요리가 온 나라에 알려지게 됩니다.

몇 년이 흐르고 첫째 공주가 결혼하게 됩니다. 축하 파티를 위해 여관의 요리사가 음식을 준비합니다.

마침내 커다란 돼지 구이가 식탁에 올라옵니다. 왕이 가장 좋아하는 음식이지만, 이 요리에는 소금이 들어가지 않았습니다.

왕이 음식을 맛봅니다.

다시 한번 맛을 봅니다.

"미래 여왕의 결혼식에 감히 누가 이렇게 형편없는 구이 요리를 올린단 말인가?" 왕이 소리칩니다.

요리사가 된 공주가 아버지 앞에 나타나지만 그동안 모습이 너무 달라져 아버지는 딸을 알아보지 못합니다. "폐하께는 소금을 드리지 않을 겁니다." 그녀가 설명한다. "폐하께서는 소금이 가치 있다고 말한 막내딸을 내쫓지 않으셨나요?"

이 말을 들은 왕은 그녀가 자기 딸일 뿐만 아니라, 사실은 자신을 가장 사랑하는 딸이라는 것을 깨닫습니다.

그리고 그다음은 어떻게 되었을까요?

첫째 딸과 둘째 딸은 이제까지 왕과 함께 지내고 있었습니다. 한 주는 이 딸이 총애를 받았다가 다음 주에는 다른 딸이 총애를 받았습니다. 아버지에게 끊임없이 비교를 당했던 두 사람은 사이가 멀어지게 되었습니다. 이제 막내딸이 돌아오자 왕은 방금 결혼한 첫째 딸에게서 왕국을 빼앗습니다. 첫째 딸은 결국 여왕이 되지 못합니다. 언니들이 분노합니다.

처음에 막내딸은 아버지의 사랑을 만끽합니다. 하지만 오래지 않아 그녀는 왕이 이성을 잃고 권력에 미쳤다는 것을 깨닫습니다. 막내딸은 여왕이 될 테지만 평생 정신 나간 늙은 폭군을 참고 보살펴야 하는 처지가 됩니다. 왕이 아무리 병들어도 그녀는 곁을 떠나지 않을 것입니다.

그녀는 고기가 소금을 사랑하는 것처럼 아버지를 사랑해서 남는 것일까요?

아니면 아버지가 왕국을 물려주기로 약속했기 때문에 남는 것일까요?

그녀는 그 차이를 구별하기가 어렵습니다.

17

유럽 여행에서 돌아온 가을, 나는 한 프로젝트를 시작했다. 매일 내 것을 나눔하는 프로젝트다.

어린 시절 서로 갖겠다고 싸우던, 아주 긴 머리의 오래된 바비 인형을 미렌에게 택배로 보냈다. 조니에게는 내가 자주 쓰던 스트라이프 스카프를 보냈다.

우리 집안의 나이 많은 사람들—엄마, 이모들, 할아버지—은 아름다운 물건을 많이 모으는 게 인생의 목표다. 죽을 때 아름다운 물건을 가장 많이 갖고 있는 사람이 이긴다.

무엇을 이긴다는 걸까? 나는 그게 알고 싶었다.

나도 한때는 예쁜 물건을 좋아했다. 엄마처럼, 모든 싱클레어 사람들처럼. 하지만 이제는 그렇지 않다.

엄마는 은 식기와 크리스탈, 커피 탁자용 책, 캐시미어 담요로 벌링턴의 집을 가득 채운다. 바닥마다 두툼한 러그가 깔려 있고, 엄마가 후원하는 몇몇 지역 화가들의 그림이 우리 집 벽에 줄줄이 걸려 있다. 엄마는 앤티크 도자기를 좋아해, 식당에 도자기를 진열해놓는다. 엄마는 아무 결함 없이 멀쩡한 사브를 BMW로 바꿨다.

부와 취향의 상징 중 어느 것도 실제로는 아무 쓸모가 없다.

"아름다움은 그 자체로 유용한 거야." 엄마가 주장한다. "장소의 감각을 창조하고 개인 역사의 의미를 만들어내지. 심지어는 쾌락까지도 준단다, 케이든스. 쾌락에 대해 들어본 적 있지?"

그러나 나는 엄마가 왜 이런 물건들을 소유하는지에 대해 나에게도, 엄마 스스로에게도 거짓말을 하고 있다고 생각한다. 엄마는 새로운 물건을 사들일 때마다 비록 한순간일지라도 대단한 힘을 가진 것처럼 느끼는 것이다. 집 안을 예쁜 물건들로 가득 채우고, 예술가인 체하는 친구들에게서 조개껍데기로 만든 그림을 사고, 티파니에서 숟가락을 사는 사회적 계급이 따로 있는 것 같다. 사람들은 앤티크 제품과 동양의 러그들을 보고 우리 엄마가 브린모어 대학을 중퇴한 골든 리트리버 브리더일지라도—그 정도 돈이 있으므로—대단한 힘이 있다고 여긴다.

나눔 : 내 침대 베개. 볼일을 보러 나갈 때 이 베개를 갖고 간다.

도서관 바깥벽에 한 소녀가 기대서 있다. 발목 옆에 동전을 걷는 종이컵이 놓여 있다. 나이는 나보다 별로 많지 않은 것 같다.

"이 베개 가질래?" 내가 묻는다. "커버도 새로 빨았어."

소녀가 베개를 받아서 깔고 앉는다.

그날 밤 내 침대는 불편했지만 아주 잘한 일이다.

나눔 : 2학년 때 읽은 *리어왕*. 침대 밑에서 찾았다.

공공도서관에 기증했다.

다시 읽을 필요는 없다.

나눔 : 농장 연구소 파티 때 티퍼 할머니가 드레스를 입고 새끼 돼지를 안고 있던 사진.

집으로 오는 길에 중고품 가게에 들린다. "왔네, 케이든스." 카운터 뒤에서 패티가 말한다. "기부하는 거야?"

"우리 할머니야."

"아름다운 분이셨구나." 패티가 자세히 들여다보며 말한다. "사진만 빼서 가져갈래? 액자만 기부해도 돼."

"아니, 괜찮아."

할머니는 죽었다. 사진을 갖고 있다고 달라지는 건 없다.

"또 중고품 가게에 갔다 왔니?" 집에 오자 엄마가 묻는다. 엄마는 과일용 칼로 복숭아를 자르는 중이다.

"응."

"뭘 버렸니?"

"할머니 옛날 사진."

"새끼 돼지랑 찍은 거?" 엄마의 입술이 떨린다. "아, 케이디."

"내 거니까 내 마음이야."

엄마가 한숨을 쉰다. "개들 한 마리라도 갖다주면 평생 혼날 줄 알아."

나는 개들 눈높이에 맞춰 쪼그리고 앉는다. 보쉬와 그렌델과 파피가 부드러운 소리로 나직막이 컹컹대며 나를 반긴다. 우리 집안에 내려오는 이 개들은 약간 뚱뚱하고 얌전하다. 순종 골든 리트리버. 파피는 엄마의 사업을 위해 몇 차례 새끼를 낳은 적이 있지만 새끼 강아지들과 다른 종견들은 벌링턴 외곽에 있는 농장에서 엄마의 동업자와 함께 살고 있다.

"절대로 안 그럴 거야." 내가 말한다.

개들의 부드러운 귀에 대고 그들을 얼마나 사랑하는지 속삭인다.

18

구글에 검색하면 대부분의 웹사이트에서 선택적 기억상실은 *외상성 뇌 손상*의 결과로 생긴다고 나와 있다. 뇌에 손상을 입은 환자가 기억을 잃는 것은 드문 일이 아니다. 이런 환자는 트라우마에 대한 일관된 기억을 구성할 수 없게 된다.

내가 이런 상태라는 걸 사람들에게 알리고 싶지 않다. 그 모든 진료와 스캔, 약물 치료 후에도 아직 이런 상태라는 사실을.

장애가 있다는 딱지가 붙는 게 싫다. 약을 더 먹고 싶지도 않다. 내겐 의사도, 걱정하는 선생들도 필요 없다. 신은 알 것이다. 의사는 만날 만큼 만나봤다.

사고가 있었던 그 여름에 대해 내가 기억하는 것들 :

레드게이트 부엌문 앞에서 갯을 사랑하게 된 일.

갯이 라켈에게 보낸 해당화와 와인과 분노에 취해 빙글빙글 돌던 나의 밤.

아무 일 없는 것처럼 행동하고, 아이스크림을 만들고, 테니스를 쳤던 것.

삼층 스모어를 만들어주던 갯, 그리고 우리가 입 다물라고 했을 때 갯이 보인 분노.

한밤의 수영.

다락방에서의 키스.

크래커 잭 이야기를 듣고 할아버지를 부축해 다락방에서 내려오던 것.

타이어 그네, 지하실, 둘레길. 서로의 품에 안겨 있던 갯과 나.

내가 피 흘리는 것을 본 갯. 어떻게 된 일인지 묻고, 내 상처를 감싸준 것.

그 밖에 기억나는 건 별로 많지 않다.

미렌의 손이 보인다. 금색 매니큐어가 벗겨진 손톱, 모터보트용 휘발유통을 들고 있던 손.

굳은 표정으로 묻는 엄마, "흑진주는?"

클레어몬트에서 보트 창고까지 계단을 뛰어 내려가던 조니의 발.

나무를 붙들고 있던 할아버지. 장작불이 환하게 비추던 얼굴.

그리고 우리 거짓말쟁이들 넷. 너무 웃어젖히는 바람에 어지럽고 속이 안 좋았던 일. 뭐가 그렇게 재미있었던 걸까?

뭐 때문이었을까? 그게 어디였지?

모르겠다.

열다섯 번째 여름의 다른 일들이 기억나지 않을 때마다 엄마에게 질문했다. 나의 망각이 무서웠다. 나는 약을 끊거나, 새로운 약을 먹어보거나, 아니면 다른 의사를 만나보자고 제안했다. 내가 잊어버린 게 무엇인지 알려달라고 간청했다. 그러던 어느 늦은 가을—죽을 병인지 심각한 검사를 했던 가을—엄마가 울기 시작했다. "물었던 걸 묻고 또 묻잖아. 내가 무슨 말을 해도 넌 절대로 기억하질 않아."

"죄송해요."

엄마는 자기 잔에 와인을 따르면서 말했다. "병원에서 깨어난 날부터 묻기 시작했어. '어떻게 된 거예요? 무슨 일이 있었던 거예요?' 나는 네게 사실대로 말했단다, 케이든스. 매번 사실대로 말해줬고 넌 내 말을 똑같이 반복했지. 하지만 다음 날이 되면 넌 똑같은 질문을 해."

"죄송해요," 내가 다시 말했다.

"지금도 넌 거의 매일 내게 묻고 있어."

사실 나는 사고에 대한 기억이 전혀 없다. 사고 전후에 무슨 일이 있었는지도 기억나지 않는다. 의사들이 다녀간 기억도 없다. 분명 의사가 다녀갔을 테고, 내 앞으로 된 진단과 처방도 있는 걸 보면 의사를 만났던 건 확실하다. 그런데도 치료 과정에 대한 기억은 하얗게 비어 있다.

엄마를 바라보았다. 화가 나도록 걱정스러운 표정, 눈에서 흐르는 눈물, 술기운으로 느슨해진 입꼬리. "이제 그만 물어봐."

엄마가 말했다. "어쨌든 의사들은 너 스스로 기억을 떠올리는 게 좋다고 하니."

나는 엄마에게 마지막으로 한 번만 더 말해달라고 했고, 엄마의 대답을 적어놓았다. 내가 원할 때마다 읽어볼 수 있도록. 한밤에 수영을 했던 일이며, 바위며, 저체온증이며, 호흡곤란이며, 확인되지 않은 외상성 뇌 손상 등에 관해 이야기할 수 있는 것도 그 덕분이다.

그 후로 다시는 엄마에게 아무것도 묻지 않았다. 이해되지 않는 게 많지만, 그래도 그 덕에 엄마가 꽤 맨정신으로 지내고 있다.

19

열일곱 번째 여름 내내 아빠는 나를 데리고 호주와 뉴질랜드 여행을 떠날 계획을 세운다.

나는 가고 싶지 않다.

나는 비치우드로 돌아가고 싶다. 미렌과 함께 햇빛 아래 누워서 우리의 미래를 계획하고 싶다. 조니와 말다툼하고, 스노클링을 하고, 아이스크림을 만들고 싶다. 작은 바닷가에서 모닥불을 피우고 싶다. 클레어몬트 마당에 있는 해먹으로 몰려가서, 다시 한번 '거짓말쟁이들'이 되고 싶다. 그럴 수만 있다면.

나는 무슨 사고가 있었던 건지 알고 싶다.

나는 왜 갯이 사라졌는지 알고 싶다. 왜 갯이 나와 함께 수영을 하지 않았는지 모르겠다. 왜 내가 혼자 작은 바닷가에 갔는지도 모르겠다. 왜 내가 속옷 바람으로 수영을 했는지, 왜 모래 위에 벗어놓은 옷이 없었는지도. 그리고 왜 내가 아플 때 그가 떠났는지도.

갯이 나를 사랑했는지 궁금하다. 갯이 라켈을 사랑했는지도 궁금하다.

아빠와 나는 닷새 후에 호주로 떠날 예정이다.

함께 가겠다고 동의하지 말았어야 했다.

나는 비참한 기분으로 흐느껴 운다. 나는 세상을 보고 싶지 않다고 엄마에게 말한다. 나는 가족을 만나고 싶고, 할아버지가 보고 싶다고.

안 돼.

호주에 가면 아플 거야. 두통이 심해질 거라고. 비행기를 타면 안 돼. 낯선 음식을 먹어서도 안 되고. 시차 적응 때문에 고생하면 안 돼. 약이라도 잃어버리면 어떻게 해?

더 이상 이야기하지 마. 결제도 끝났어.

나는 이른 아침 개들을 산책시킨다. 식기세척기에 그릇을 넣어 돌리고, 끝난 다음에는 그릇을 꺼내 정리한다. 원피스를 입고 뺨에 블러셔를 바른다. 내 접시에 담긴 음식을 남기지 않고 먹는다. 엄마가 두 팔로 나를 안고 머리를 쓰다듬어도 가만히 있는다. 아빠 말고 엄마와 여름을 보내고 싶다고 말한다.

제발.

다음 날 할아버지가 벌링턴에 와서 손님방에 머문다. 할아버지는 5월 중순부터 줄곧 섬에 있었기 때문에 우리 집에 오려면 배와 자동차와 비행기를 타야 했다. 할아버지는 티퍼 할머니가 계실 때에도 우리 집에 온 적이 없었다.

엄마가 할아버지를 마중하러 공항에 간 동안 나는 집에서 저녁 식탁을 차렸다. 엄마가 동네 고급 식료품점에서 닭구이와 곁들임 요리를 사다놓았다.

할아버지는 지난번에 봤을 때보다 몸무게가 많이 줄어든 것 같았다. 귀 주변에 흰 머리가 뭉툭하게 솟아 있어서 마치 아기 새 같았다. 살이 처지고 배가 불룩해서 내가 기억하는 모습과는 다르다. 예전의 할아버지는 단단하고 넓은 어깨에 치아가 많아서 강인해 보였다.

할아버지에겐 좌우명이 있었다. "거절을 거절해라." 늘 우리에게 말한다. "뒷자리에 앉지 마라. 승자는 앞자리에 앉는다."는 말도.

우리 거짓말쟁이들은 이런 말—"분명한 태도를 보여라. 우유부단한 사람은 아무도 좋아하지 않는다." "불평하지 마라, 변명하지 마라."는 말—에 시큰둥하게 반응하면서도 할아버지가 어른들의 일에 관해서라면 지혜가 넘치는 사람이라고 생각했다.

할아버지는 체크무늬 반바지에 로퍼를 신고 왔다. 다리는 막대기처럼 가는, 영락없는 노인의 다리였다. 할아버지는 내 등

77

을 톡톡 두드리더니 스카치 위스키와 소다수를 달라고 한다.

함께 식사하는 동안 할아버지는 보스턴에 있는 친구 이야기를 한다. 비치우드에 새로 고친 부엌 이야기도. 그다지 중요하지 않은 이야기들이다. 식사 후 엄마가 식탁을 치우는 동안 나는 할아버지에게 뒷마당을 구경시켜 준다. 저녁 해가 아직 걸려 있었다.

할아버지가 작약 한 송이를 꺾어 내게 건넨다. "내 첫 손주."

"꽃을 꺾으시면 안 돼요."

"페니는 상관하지 않을 거야."

"아니요, 싫어할 거예요."

"케이든스는 첫 손주였어." 할아버지가 내 눈이 아니라 하늘을 올려다보면서 말한다. "케이든스, 네가 우리를 만나러 보스턴에 찾아왔을 때가 기억나는구나. 핑크색 아기 롬퍼를 입었고 머리카락이 솟아 있었지. 조니는 그로부터 3주가 지나서야 태어났어."

"저 여기 있어요, 할아버지."

"케이든스, 내 첫 손주. 딸인 것도 상관없었어. 그 애에게 모든 걸 주려고 했지. 손자에게 하듯이 말이야. 내가 그 애를 두 손에 안고 춤을 추었단다. 그 애는 우리 가문의 미래였어."

나는 고개를 끄덕인다.

"싱클레어 집안 사람이라는 걸 한눈에 알 수 있었어. 머리카락도 그렇지만, 그거 말고도 또 있었어. 턱도, 작은 손도. 그랬지. 나중에 키가 클 것도 알았어. 베스가 그 작은 녀석이랑 결혼하고 캐리 역시 같은 실수를 하기 전까지 우리 집안 사람들은 모두 키가 컸으니까."

"브로디 이모부와 조녀선 이모부를 말씀하시는 거군요."

"안 보이니까 후련하구나, 그렇지?" 할아버지가 미소 짓는다. "우리 집안 사람들은 다들 키가 커. 나의 어머니 쪽 가족이 *메이플라워*호를 타고 이 땅에 왔다는 거 알고 있니? 이곳 미국에서 새 삶을 만들기 위해서 말이야."

우리 조상이 *메이플라워*호를 타고 건너왔든 아니든 그건 중요하지 않다. 키가 큰 것도, 머리가 금발인 것도 마찬가지다. 그래서 나는 머리를 염색했다. 나는 내가 첫 손주라는 것도 싫다. 섬과 재산과 기대를 물려받는 상속녀가 되고 싶지도 않다.

하지만 어쩌면, 내가 그 모든 것들을 원하는 걸지도.

할아버지는 긴 여행을 한 데다 술을 너무 많이 마셨다. "안으로 들어가실래요?" 내가 묻는다. "자리에 앉고 싶으시죠?"

할아버지가 두 번째 작약 꽃을 따서 내게 건넨다. "용서를 위해서란다, 내 사랑."

나는 할아버지의 구부정한 등을 토닥인다. "더 이상은 안 돼요. 아셨죠?"

할아버지가 허리를 굽히더니 하얀 튤립을 만진다.

"할아버지, 안 돼요." 내가 말한다.

할아버지는 반항하듯 날카롭게 세 번째 작약을 꺾어 내게 건넨다. "넌 내 케이든스야. 첫 손주."

"네."

"머리는 어떻게 된 거니?"

"염색했어요."

"못 알아봤다."

"그럴 수 있죠."

할아버지가 내 손에 들려 있는 작약들을 가리킨다. "세 송이 꽃은 너를 위한 거란다. 넌 세 송이를 가져야 해."

할아버지가 가엾어 보인다. 동시에 힘이 센 사람처럼 보인다.

나는 할아버지를 사랑하지만 정말로 좋아하는지는 확신할 수 없었다. 할아버지의 손을 잡고 집 안으로 들어간다.

20

옛날 옛날에 아름다운 세 딸을 둔 왕이 있었습니다. 왕은 세 딸을 모두 무척 사랑했답니다. 어느 날, 젊은 공주들이 결혼할 나이가 되었을 때 머리가 셋 달린 용이 왕국을 습격했습니다. 뜨거운 불을 내뿜으며 마을을 불태웠지요. 농작물이 시들고 교회가 불탔습니다. 아이들, 노인들, 그리고 그 사이의 모든 사람들이 불에 타 죽었습니다.

왕은 누구든 용을 죽인 자와 공주를 혼인시키겠다고 약속했습니다. 영웅들과 전사들이 갑옷을 입고 칼과 화살로 무장한 채 용감한 말을 타고 왕국으로 몰려왔습니다.

영웅과 전사들은 차례차례 용에게 죽임을 당하고 잡아먹혔습니다.

마침내 왕은 처녀라면 용의 마음을 녹여 전사들이 해내지 못한 일을 성공할 수 있을 거라고 생각했습니다. 그는 첫째 딸을 보내 용의 자비를 구했지만 용은 그녀의 간청을 한 마디도 듣지 않았습니다. 용은 그녀를 통째로 삼켜버렸어요.

얼마 후 왕은 둘째 딸을 보내 용의 자비를 구했지만 용은 이번에도 마찬가지였습니다. 둘째 딸이 미처 한 마디도 하기 전에 그녀를 삼켜버렸습니다.

왕은 또다시 막내딸을 보내 용의 자비를 구했습니다. 다른 딸들은 실패했지만 셋째 딸은 너무나도 사랑스럽고 영리하니 성공할 거라고 왕은 확신했습니다.

당연히 아니었습니다. 용은 간단히 그녀를 잡아먹었습니다.

왕은 뼈아픈 후회를 했습니다. 이제 그는 세상에서 혼자였습니다.

자, 여기서 한 가지 여쭤보겠습니다. 누가 공주들을 죽인 건가요?

용인가요? 아니면 공주의 아버지인가요?

다음 날 할아버지가 떠난 뒤 엄마는 아빠에게 전화해 호주 여행을 취소한다. 고함 소리가 오가고 협상이 이어진다.

결국, 나는 여름 4주 동안은 비치우드에 가고 그 후에는 아빠가 사는 콜로라도로 가기로 결정된다. 나는 콜로라도에 한 번도 가본 적이 없다. 아빠가 고집을 부린다. 아빠는 여름을 통째로 나와 보내게 해주지 않으면 변호사들을 불러야 할 것이라고 말한다.

엄마가 이모들에게 전화한다. 우리 집 베란다로 나가 오랫동안 사적인 대화를 나눈다. 몇 마디 말고는 거의 들리지 않는다. '케이든스는 너무 연약해, 많이 쉬어야 해. 4주만, 여름 내내는 아니고. 그 애를 불편하게 하면 안 돼, 아주 천천히 나아지는 중이야.'

'그리고, 피노 그리지오, 상세르, 아니면 리슬링 정도는 필요해. 하지만 샤도네이*는 절대로 안 돼.'

21

이제 내 방에는 물건이 거의 없다. 침대 위의 시트와 이불. 책상 위에 놓인 노트북과 펜 몇 자루. 의자 하나.

청바지와 반바지 몇 개. 티셔츠와 플란넬 셔츠, 따뜻한 스웨터 몇 벌. 수영복, 운동화 한 켤레, 크록스 한 켤레, 부츠 한 켤레. 원피스 두 벌과 힐 몇 켤레. 따뜻한 코트, 헌팅 재킷, 캔

---

* 피노 그리지오, 상세르, 리슬링, 샤도네이는 모두 포도 품종에 따라 구분되는 와인 종류를 말한다

버스 더플백.

선반이 텅 비었다. 사진도, 포스터도 없다. 오래된 장난감도 없다.

나눔 : 어제 엄마가 사준 여행용 칫솔 세트.

이미 칫솔이 있는데 왜 또 사준 건지 모르겠다. 그냥 뭔가를 사기 위해 물건을 사는 그런 여자. 역겹다.

나는 도서관까지 걸어간다. 전에 베개를 주었던 소녀가 그곳에 있다. 여전히 도서관 바깥벽에 기대어 있다. 나는 그녀의 컵에 칫솔 세트를 넣는다.

나눔 : 갯의 올리브색 헌팅 재킷. 우리가 손을 잡고 별을 보면서 신에 대해 이야기했던 그날 밤 내가 입었던 재킷이다. 나는 그 재킷을 돌려주지 않았다.

다른 무엇보다 이 재킷을 가장 먼저 버렸어야 했다. 그걸 알고 있었지만, 그러지 못했다. 재킷은 갯과 관련된 것 중 유일하게 내게 남은 것이었다.

그러나 그건 나약하고 어리석은 짓이었다. 갯은 나를 사랑하지 않는다.

나도 갯을 사랑하지 않는다. 어쩌면 사랑한 적이 없을지도 모른다.

모레면 갯을 보게 될 것이고, 나는 갯을 사랑하지 않으며 그의 재킷이 필요하지 않다.

22

비치우드 섬으로 떠나기 전날 밤 10시에 전화가 울린다. 엄마는 샤워 중이다. 내가 전화를 받는다.

무거운 숨소리. 이어지는 웃음소리.

"누구세요?"

"케이디 누나?"

아이 목소리라는 걸 깨닫는다. "그래."

"나야, 태프트." 미렌의 남동생. 예의 없는 아이다.

"너 왜 이 시간에 깨어 있어?"

"누나가 약물 중독자라는 거 사실이야?" 태프트가 내게 묻는다.

"아니야."

"확실해?"

"내가 약물 중독자인지 물어보려고 전화한 거야?" 나는 사고 이후로 태프트와 이야기해본 적이 없다.

"우린 비치우드에 왔어." 그가 말한다. "오늘 아침에 왔어."

태프트가 화제를 돌려 다행이다. 나는 밝은 목소리로 말했다. "우린 내일 가. 거기 날씨 좋아? 수영은 했고?"

"아니."

"타이어 그네는 탔어?"

"아니." 태프트가 말한다. "누나 정말 약쟁이 아니야?"

"대체 어디서 그런 말을 들은 거야?"

"보니가 그랬어. 나더러 누나를 조심해야 된대."

"보니 말 듣지 마." 내가 말한다. "미렌 말을 들어."

"내 말이 그 말이야. 하지만 내가 커들다운에 대해 하는 이야기를 믿어주는 건 보니밖에 없는걸." 그가 말한다. "누나한테 전화하고 싶었어. 하지만 누나가 약쟁이라면 얘기 안 할래. 약쟁이는 무슨 일이 일어나고 있는지 모르니까."

"나 약쟁이 아니야, 이 꼬맹아." 내가 말한다. 아마도 거짓말이 되겠지만.

"커들다운에 귀신이 있어." 태프트가 말한다. "윈드미어에서 누나랑 자도 돼?"

나는 태프트가 좋다. 정말로. 그 애는 살짝 정신이 나가 있고 주근깨투성이며, 미렌은 쌍둥이보다 태프트를 훨씬 더 사랑한다. "귀신은 없어. 그냥 바람이 들어오는 거지." 내가 말한다. "윈드미어도 마찬가지야. 창문이 덜컹거려서 그래."

"거기도 귀신이 있는 거야." 태프트가 말한다. "엄마도 내 말을 안 믿고 리버티도 안 믿어."

태프트는 어렸을 때부터 늘 벽장에 괴물이 있다고 생각하는 그런 아이였다. 조금 커서는 부두 아래 바다 괴물이 있다고 믿었다.

"미렌에게 도와달라고 해." 내가 그에게 말한다. "잠잘 때 책을 읽어주거나 아니면 노래를 불러줄 거야."

"그럴 거 같아?"

"그럼. 그리고 내가 도착하면 튜브 타러 가거나 스노클링 할 때 너 데려갈게. 멋진 여름이 될 거야, 태프트."

"좋아." 그가 말한다.

"바보 같은 커들다운 같은 건 무서워하지 마." 내가 그에게 말한다. "누가 주인인지 확실하게 보여줘. 내일 보자."

태프트는 작별 인사도 없이 전화를 끊는다.

3. 열일곱 번째 여름

23

항구 도시 우즈 홀에 도착한 엄마와 나는 차에서 골든 리트리버들을 내리게 한 뒤 가방을 끌고 캐리 이모가 서 있는 부두로 내려간다.

캐리 이모가 엄마와 긴 포옹을 나눈 뒤 우리를 도와 가방과 개들을 대형 모터보트에 실었다. "전보다 예뻐졌네." 캐리 이모가 말한다. "네가 이렇게 와서 다행이야."

"아, 조용히 해." 엄마가 말한다.

"아프다고 들었어." 캐리 이모가 내게 말한다. 그녀는 이모들 중에서 키가 가장 크며 싱클레어 집안의 첫째 딸이다. 긴 캐시미어 가디건을 입은 이모의 입 양옆으로 주름이 깊게 파였다. 이모는 할머니 것이었던 앤티크 원석 목걸이를 걸고 있다.

"퍼코셋* 한 알과 보드카 두 모금이면 다 치료되는 것들이에요." 내가 말한다.

캐리 이모가 소리 내어 웃는데 엄마가 이모 쪽으로 몸을 기울이며 말한다. "얘는 퍼코셋 안 먹어. 의사가 처방한 중독성 없는 약을 복용 중이야."

사실이 아니다. 중독성이 없는 약은 효과가 없었다.

---

* 강력한 마약성 진통제

"애가 너무 말라 보여." 캐리 이모가 말한다.

"다 보드카 때문이에요." 내가 말한다. "보드카를 마시면 배가 불러요."

"아플 땐 많이 먹질 못해." 엄마가 말한다. "통증 때문에 속이 안 좋은가봐."

"베스 이모가 너 좋아하는 블루베리 파이 만들었어." 캐리이모가 내게 말한다. 이모가 또 엄마를 껴안는다.

"갑자기 애정 표현이 많아졌네요." 내가 말한다. "전에는 포옹 같은 거 안 했잖아요."

캐리 이모가 나도 껴안는다. 비싼 레몬향 향수 냄새가 난다. 이모를 오랜만에 본다.

항구를 빠져나오는 뱃길은 춥고 반짝인다. 운전대를 잡고 있는 캐리 이모 옆에 엄마가 서 있고 나는 배 뒤쪽에 앉아 있다. 손을 물에 담그고 갈라지는 물살을 본다. 더플코트 소매에 물이 튀고 캔버스천이 젖는다.

곧 갯을 보게 될 것이다.

갯, 나의 갯, 이제는 나의 것이 아닌 갯.

저택들. 꼬마들, 이모들, 거짓말쟁이들.

갈매기 소리를 들으며 파이와 집에서 만든 아이스크림을 맛볼 것이다. 테니스 공이 라켓에 맞는 소리, 골든 리트리버가 짖는 소리, 스노클 안에서 울리는 내 숨소리도 들을 것이다. 우리는 장작불을 피울 것이고 불에선 재 냄새가 날 것이다.

나도 예전처럼 편하게 지낼 수 있을까?

오래지 않아 비치우드 섬이 낯익은 윤곽선을 드러내면서 우리 앞에 나타난다. 맨 처음 보이는 건 뾰족한 지붕이 많은 윈드미어다. 맨 오른쪽에 있는 엄마 방 창문으로 옅은 파란색 커튼이 보인다. 내 방 창문은 섬 안쪽을 향하고 있다.

캐리 이모가 배를 운전하여 섬의 끝자락을 돌자 가장 낮은 지대에 위치한 통통한 상자 모양의 커들다운이 보인다. 섬이 움푹 파인 곳에는 모래밭이 있는 작은 만—작은 바닷가—이 있고 긴 나무 계단이 해변까지 놓여 있다.

배가 빙 돌아 섬의 동쪽 편으로 향하자 풍경이 바뀐다. 레드게이트는 나무에 파묻혀 잘 보이지 않지만 어렴풋이 빨간 테두리가 보인다. 곧 큰 해변이 보이고 여기에도 또 다른 목재 계단이 놓여 있다.

클레어몬트는 가장 높은 곳에 위치해 있으며 삼면으로 바다가 보인다. 나는 목을 길게 빼고 낯익은 이 저택의 탑을 찾지만, 보이지 않았다. 비탈진 넓은 마당에 그늘을 드리우던 나무들 역시 사라지고 없다. 저택을 빙 둘러싸는 베란다와 농가 스타일의 주방, 그리고 여섯 개의 침실을 갖춘 빅토리아 양식의 저택이 있던 자리, 할아버지가 아주아주 오래전부터 매년 여름을 보냈던 그 집이 있던 바위 언덕 위에는 이제 날렵한 현대식 건물이 들어서 있다. 한쪽에는 일본식 정원이 있고, 반대편에는 맨 바위가 보인다. 집은 유리와 철제로 되어 있다. 차가웠다.

캐리 이모가 엔진을 끄자 이야기 나누기가 한결 수월하다. "새로운 클레어몬트야." 이모가 말한다.

"작년엔 겨우 뼈대만 있었는데. 할아버지가 잔디밭을 안 만들 거라고는 상상도 못 했지." 엄마가 말한다.

"내부를 보면 훨씬 놀랄 거야. 벽은 텅 비어 있고 우리가 어제 도착했을 때 냉장고 안에는 사과 몇 개와 하바티[*] 치즈 한 덩어리밖에 없더라고."

"대체 아버지가 언제부터 하바티 같은 걸 좋아하신 거야?" 엄마가 묻는다. "하바티는 좋은 치즈도 아니잖아."

"아버지는 장을 못 보잖아. 지니와 루실이라고 새로운 요리사들이 왔는데, 이들은 아버지가 시키는 일만 해. 아버지는 줄곧 치즈토스트를 드셨대. 내가 쇼핑 목록을 잔뜩 써줬고 요리사들이 에드거타운 마켓에 갔으니까 이제 며칠 먹을 건 충분할 거야."

엄마가 몸을 부르르 떤다. "오니까 좋다."

엄마와 이모가 이야기를 나누는 동안 나는 새 건물을 쳐다본다. 할아버지가 집을 개조했다는 건 물론 알고 있었다. 며칠 전 할아버지가 우리 집에 왔을 때 엄마와 새 주방에 대해 이야기했으니까. 냉장고와 여분의 냉동고, 온장고와 양념 선반 등등에 관해.

그래도 할아버지가 집을 완전히 헐어버렸을 줄은 몰랐다. 잔

---

[*]   우유를 압착해 세척하며 숙성시킨 덴마크산 세미하드 치즈

디밭이 사라졌다는 것도. 나무들, 특히 타이어 그네가 매달려 있던 거대한 단풍나무가 사라졌다는 것도. 그 나무는 아마 백 살은 되었을 것이다.

파도가 솟구쳐 오른다. 까만 파랑색 물결이 고래처럼 보인다. 파도가 나를 덮쳐온다. 내 목 근육이 경련을 일으키고 목이 막힌다. 무게에 짓눌려 허리가 굽혀진다. 피가 머리로 쏟아진다. 나는 익사하고 있다.

그네가 매여 있던 사랑스러운 오랜 단풍나무를 생각하니 이 모든 게 너무 슬프게 느껴진다. 잠깐이지만 견딜 수 없을 만큼 슬프다. 우리가 그 나무를 얼마나 사랑했는지 한 번도 말해주지 못했다. 이름을 지어주지도 않았고 아무것도 해준 게 없었다. 그 나무는 훨씬 더 오래 살 수도 있었다.

갑자기 너무, 너무 춥다.

"케이든스?" 엄마가 내 쪽으로 몸을 숙인다.

나는 팔을 뻗어 엄마 손을 움켜쥔다.

"정신 차려, 얼른." 엄마가 속삭인다. "당장."

"뭐라고?"

"아무렇지 않게 행동해. 그렇게 할 수 있잖아."

알겠어요, 알겠어. 그냥 나무일 뿐이야.

그냥 내가 많이 아끼던, 타이어 그네가 매여 있던 나무일 뿐이잖아.

"소란 피우지 마." 엄마가 속삭인다. "심호흡하고 똑바로 앉아."

늘 그래왔던 것처럼 나는 가능한 한 빨리 엄마가 시키는 대로 한다.

캐리 이모가 밝은 목소리로 이야기하며 분위기를 전환한다. "새 정원도 익숙해지면 괜찮아. 앉아서 칵테일을 마실 만한 공간도 있어. 태프트와 윌은 특이하게 생긴 돌을 찾는 중이야."

캐리 이모가 배를 바닷가 쪽으로 돌리자 나의 거짓말쟁이들이 기다리고 있는 모습이 보인다. 부두가 아니라 둘레길을 따라 길게 이어진 낡은 울타리 옆에 서 있다.

미렌은 울타리 아래쪽에 두 발을 딛고 올라서서, 바람에 머리카락을 휘날리며 반갑게 손을 흔들었다.

미렌. 미렌은 설탕이다. 미렌은 호기심이고 비다.

조니가 옆으로 재주넘기를 하며 펄쩍펄쩍 뛰고 있다.

조니. 조니는 생기이고, 노력이며, 빈정거림이다.

갯, 나의 갯, 한때는 나의 갯이었던 그도 나를 보러 나와 있었다. 그는 울타리에서 떨어져, 이제는 클레어몬트로 이어지는 바위 언덕에 서 있다. 마치 내가 어떤 암호를 이해해야 한다는 듯이, 두 팔로 복잡한 패턴을 그리면서 뭔가 수신호를 보내는 척한다. 그는 사색과 열정이다. 야망과 진한 커피다.

돌아온 걸 환영해, 그들이 말한다. 집에 온 걸 환영해.

24

부두에 배를 댈 때 거짓말쟁이들은 나오지 않았다. 베스 이모와 할아버지도. 대신 꼬마들, 월과 태프트, 리버티와 보니가 나와 있다.

열 살인 두 소년은 서로 발길질하고 씨름을 한다. 태프트가 달려와 내 팔을 잡는다. 나는 그를 안아올려 빙글빙글 돌린다. 주근깨투성이인 태프트의 몸은 깃털이 가득 찬 건가 싶을 정도로, 놀랍게 가볍다. "기분은 좋아졌어?" 내가 묻는다.

"냉장고에 아이스크림 있어!" 그가 고함을 지른다. "세 가지 종류나 있어!"

"진지하게 묻는 거야, 태프트. 어젯밤에 통화했을 때 너 엉망이었잖아."

"아니야."

"맞아."

"미렌이 책을 읽어줬어. 그런 다음 난 자러 갔고. 별일 아니야."

나는 태프트의 꿀빛 머리카락을 헝클어뜨린다. "그냥 집일 뿐이야. 어떤 집이든 밤엔 원래 좀 으스스하게 느껴지지만 아침이 되면 다시 친근해지지."

"어쨌든 우린 커들다운에서 지내지 않을 거야." 태프트가 말한다. "이제는 뉴 클레어몬트로 옮겨서 할아버지랑 같이 살아."

"집을 옮겼다고?"

"거기에서는 어지르면 안 되고 바보처럼 굴어도 안 돼. 이미

짐도 다 옮겼어. 그리고 윌이 큰 바닷가에서 해파리 세 마리와
죽은 게를 잡았는데, 보러 올래?"

"물론이지."

"게는 윌 주머니에 있고, 해파리는 양동이에 들어 있어." 태
프트가 이렇게 말하고는 뛰어간다.

엄마와 나는 목재 산책로를 따라 섬을 가로질러 윈드미어로
걸어간다. 쌍둥이들이 여행 가방을 들어주겠다고 나섰다.

할아버지와 베스 이모가 주방에 있다. 조리대 위 꽃병에는
야생화가 꽂혀 있고, 베스 이모가 브릴로 철 수세미로 깨끗한
싱크대를 문질러 닦는 동안 할아버지는 *마서즈 비니어드 타임*
*스*를 읽고 있다.

베스 이모는 다른 이모들보다 부드럽고 금발이 더 밝지만 그
래도 같은 유형이다. 이모는 흰색 청바지와 네이비블루 탑을 입
고 다이아몬드 목걸이를 걸쳤다. 베스 이모가 고무장갑을 벗고
엄마에게 입을 맞춘 다음 나를 아주 오랫동안, 세게 꼭 끌어안
는다. 어떤 깊고 비밀스러운 메시지를 전하려는 듯이. 이모에게
서 표백제와 와인 냄새가 난다.

자리에서 일어난 할아버지는 한동안 기다리다가 베스 이모
의 포옹이 끝난 다음에야 내 쪽으로 온다. "왔구나, 미렌." 할아
버지가 쾌활하게 말한다. "이렇게 보니 정말 좋구나."

"할아버지가 자주 이러신다." 캐리 이모가 나와 엄마에게 말

한다. "자꾸 사람들을 미렌이라고 불러."

"애가 미렌이 아닌 거 안다." 할아버지가 말한다.

어른들끼리 이야기하는 동안 나는 쌍둥이와 함께 있다. 이제 거의 열네 살쯤 되었을 텐데, 크록스 신발에 여름 옷을 입은 게 뭔가 어색해 보인다. 쌍둥이는 미렌처럼 튼튼한 다리와 파란 눈을 가지고 있지만 얼굴이 굳어 있다.

"언니 머리가 검은색이네." 보니가 말한다. "죽은 뱀파이어 같아."

"보니!" 리버티가 보니를 때린다.

"'죽은 뱀파이어'라니, 모든 뱀파이어는 이미 죽어 있거든." 보니가 말한다. "뱀파이어는 눈 밑에 다크서클이 있고 피부가 하얘. 언니처럼."

"케이디 언니한테 잘해줘." 리버티가 속삭인다. "엄마가 그랬잖아."

"잘해주고 있잖아." 보니가 말한다. "뱀파이어들은 정말 섹시해. 그건 증명된 사실이야."

"이번 여름엔 괴상한 죽은 것들 이야기 좀 안 했으면 좋겠다고 했잖아." 리버티가 말한다. "어젯밤에도 정말 심했어." 리버티가 내 쪽으로 고개를 돌린다. "보니는 죽은 것들에 집착해. 항상 그런 책들을 읽고는 잠을 못 자는데, 방을 같이 쓰니까 짜증나." 리버티는 이 모든 이야기를 하는 동안 내 눈을 한 번도 쳐다보지 않는다.

"난 케이디 언니의 머리카락 말한 거야." 보니가 말한다.

"언니한테 죽은 것처럼 보인다고 이야기할 필요는 없잖아."

"괜찮아." 내가 보니에게 말한다. "네가 어떻게 생각하든 난 신경 안 쓰니까, 정말 괜찮아."

25

엄마와 내가 윈드미어에서 짐을 푸는 동안 모두 뉴 클레어몬트로 향한다. 나는 가방을 던져두고 '거짓말쟁이들'을 찾으러 간다.

거짓말쟁이들이 갑자기 나타나 강아지들처럼 내게 달려든다. 미렌이 나를 붙잡고 빙글빙글 돌린다. 조니가 미렌을 붙잡고, 갯이 조니를 붙잡고, 우리 모두 서로를 붙잡고 폴짝폴짝 뛴다. 그리고 다시 흩어져 커들다운으로 들어간다.

미렌은 이번 여름에 베스 이모와 꼬마들이 할아버지와 함께 지내게 되어 얼마나 기쁜지에 대해 재잘거린다. 할아버지는 누군가 옆에 있어줄 사람이 필요하다. 게다가 강박적인 결벽증이 있는 베스 이모와 같이 사는 건 너무 힘든 일이다. 이보다 훨씬, 제일 중요한 것은 우리 거짓말쟁이들끼리만 커들다운에서 지낼 거라는 점이다. 갯은 요새 차에 관심이 생겼다면서, 뜨거운 차를 마시자고 말한다. 조니가 갯을 허세 부리는 멍청이라고 부른다. 우리는 갯의 뒤를 따라 부엌으로 간다. 그가 물을 끓인다.

모두가 서로의 말을 막으면서 자기 할 말만 하고, 웃으며 티격태격하는 게 꼭 예전 같다. 하지만 갯은 한 번도 나를 쳐다보지 않았다.

나는 갯을 쳐다보는 것을 멈출 수가 없다.

갯은 너무 아름답다. 정말 갯답게. 너무나 익숙한, 그의 아랫입술이 그리는 곡선과 단단한 어깨를 본다. 청바지 안에 셔츠를 반만 넣어 입은 것, 신발 뒤꿈치가 닳은 모양, 무의식적으로 눈썹의 흉터를 만지작거리는 모습도.

너무 화가 난다. 그리고 그를 보게 되어 너무 행복하다.

정서적으로 안정된 사람들이 그렇듯 갯은 아마도 금세 극복하고 잘 지냈을 것이다. 두통과 자기 연민에 빠져 지난 2년을 허비하진 않았겠지. 발레 플랫슈즈를 신은 뉴욕 여자애들을 만나 중국 음식을 먹고 밴드 공연도 보러 다녔을 것이다. 라켈이 아니더라도 분명 뉴욕에는 만나는 여자가 한 명, 아니 어쩌면 세 명은 있을 거다.

"머리 새로 했네." 조니가 내게 말한다.

"응."

"그래도 예뻐 보여." 미렌이 다정하게 말한다.

"키가 너무 커." 갯이 재스민과 잉글리시 브렉퍼스트 등 여러 차 상자를 만지작거리면서 말한다. "예전에는 그렇게 크지 않았잖아, 케이디?"

"이런 걸 성장이라고 해." 내가 말한다. "내 책임은 아니야."

2년 전 여름 갯은 나보다 7,8센티는 더 컸다. 이제 우리는 거의 비슷하다.

"성장하는 건 좋은데," 갯이 여전히 내 얼굴을 보지 않은 채 말한다. "나보다 더 크지는 마."

신경 쓰인다. 일부러 그런 걸까?

그런 것 같다.

"조니는 항상 내게 양보하거든." 갯이 계속 이어서 말한다. "키로 경쟁하지 않고 말이야."

"내게 선택권이 있는 것처럼 말하네." 조니가 투덜거린다.

"그래도 케이디는 여전히 우리 케이디야." 미렌이 진심으로 말한다. "분명 우리도 케이디에게 다르게 보일 거야."

그렇지 않다. 거짓말쟁이들은 예전 그대로다. 갯은 2년 전 여름에도 입었던 낡은 초록색 티셔츠를 입고 있다. 금방이라도 보여줄 것 같은 미소, 구부정한 자세, 인상적인 코.

조니의 넓은 어깨, 청바지, 하도 오래되어 가장자리가 해진 핑크색 체크무늬 셔츠, 물어뜯은 손톱, 짧게 자른 머리.

미렌, 라파엘 전파의 그림 같은 미렌. 싱클레어 특유의 각진 턱선. 길고 풍성한 머리를 말아올렸고 비키니 탑과 반바지를 입고 있다.

마음이 놓인다. 나는 그들이 너무 좋다.

내 사고에 관해 기본적 사실조차 기억하지 못하는 게 그들에게 문제가 될까? 나는 우리가 함께 보낸 열다섯 번째 여름의 많은 부분을 잃어버렸다. 이모들이 내 이야기를 했을지 궁금하다.

나를 아픈 사람으로 보지 않으면 좋겠다. 혹은 내 정신이 온전하지 않다고 생각하지 않으면 좋겠다.

"대학 이야기 좀 해봐." 조니가 말한다. 그는 주방 조리대에 걸터앉아 있다. "어디 갈 거야?"

"아직은 아무 데도 못 가." 내게는 피할 수 없는 진실이다. 당연히 알 줄 알았는데 모른다는 게 놀라웠다.

"뭐?"

"왜?"

"졸업을 못 했어. 사고 이후로 학교를 너무 많이 빠졌거든."

"아, 토 나와!" 조니가 소리를 지른다. "끔찍하다. 여름 학기는 못 다녀?"

"여기 오면서는 못 가지. 어차피 모든 과정을 제대로 끝내고 지원하는 게 나을 거야."

"뭐 공부할 거야?" 갯이 묻는다.

"다른 이야기 하자."

"우린 알고 싶어." 미렌이 말한다. "우리 모두 그래."

"진심인데," 내가 말한다. "다른 이야기 하자. 연애는 어때, 조니?"

"또, 토 나와."

내가 눈썹을 치켜올린다.

"나만큼 잘생기면 말이야, 인생은 순탄하지가 않아." 그가 우스갯소리를 한다.

"내 남자 친구 이름은 드레이크 로저헤드야." 미렌이 말한다. "나와 마찬가지로 포모나에 갈 예정이지. 우리는 성관계도 여러 번 했는데 늘 피임을 해. 나한테 매주 노란 장미를 가져다주는 데다가 근육도 멋져."

조니가 마시던 차를 뱉는다. 갯과 내가 웃음을 터뜨린다.

"드레이크 로저헤드라고?" 조니가 묻는다.

"응." 미렌이 말한다. "뭐가 그렇게 웃겨?"

"아니야." 조니가 고개를 젓는다.

"사귄 지 5개월 정도 됐어." 미렌이 말한다. "걔는 올여름에 아웃워드 바운드[*] 프로그램에 가 있어. 그러니까 다음에 만날 땐 근육이 더 많아졌겠지!"

"농담이지?" 갯이 말한다.

"조금은." 미렌이 말한다. "하지만 난 그 앨 사랑해."

내가 미렌의 손을 꼭 쥔다. 그녀에게 사랑하는 사람이 생겨서 기쁘다. "나중에 성관계에 대해서 물어볼 거야." 내가 미렌에게 경고한다.

"남자애들 없을 때," 그녀가 말한다. "다 얘기해줄게."

우리는 찻잔을 그대로 두고 작은 바닷가로 간다. 신발을 벗고 모래 속에서 발가락을 꼼지락거린다. 작고 날카로운 조개껍

---

* 영국에서 설립된 청소년 대상의 아웃도어 교육 네트워크

데기들이 있다.

"난 뉴 클레어몬트에서 저녁 먹지 않을 거야." 미렌이 단호하게 말한다. "그리고 아침도. 올해는 안 먹어."

"왜?" 내가 묻는다.

"참을 수가 없어." 그녀가 말한다. "이모들. 꼬마들. 할아버지. 할아버지는 제정신이 아니야. 너도 알겠지만."

나는 고개를 끄덕인다.

"너무 지나치게 붙어 지내잖아. 난 그냥 여기서 너희랑 행복하게 지내고 싶어." 미렌이 말한다. "저 차가운 새 건물에는 안 갈래. 거기 있는 사람들은 내가 없어도 괜찮아."

"나도." 조니가 말한다.

"나도." 갯이 말한다.

내가 도착하기 전에 거짓말쟁이들이 이미 이 문제에 대한 논의를 끝냈다는 걸 깨닫는다.

26

미렌과 조니가 스노클과 오리발을 하고 물속으로 들어간다. 두 발을 차면서 바닷가재를 찾으러 돌아다닌다. 아마 근처엔 해파리와 작은 게밖에 없겠지만 그런 보잘것없는 수확에도 우리는 늘 이 작은 바닷가에서 스노클링을 해왔다.

갯은 나와 함께 담요 위에 앉아 있다. 우리는 말없이 다른 애들을 지켜본다.

어떻게 말을 걸어야 할지 모르겠다.

나는 갯을 사랑한다.

갯은 쓰레기처럼 굴었지만.

그를 사랑해서는 안 된다. 아직도 그를 사랑하는 내가 바보 같다. 잊어버려야 한다.

갯은 아직도 내가 예쁘다고 생각할까. 까만 머리에 눈 밑이 움푹 들어갔더라도. 어쩌면.

티셔츠 아래로 갯의 등 근육이 움직인다. 갯의 목선, 귀의 부드러운 곡선. 목 옆에 작은 갈색 점. 손톱의 초승달 모양. 오랜 시간 떨어져 있던 나는 그를 눈으로 들이마신다.

"내 발은 보지 마." 불쑥 갯이 말한다.

"뭐?"

"발이 너무 못생겼어. 내가 잘 때 트롤이 몰래 방에 들어와서 평범했던 내 발을 가져가고 이 흉칙한 트롤 발을 놓고 갔거든." 내가 못 보게, 갯이 발을 수건 아래로 밀어넣으며 말한다. "진짜야."

시답잖은 이야기라 마음이 놓였다. "신발 신어."

"바닷가에서 누가 신발을 신어." 갯이 수건 밑에서 두 발을 꼼지락거린다. 그의 발은 멀쩡해 보인다. "그 트롤을 찾을 때까지 모든 게 괜찮은 척해야 해. 그런 다음 트롤을 죽여서 내 발을 되찾을 거야. 무기 가진 거 있어?"

"아니."

"에이, 정말?"

"음, 윈드미어에 난로용 쇠꼬챙이는 있어."

"좋아. 그러면 트롤을 보자마자 그 쇠꼬챙이로 죽여버리자."

"그러든지."

나는 담요에 등을 대고 누워 팔로 눈을 가린다. 우리는 한동안 말이 없다.

"트롤은 야행성이야." 내가 덧붙인다.

"케이디?" 갯이 속삭인다.

나는 고개를 돌려 갯의 눈을 바라본다. "응?"

"널 다신 못 보는 줄 알았어."

"뭐라고?" 키스도 할 수 있을 만큼, 갯이 너무 가까이 있다.

"널 다시는 못 보는 줄 알았다고. 그 모든 일이 있었던 데다가 넌 지난여름에 오지도 않았잖아."

왜 나한테 편지 안 했어? 이렇게 말하고 싶다. 왜 지금껏 전화도 없었는데?

그가 내 얼굴을 만진다. "네가 와서 너무 기뻐." 그가 말한다. "내게 기회가 생겨서 너무 기뻐."

우리 사이가 뭔지 모르겠다. 정말 모르겠다. 갯은 정말 쓰레기다.

"손 줘봐." 갯이 말한다.

주고 싶지 않다는 생각이 든다.

하지만 물론 내 마음이 손을 내밀기를 원한다.

갯의 피부는 따뜻하고 모래투성이다. 우리는 손깍지를 끼고, 두 눈을 감고 햇볕을 쪼인다.

우리는 그렇게 그냥 누워 있다. 손을 잡은 채로. 2년 전 여름, 별빛 아래서처럼 갯이 엄지손가락으로 나의 손바닥을 문지른다.

그리고 나는 녹아내린다.

27

윈드미어의 내 방은 크림색 페인트로 칠한 나무 패널로 마감되어 있다. 침대에는 초록색 퀼트 이불이 덮여 있다. 카펫은 시골 여관에서 볼 법한 조각보 러그 같은 것이다.

2년 전 여름, 너는 여기 있었어, 내가 마음속으로 말한다. 이 방에서 매일 밤, 매일 아침을.

아마도 책을 읽고, 아이패드로 게임을 하고, 옷을 골랐겠지. 뭐가 기억나?

아무것도.

벽에는 우아한 식물 그림들과 내가 만든 미술 작품들이 나란히 걸려 있다. 클레어몬트 잔디밭 위에 우뚝 서 있던 단풍나무 수채화 하나, 티퍼 할머니와 할머니가 키우던 개, 프린스 필립과 파티마를 그린 색연필 그림과 아빠를 그린 그림. 나는 옷장에서 고리버들 빨래 바구니를 꺼낸 다음 그림들을 모두 떼어 내어 바구니에 넣는다.

책꽂이에는 페이퍼백, 청소년 도서, 그리고 몇 년 전부터 빠진 판타지물들이 꽂혀 있다. 수백 번 읽었던 동화책들도 있다. 책들을 모두 꺼내 복도에 쌓아놓는다.

"책도 갖다주려고? 너 책 좋아하잖아." 엄마가 말한다. 저녁 식사를 위해 깨끗한 옷으로 갈아입고 방에서 나오는 참이다. 립스틱도 발랐다.

"비니어드에 있는 도서관에 기증하든지," 내가 말한다. "굿윌에 갖다주든지 하려고."

엄마는 허리를 굽혀 책들을 넘겨본다. "*마법 같은 삶*은 우리 같이 읽었는데, 기억나?"

나는 고개를 끄덕인다.

"*크리스토퍼 챈트의 삶*, 이것도. 네가 여덟 살 때였지. 넌 모든 책을 읽고 싶어 했는데 아직 글을 잘 읽지 못했어. 그래서 내가 너와 갯에게 몇 시간이고 책을 읽어줬었어."

"조니랑 미렌은?"

"걔들은 가만히 앉아 있질 못했어." 엄마가 말한다. "이 책들을 간직하고 싶지 않아?"

엄마가 팔을 뻗어 내 뺨을 만진다. 나는 뒤로 물러선다. "책들이 더 좋은 곳으로 가면 좋겠어." 내가 엄마에게 말한다.

"네가 섬에 다시 오면 기분이 좀 달라지기를 바랐어. 그뿐이야."

"엄만 아빠 물건을 다 없앴어. 새 소파를 사고 새 그릇을 사고 새 보석을 샀지."

"케이디."

"아빠가 우리와 함께 살았다는 흔적이 우리 집 통틀어 나밖에 없어. 아무것도 안 남았다고. 왜 엄마는 아빠의 흔적을 지워도 되고 난……"

"그래서 너를 지우는 거니?" 엄마가 말한다.

"누군가에겐 유용할 거야." 책 더미를 가리키며 나는 톡 쏘듯 말한다. "실제로 필요한 사람들 말이야. 세상에 선한 일을 하겠다는 생각은 없어?"

그때 파피와 보쉬와 그렌델이 이층으로 달려와 우리가 서 있는 복도를 꽉 채우고 우리 손을 킁킁거린다. 털이 북실북실한 꼬리를 내 무릎에 대고 흔든다.

엄마와 나는 아무 말도 하지 않는다.

마침내 엄마가 입을 연다. "네가 작은 바닷가에 가서 어슬렁거리든, 오늘 오후에 뭘 했든, 그건 괜찮아. 네 마음이 정 그렇다면 이 책들을 다 기부하는 것도 좋아. 하지만 한 시간 후엔 할아버지를 생각해서 웃는 얼굴로 클레어몬트로 와서 저녁을 먹도록 해. 더 이상 말대꾸하지 마. 변명도 하지 말고. 알겠니?"

나는 고개를 끄덕인다.

28

몇 년 전 여름, 갯과 내가 모눈종이에 집착했을 때 남겨둔 공책이 있다. 우리는 색연필로 작은 네모 칸을 하나하나 칠하면서 픽셀로 된 초상화를 완성했고, 그렇게 계속 그림을 그렸다.

나는 펜을 찾아 열다섯 번째 여름에 대해 기억나는 모든 것을 적는다.

스모어 과자, 수영, 다락방, 할아버지.

미렌의 손, 금색 매니큐어가 벗겨진 손톱, 모터보트용 휘발유통을 들고 있던 손.

굳은 표정으로 묻는 엄마, "흑진주는?"

클레어몬트에서 보트 창고까지 계단을 뛰어 내려가던 조니의 발.

나무를 붙들고 있던 할아버지. 장작불이 환하게 비추던 얼굴.

그리고 우리 네 거짓말쟁이들, 너무 웃어젖히는 바람에 어지럽고 속이 안 좋았던 일.

나는 다른 페이지에 사고에 대해서만 적기로 한다. 엄마가 해준 이야기와 내가 추측하는 것들. 내가 혼자서 작은 바닷가에 수영을 하러 간 건 확실하다. 바위에 머리를 부딪친다. 분명 바닷가로 돌아오려고 안간힘을 썼을 거고. 베스 이모와 엄마가 건네준 따뜻한 차가 기억난다. 나는 저체온증, 호흡곤란, 그리고 스캔에는 나타나지 않는 뇌 손상으로 진단받았다.

이 모든 종이들을 침대 위 벽에 붙인다. 의문점을 포스트잇에 써서 덧붙인다.

왜 나는 밤중에 혼자 물속에 들어갔을까?

내 옷은 어디 갔지?

정말 수영하다가 머리를 다친 걸까? 아니면 다른 일이 있었던 걸까? 그 전에 누군가 나를 때린 건 아닐까? 내가 범죄의 피해자였나?

갯과 나 사이에는 무슨 일이 있었을까? 우리가 싸웠나? 내가 뭘 잘못했나?

갯은 내게 마음이 식어서 라켈에게 돌아간 걸까?

앞으로 4주 동안 알게 될 모든 것을 윈드미어 내 방 침대 위에 붙이기로 결심한다. 나는 메모 아래에서 잠을 자고 매일 아침 이 메모들을 연구할 것이다.

픽셀들이 모이면 하나의 그림이 나타날지도.

얼마 전부터 내 뒤에 마녀가 서서 내가 약해지기만을 기다리고 있다. 마녀는 상아로 만든 거위 조각상을 들고 있다. 뒤돌아서서 정교한 디테일을 감상하려는데 곧바로 마녀가 놀라운 힘으로 조각상을 휘두른다. 조각상이 내 이마에 부딪히며 구멍을 낸다. 뼈가 벌어지는 게 느껴진다. 마녀가 조각상을 다시 휘둘러 내 오른쪽 귀 윗부분을 맞히고 두개골을 박살낸다. 내리치고 또 내리쳐서 뼛조각이 침대 위에 흩어지고, 한때 아름다웠던 거위 조각상에서 떨어져나온 파편들과 뒤섞인다.

나는 약을 찾고 불을 끈다.

"케이든스?" 엄마가 복도에서 부른다. "뉴 클레어몬트에서 저녁 먹어야지."

나는 갈 수 없다.

갈 수 없다. 가지 않을 것이다.

엄마는 약 기운이 몸에 퍼지는 동안 깨어 있을 수 있도록 커피를 타 온다. 이모들과 정말 오랜만에 만나는 자리이며 꼬마들도 결국은 내 사촌이라고 말한다. 내게도 가족의 의무가 있다고.

두개골의 깨진 곳, 그리고 뇌를 찌르는 통증만이 느껴진다. 다른 모든 것은 희미한 배경일 뿐이다.

결국 엄마는 나를 두고 간다.

29

늦은 밤 집 안이 덜컹거린다―태프트가 커들다운에서 무섭다고 했던 소리다. 이 섬의 모든 집이 그렇다. 저택들은 워낙 오래되었고, 바다에서 불어오는 바람이 섬 전체를 뒤흔든다.

나는 다시 잠을 자려고 애쓴다.

잠이 오지 않는다.

아래층으로 내려가 베란다로 나간다. 이제 머리가 괜찮아진 것 같다.

캐리 이모가 산책길을 걷고 있다. 나이트가운에 양가죽 부츠를 신고 내게서 멀어지고 있다. 이모는 마르다 못해 가슴뼈가 드러나고 광대뼈가 움푹 꺼져 보인다.

캐리 이모가 레드게이트로 이어지는 목재 산책로로 방향을 튼다. 나는 앉아서 눈으로 이모를 쫓는다. 밤공기를 마시고, 파도 소리를 들으면서. 몇 분 뒤 캐리 이모가 커들다운에서 뻗어 나온 길에 다시 나타난다.

"케이디." 캐리 이모가 멈춰 서서 가슴 앞에 팔짱을 끼고 말한다. "좀 나아졌니?"

"저녁 식사 함께 못 해서 죄송해요." 내가 말한다. "머리가 아파서요."

"저녁 식사는 매일 있을 거야, 여름 내내."

"잠이 안 오세요?"

"아 그게," 캐리 이모가 목을 긁적인다. "에드가 없으면 잠이 안 와. 바보 같지?"

"아니요."

"여기저기 걷는 중이야. 좋은 운동이지. 그런데 조니 봤니?"

"한밤중에는 못 봤어요."

"내가 안 잘 때 가끔 걔도 깨어 있을 때가 있어. 너는 조니가 보이니?"

"조니 방에 불이 켜져 있는지 볼까요?"

"윌이 악몽을 심하게 꿔." 캐리 이모가 말한다. "그 애가 비명을 지르면서 깨면 난 다시 잠을 못 자."

스웨트셔츠를 입은 몸이 떨린다. "손전등 필요하세요?" 내가 묻는다. "문 안쪽에 하나 있어요."

"오, 아니야. 어두운 게 좋아."

캐리 이모는 다시 터벅터벅 언덕길을 오른다.

30

엄마는 할아버지와 함께 뉴 클레어몬트 주방에 있다. 유리 미닫이 문 사이로 두 사람이 보인다.

"일찍 일어났네." 내가 들어가자 엄마가 말한다. "몸은 좀 괜찮니?"

할아버지는 체크무늬 목욕 가운을, 엄마는 작은 핑크색 바닷가재 무늬가 있는 여름용 원피스를 입고 있다. 엄마가 에스프레소를 내리는 중이다. "스콘 먹을래? 요리사가 베이컨도 해놨어. 둘 다 온장고에 들어 있어." 엄마가 주방을 가로질러 가더니 개들을 집 안으로 들인다. 보쉬, 그렌델, 파피가 꼬리를 흔들며 군침을 흘린다. 엄마가 허리를 굽히고 젖은 걸레로 개들의 발바닥을 닦은 다음 진흙투성이 발자국이 찍혀 있는 곳을 정신없이 닦는다. 개들이 멍청하고 사랑스럽게 앉아 있다.

"파티마는 어디 있어?" 내가 묻는다. "프린스 필립은?"

"떠났어." 엄마가 말한다.

"뭐라고?"

"쟤한테 잘해줘라." 할아버지가 말한다. 내 쪽으로 고개를 돌리고 말한다. "요전에 죽었어."

"둘 다요?"

할아버지가 고개를 끄덕인다.

"마음이 아프네요." 나는 탁자로 가서 할아버지 옆자리에 앉는다. "많이 아팠어요?"

"오래는 아니었지."

엄마가 라즈베리 스콘 한 접시와 베이컨 하나를 탁자로 가져다준다. 나는 스콘 하나를 집어 버터와 꿀을 펴 바른다. "쟤가 예전엔 금발머리 꼬마였어. 하나부터 열까지 싱클레어다웠지." 할아버지가 엄마에게 불평한다.

"머리 염색에 대해선 저희 집에 오셨을 때 얘기했잖아요." 내가 할아버지에게 일깨운다. "할아버지가 안 좋아하실 거라고 예상했어요. 할아버지들은 원래 머리 염색하는 걸 좋아하지 않으니까요."

"네가 부모잖니. 미렌을 타일러서 머리를 원래대로 하게 해." 할아버지가 엄마에게 말한다. "이곳을 뛰어다니던 금발머리 꼬마들은 다 어디 간 거야?"

엄마가 한숨을 쉰다. "우린 다 컸어요, 아버지." 그녀가 말한다. "다 컸다고요."

31

나눔 : 어린 시절의 그림, 식물 사진들.

윈드미어에서 내 빨래 바구니를 가져와 커들다운으로 향한다. 미렌이 현관에서 깡충깡충 뛰며 나를 맞이한다. "섬에 다시 오다니 정말 놀라워!" 그녀가 말한다. "다시 여기에 왔다는 게 안 믿어져!"

"넌 작년 여름에 왔었잖아."

"그때는 달랐어. 예전처럼 즐거운 여름이 아니었지. 뉴 클레어몬트는 공사 중이었고, 다들 불행한 것처럼 굴었어. 널 계속 찾아다녔지만 넌 끝내 오지 않았고."

"유럽 갈 거라고 말했잖아."

"아, 알지."

"난 너한테 편지 많이 썼어." 내가 말한다. 나도 모르게 말투에 원망이 섞였다.

"이메일 정말 싫어!" 미렌이 말한다. "네 편지들은 다 읽었어. 하지만 답장을 안 했다고 나한테 화내면 안 돼. 멍청하게 핸드폰이나 컴퓨터를 쳐다보면서 타이핑하고 있으면 꼭 숙제하는 기분이 들어."

"내가 보낸 인형은 받았어?"

미렌이 두 팔로 나를 껴안는다. "정말 보고 싶었어. 네가 상상도 못 할 만큼 많이."

"너한테 바비 인형을 보냈어. 예전에 우리가 서로 가지려고 싸웠던 긴 머리 인형 말이야."

"프린세스 버터스카치?"

"응."

"프린세스 버터스카치를 정말 좋아했었지."

"너, 그 인형으로 날 때린 적도 있잖아."

"네가 맞을 짓을 했겠지!" 미렌이 행복하게 뛰어다닌다. "그 인형 윈드미어에 있어?"

"뭐? 없지. 택배로 보냈어." 내가 말한다. "작년 겨울에."

미렌이 이마를 찡그리며 나를 쳐다본다. "난 받은 적 없어, 케이든스."

"누군가 택배를 받았다고 서명했어. 그럼 너네 엄마가 그런 거야? 열어보지도 않고 벽장에 처박아뒀나?"

농담으로 한 말인데, 미렌이 고개를 끄덕인다. "그럴지도 몰라. 엄마는 강박증이야. 있잖아, 우리 엄마는 손을 문질러 씻고 또 씻어. 태프트와 쌍둥이들한테도 그렇게 시키고. 주방 바닥에 먼지 한 점 없는 사람을 위한 특별한 천국이 있는 것처럼 청소를 해. 그리고 술을 너무 많이 마셔."

"우리 엄마도 그래."

미렌이 고개를 끄덕인다. "보고 있으면 참을 수가 없어."

"어제 저녁 식사 때 내가 뭐 놓친 거 있어?"

"나도 안 갔어." 미렌이 커들다운에서 작은 바닷가로 이어지는 목재 산책로로 향한다. 내가 뒤따라간다. "이번 여름에는 거기에 안 갈 거라고 했잖아. 너는 왜 안 갔는데?"

"아팠어."

"네 편두통에 대해서는 우리 모두 들었어." 미렌이 말한다.
"이모들이 얘기하더라."

나는 움찔한다. "날 불쌍하게 생각하지 마, 알았지? 절대.
그러면 소름이 끼쳐."

"어젯밤엔 약 안 먹었니?"

"약 먹고 뻗었어."

우리는 작은 바닷가에 도착했다. 둘 다 맨발로 젖은 모래밭
을 건넌다. 미렌이 오래전에 죽은 게 껍데기를 건드린다.

미렌에게 내 기억이 엉망이라고, 외상성 뇌 손상을 입었다고
말하고 싶다. 열다섯 번째 여름에 있었던 모든 일을 물어보고
싶다. 엄마가 이야기하기 싫어하거나 모르는 이야기를 내게 들
려달라고 하고 싶다. 하지만 미렌은 너무 밝다. 이미 나를 불쌍
하게 여기는데, 더 불쌍하게 여기는 건 싫다.

게다가 미렌이 이메일에 답장하지 않은 것에도 여전히 화가
난다―분명 미렌의 잘못은 아니겠지만 그 멍청한 바비 인형을
잃어버린 일도 그렇다.

"조니와 갯은 레드게이트에 있어? 아니면 커들다운에서 잤
나?" 내가 묻는다.

"커들다운에서 잤어. 말도 마, 걔네는 진짜 지저분해. 고블
린들이랑 사는 거 같다니까."

"그럼 다시 레드게이트로 보내."

"절대 안 돼." 미렌이 소리 내어 웃는다. "그리고 너―이제 윈드미어에 있지 마, 알겠어? 우리랑 같이 지내지 않을래?"

내가 고개를 젓는다. "엄마가 안 된대. 오늘 아침에도 물어봤어."

"말도 안 돼. 이모가 왜?"

"내가 아프고부터 엄마는 나를 안 놔줘."

"그치만 거의 2년이나 됐잖아."

"맞아. 엄마는 내가 자는 것도 지켜봐. 게다가 할아버지와 꼬마들과 유대감을 쌓으라고 잔소리야. 내가 가족과 친해져야 한대. 표정도 밝게 하고."

"말도 안 되는 소리." 미렌이 모아둔 작은 보라색 돌맹이 한 움쿰을 내게 보여준다. "자, 여기."

"아니, 됐어." 내게 필요하지 않은 것은 갖고 싶지 않다.

"부탁이야, 받아." 미렌이 말한다. "어렸을 때 네가 늘 보라색 돌을 찾으러 다녔던 게 기억나." 그녀는 손바닥을 내게 내민다. "프린세스 버터스카치에 대한 보상이야." 그녀의 눈에 눈물이 고였다. "그리고 이메일도." 그녀가 덧붙인다. "네게 뭔가 주고 싶어, 케이디."

"좋아, 그럼." 내가 말한다. 나는 손바닥을 펼쳐 미렌이 돌을 쏟아붓게 해준다. 나는 후드 티 앞주머니에 돌을 넣는다.

"사랑해!" 미렌이 소리친다. 그런 다음 뒤돌아서서 바다를 향해 소리친다. "나는 내 사촌 케이든스 싱클레어 이스트먼을 사랑한다!"

"너무 오버하는 거 아냐?" 조니였다. 오래된 줄무늬 파자마를 입고 맨발로 계단을 쿵쿵 내려오고 있다. 안전요원처럼 고글 같은 선글라스를 쓰고 코 밑에 흰색 선크림을 발랐다.

미렌의 얼굴이 어두워지지만 곧 다시 밝아진다. "내 감정을 표현하는 거야, 조니. 살아 숨 쉬는 인간이라는 건 그런 거라고. 알겠니?"

"알겠다, 살아 숨 쉬는 인간아." 조니가 미렌의 어깨를 가볍게 툭 치면서 말한다. "그렇다고 새벽부터 그렇게 시끄럽게 할 필요는 없잖아. 앞으로도 여름은 한참 남았어."

미렌이 아랫입술을 삐죽 내민다. "케이디는 4주밖에 안 있어."

"이렇게 아침부터 너랑 싸울 순 없지." 조니가 말한다. "아직 허세스러운 차를 안 마셨다고." 그가 허리를 숙여 내 발치에 있는 빨래 바구니를 들여다본다. "여기 있는 건 뭐야?"

"식물 사진들. 그리고 내가 어렸을 때 그린 그림들."

"이것들은 왜?" 조니가 바위에 걸터앉고 나도 그 옆에 자리 잡는다.

"내 물건들을 나눠주고 있어." 내가 말한다. "9월부터. 기억나? 너한테 줄무늬 스카프 보냈잖아."

"아, 맞아."

내 물건들을 필요한 사람에게 나눠주고 내 물건들에게 새로운 집을 찾아주는 일에 관해 이야기한다. 자선 활동, 그리고 엄마의 물질주의에 대한 환멸도 이야기한다.

조니와 미렌이 나를 이해하면 좋겠다. 나는 정신이 불안정하고 이상한 통증 증후군을 앓는 연민의 대상이 아니다. 나는 내 삶을 책임지고 있다. 나는 내 원칙에 따라 살고 있다. 나는 행동하고 희생을 감수한다.

"뭔 얘기인지 모르겠지만, 물건을 소유하고 싶지 않다는 거야?"

"예를 들어?"

"아, 난 늘 뭔가를 갖고 싶어." 조니가 두 팔을 활짝 벌리며 말한다. "차. 비디오게임, 비싼 울 코트. 시계도 좋아, 고전적이잖아. 내 방에는 진짜 예술 작품도 걸고 싶어. 유명한 사람들이 그린 비싼 것들. 그런 건 백만 년 동안 돈을 모아도 살 수 없을 것 같지만. 빵집 창문에 보이는 화려한 케이크도 갖고 싶어. 스웨터랑 스카프도. 그리고 줄무늬가 있는 울 아이템이라면 항상 갖고 싶어."

"그런 게 아니라도 어렸을 때 그린 예쁜 그림을 갖고 싶을 수도 있지." 미렌이 빨래 바구니 옆에 무릎 꿇고 앉으며 말한다. "추억이 깃든 것들 말이야." 미렌은 할머니와 골든 리트리버가 함께 있는 색연필 그림을 집어든다. "봐봐. 이건 파티마고 이건 프린스 필립이야."

"알아볼 수 있어?"

"물론이지. 파티마는 코가 토실토실하고 얼굴이 넙적해."

"헐, 미렌. 너 정말 감상적이구나." 조니가 말한다.

32

뉴 클레어몬트로 이어지는 산책로로 들어서는데 갯이 내 이름을 부른다. 고개를 돌리니 갯이 내 쪽으로 뛰어오고 있다. 파란색 파자마 바지에 셔츠는 입지 않은 채로.

갯. 나의 갯.

과연 나의 갯이 될까?

그가 숨을 몰아쉬며 내 앞에 멈춘다. 방금 일어난 듯 머리가 삐죽 서 있다. 복근이 꿈틀거리고 수영복 차림이었을 때보다 훨씬 더 벌거벗은 것 같은 느낌이다.

"조니 말로는 네가 작은 바닷가에 있다고 하더라고." 그가 숨을 헐떡인다. "널 찾으러 갔었어."

"이제 일어났어?"

갯이 뒷목을 문지르며 자기가 입고 있는 옷을 내려다본다. "그런 셈이지. 널 만나고 싶었어."

"왜?"

"둘레길로 가자."

우리는 둘레길로 향하고 어렸을 때처럼 갯이 앞에서, 내가 뒤에서 걷는다. 우리는 낮은 언덕을 넘고, 직원용 건물 뒤로 돌아 비니어드 항구가 보이는 보트 창고 근처에 이른다.

갯이 갑자기 돌아서서 거의 부딪칠 뻔했는데, 내가 뒤로 물러서기 전에 갯의 두 팔이 나를 감싼다. 나를 자기 가슴 쪽으로 끌어당겨 얼굴을 내 목에 묻는다. 나는 맨팔로 그의 몸을 감싼다. 내 손목 안쪽이 그의 척추에 닿는다. 따뜻하다.

"어제는 널 안아주지 못했어." 갯이 속삭인다. "모두가 너를 안아줬는데 나만 못 했어."

갯을 만지는 것은 익숙하면서도 낯설다.

우리는 이곳에 온 적이 있고,

또한 한 번도 여기 온 적이 없다.

한순간,

혹은 몇 분,

어쩌면 몇 시간 동안

나는 그저 행복하다. 내 손 아래 갯의 몸이 있고 파도 소리와 그의 숨소리가 들린다. 그가 내 곁에 있고 싶어 한다는 사실이 기쁘다.

"우리 여기에 같이 내려왔던 거 기억나?" 그가 내 목에 대고 말한다. "저 평평한 바위 위에 올라갔던 거?"

나는 뒤로 물러선다. 기억나지 않기 때문이다.

나는 망가진 내 기억이 너무 싫다. 늘 아픈 것도, 이렇게 망가져버린 것도 싫다. 외모가 망가졌고, 학교를 낙제했고, 운동을 그만뒀고, 엄마에게 못되게 굴게 된 것이 너무 싫다. 2년이 지났는데도 여전히 갯을 원하는 내가 싫다.

어쩌면 갯도 나와 함께 있고 싶은 건지도 모른다. 어쩌면. 하지만 그것보다는 2년 전에 나를 떠났을 때, 너는 잘못한 게 없다고 말해주길 바라는 것일 가능성이 더 높다. 내가 화나지 않았다고, 그가 괜찮은 사람이라고 말해주기를 바라는 것이다.

하지만 갯이 정확히 내게 무엇을 했는지도 모르는 상황에서 어떻게 용서할 수 있을까?

"아니." 내가 대답한다. "까먹었나봐."

"우리, 그러니까 너랑 나, 우리한테 그건 중요한 순간이었어."

"어쨌든," 내가 말한다. "기억이 안 나. 그리고 우리 사이에 무슨 일이 있었든 장기적으로 보면 별로 중요하지 않았던 것 같은데, 아니야?"

갯이 자기 손을 내려다본다. "알았어. 미안해. 방금 전 내 행동은 좀 별로였어. 화났니?"

"당연히 화났지." 내가 말한다. "2년이나 사라졌잖아. 전화도 없고, 답장도 없고, 모든 걸 회피하면서 상황을 악화시켰잖아. 그래 놓고 이제 와서 '*아, 널 다시 못 볼 줄 알았어.*' 이러면서 내 손을 잡고, '*모두가 너를 안아주는데 나만 못 했어.*' 이러고, 옷은 반쯤 벗은 채로 둘레길을 산책하고 있지. 정말 미친 듯이 *별로야*, 갯. 네가 쓰려던 단어가 그거였다면 말이야."

그의 얼굴이 어두워진다. "그렇게 말하니 정말 끔찍하게 들린다."

"응, 나한테는 그래."

그가 손으로 머리를 문지른다. "내가 다 망치고 있구나." 그가 말한다. "다시 시작하자고 하면 넌 뭐라고 할래?"

"와, 갯."

"왜?"

"그냥 물어봐. '내가 물어보면 뭐라고 할래'라고 말 돌리지 말고."

"알았어. 물어볼게. 우리 다시 시작할까? 응, 케이디? 점심 먹고 다시 시작하자. 진짜 멋질 거야. 내가 재미있는 말을 하면 네가 웃고, 같이 트롤 사냥도 가고, 서로를 바라보면서 그냥 행복할 거야. 네가 나를 멋지다고 생각하게 할게. 약속해."

"대단한 약속이네."

"그래, 어쩌면 멋지지 않을지도 몰라. 하지만 적어도 별로는 아닐 거야."

"왜 자꾸 별로라고 해? 뭐가 별로인데? 네가 실제로 어떤지 말하면 되잖아. 생각 없고, 헷갈리게 하고, 조종하는 사람이라고!"

"와!" 갯이 흥분해서 뛰어오른다. "케이든스! 난 정말 다시 시작하고 싶은 거라고. 이건 별로가 아니라 완전 엉망이 되고 있어." 그가 펄쩍 뛰면서 화난 꼬마애처럼 발길질을 한다.

그가 뛰는 모습을 보니 웃음이 나온다. "알겠어." 내가 그에게 말한다. "다시 시작해. 점심 먹고 나서."

"좋아." 갯이 뛰는 걸 그만두고 말한다. "점심 먹고."

우리는 잠시 서로를 쳐다본다.

"나 이제 뛰어갈 거야." 갯이 말한다. "기분 나빠 하지 마."

"알았어."

"내가 뛰어가면 이따 다시 시작하기 더 좋을 거야. 걸으면 좀 어색할 테니까."

"알았다고 했잖아."

"좋아, 그럼."

갯이 달려간다.

33

한 시간 후 뉴 클레어몬트에 점심을 먹으러 간다. 어제 저녁 식사도 빠졌는데 오늘 점심에도 가지 않으면 엄마가 가만있지 않을 테니까. 요리사가 음식을 차리고 이모들이 꼬마들을 불러 모으는 동안 할아버지가 내게 집 구경을 시켜준다.

세련된 곳이다. 반짝거리는 나무 바닥, 커다란 유리창, 모든 것이 낮게 배치되어 있다. 예전의 클레어몬트 복도는 바닥부터 천장까지 흑백 가족사진, 개 그림, 책장, 할아버지의 *뉴요커* 만화 컬렉션 등 온갖 장식으로 가득 차 있었다. 뉴 클레어몬트의 복도는 한 면이 유리로 되어 있고, 다른 한 면은 텅 비어 있다.

할아버지가 이층에 있는 네 개의 손님방 문을 연다. 모든 방에 가구라고는 낮고 기다란 서랍장과 침대가 전부다. 창문에는 흰색 블라인드가 달려 있어 약간의 빛이 들어온다. 침대 커버는 무늬 없이 심플하며, 세련된 파란색 또는 갈색이다.

꼬마들의 방에는 조금 생기가 돈다. 태프트 방에는 만화 *바쿠간*의 경기장, 축구공, 마법사와 고아 들이 등장하는 판타지 소설 등이 있다. 리버티와 보니는 잡지와 MP3를 갖다놓았다. 고스트 헌터, 심령술사, 위험한 천사들에 관한 보니의 책들이 한 무더기 보인다. 서랍장은 화장품과 향수병으로 어질러져 있고, 한쪽 구석에 테니스 라켓이 있다.

할아버지의 방은 다른 방들보다 크고 전망도 가장 좋다. 할아버지는 나를 방 안으로 데려가 샤워실에 손잡이가 달린 화장실을 보여준다. 낙상을 방지하기 위한 노인용 손잡이.

"*뉴요커* 만화들은 어디 갔어요?" 내가 묻는다.

"인테리어 디자이너가 결정했어."

"베개는요?"

"뭐라고?"

"그 베개들 갖고 계셨잖아요. 자수로 개를 수놓은 베개요."

할아버지가 고개를 젓는다.

"물고기들은요?"

"뭐, 황새치 같은 거 말이냐?" 우리는 계단을 내려가 일층으로 향한다. 할아버지는 천천히 내려가고 내가 그 뒤를 따른다. "이 집으로 다시 시작했다." 할아버지가 간단하게 말한다. "예전 삶은 사라졌지."

할아버지가 서재 문을 연다. 집 안의 다른 곳과 마찬가지로 단조롭다. 커다란 책상 한가운데 놓여 있는 노트북 하나. 일본식 정원이 내다보이는 커다란 유리창 하나. 의자 하나. 벽면의 선반들은 텅 비어 있다.

깨끗하고 탁 트인 느낌이지만 모든 게 값비싼 것이라 검소하다고는 할 수 없다.

할아버지는 나보다 엄마를 더 닮았다. 할아버지는 돈을 써서 새로운 삶을 꾸리는 방식으로 과거의 삶을 지워버렸다.

"남자 녀석은 어디 있니?" 할아버지가 불쑥 묻는다. 멍한 표정이다.

"조나요?"

할아버지가 고개를 젓는다. "아니. 조니 말고."

"갯이요?"

"그래, 그 젊은 친구." 할아버지가 현기증을 느끼는 것처럼 잠시 책상을 꽉 움켜쥔다.

"할아버지, 괜찮으세요?"

"아, 괜찮다."

"갯은 미렌이랑 조니랑 커들다운에 있어요." 내가 알려준다.

"그 아이에게 책을 한 권 주기로 했었는데."

"여기엔 할아버지 책이 거의 없어요."

"여기에 뭐가 없다는 소리 좀 그만해!" 할아버지가 갑자기 버럭 고함을 지른다.

"괜찮으세요?" 캐리 이모의 목소리다. 이모가 서재 문 앞에 서 있다.

"괜찮다." 할아버지가 말한다.

캐리 이모가 나를 흘깃 보더니 할아버지 팔을 잡는다. "가요. 점심 준비 다 됐어요."

"어젠 다시 주무셨어요?" 주방으로 향하는 동안 내가 이모에게 묻는다. "조니는 깨어 있었나요?"

"무슨 말인지 모르겠구나." 이모가 말한다.

34

할아버지의 요리사가 장을 보고 음식을 준비하지만, 모든 메뉴는 이모들이 정한다. 오늘 점심은 차가운 로스트 치킨, 토마토 바질 샐러드, 카망베르 치즈, 바게트, 그리고 딸기 레모네이드다. 리버티가 잡지에 실린 귀여운 남자애들 사진을 내게 보여준다. 그런 다음 다른 잡지에 실린 옷 사진들도 보여준다. 보니는 *집단 환영: 사실과 허구*라는 책을 읽고 있다. 태프트와 윌은 내게 튜브 타러 가자고—그 애들이 모터보트 뒤에 연결한 튜브를 타고 물에 떠 있는 동안 모터보트를 운전해 달라고—조른다.

엄마는 내게 약 먹고 보트를 운전하면 안 된다고 한다.

캐리 이모는 윌이 튜브 타러 가는 일은 없을 테니 상관없다고 말한다.

베스 이모도 같은 생각이라고, 그러니 태프트에게 조를 생각도 하지 말라고 말한다.

리버티와 보니가 자기들은 튜브 타러 가도 되냐고 묻는다. "미렌 언니는 된다고 하잖아요." 리버티가 말한다. "불공평해."

윌이 레모네이드를 쏟아 바게트가 흠뻑 젖는다.

할아버지의 무릎도 축축해진다.

태프트가 젖은 바게트를 집어들고 윌을 때린다.

엄마가 난장판을 닦는 동안 베스 이모는 할아버지의 바지를 찾으러 이층으로 뛰어간다.

캐리 이모가 남자애들을 혼낸다.

식사가 끝나자 태프트와 윌은 식탁 치우는 걸 돕지 않으려고 거실로 숨어 들어간다. 그들은 할아버지의 새 가죽 소파 위에서 미친 듯이 뛴다. 내가 거실로 따라 들어간다.

윌은 조니처럼 키가 작고 얼굴이 붉다. 머리는 거의 흰색이다. 태프트는 키가 크고 아주 말랐으며, 금발에 주근깨가 있다. 속눈썹이 길고 짙다. 입안 가득한 치아 교정기를 하고 있다. "그래, 너희 둘," 내가 말한다. "지난여름은 어땠어?"

"*드래곤 베일* 게임에서 어떻게 하면 재의 드래곤을 얻을 수 있는지 알아?" 윌이 묻는다.

"화염 드래곤을 얻는 방법은 알아." 태프트가 말한다.

"화염 드래곤을 이용하면 재의 드래곤을 얻을 수 있어." 윌이 말한다.

으, 열 살짜리들이란. "얘들아, 지난여름 얘기 좀 해봐." 내가 말한다. "테니스는 쳤어?"

"당연하지." 윌이 말한다.

"수영도 했고?"

"응." 태프트가 말한다.

"갯이랑 조니랑 보트도 탔어?"

소파에서 뛰던 두 아이가 멈춘다. "아니."

"갯이 나에 대해 무슨 말 안 했어?"

"우리는 누나가 물에 빠진 일이랑 그리고 전부 다 이야기하면 안 된다고 했어." 윌이 말한다. "페니 이모가 안 된대."

"왜 말하면 안 돼?" 내가 묻는다.

"그러면 누나 두통이 심해지니까 그 얘기는 하면 안 된대."

태프트가 고개를 끄덕인다. "우리 때문에 누나가 머리 아프면 우리를 거꾸로 매달아놓고 아이패드도 뺏는대. 우리는 밝게 행동해야 돼. 멍청한 짓은 안 돼."

"내 사고에 대해 묻는 게 아니야." 내가 말한다. "내가 유럽에 가 있던 여름에 대해서 묻는 거야."

"케이디 누나?" 태프트가 내 어깨에 손을 얹는다. "보니가 누나 방에 약 있는 거 봤대."

월이 뒤로 물러나 소파 팔걸이에 앉는다.

"보니가 내 물건을 뒤졌어?"

"리버티랑 같이."

"맙소사."

"누나가 약물 중독자 아니라고 했는데 누나 침대 서랍에는 약이 있어." 태프트가 뾰로통하게 말한다.

"내 방에 들어오지 말라고 그 애들에게 전해." 내가 말한다.

"누나가 약물 중독자라면," 태프트가 말한다. "알아야 할 게 있어."

"뭔데?"

"약은 누나의 친구가 아니야." 태프트의 표정이 심각하다. "약은 누나의 친구가 아니야. 그리고 사람들만 누나의 친구가 될 수 있어."

"세상에. 내가 물어본 건 그냥 너희가 지난여름에 뭐 하고 지냈는지야, 이 멍청이들아."

월이 말한다. "태프트와 난 *앵그리버드* 게임 하고 싶어. 누나랑 더 이상 말하고 싶지 않아."

"그러든지." 내가 말한다. "가서 마음대로 해."

그 애들이 레드게이트로 이어지는 길을 뛰어가는 동안 나는 베란다에 서서 그 애들을 바라본다.

35

점심을 먹고 내려가니 커들다운의 창문이 모두 열려 있다. 갯이 오래된 CD 플레이어 앞에서 음악을 고르고 있다. 냉장고에는 여전히 내가 그린 오래된 크레용 그림이 붙어 있다. 아빠 그림이 위에, 할머니와 골든 리트리버 그림이 아래에. 내가 갖고 있던 사진은 주방 찬장 중 하나에 테이프로 붙여놓았다. 넓은 거실 한가운데 선물 포장지가 담긴 커다란 상자와 사다리가 놓여 있다.

미렌이 반대편에서 안락의자 하나를 밀고 온다. "엄마가 이 집을 꾸며놓은 방식이 정말 마음에 안 들어." 그녀가 설명한다.

미렌이 만족할 때까지 나는 갯과 조니를 도와 가구를 이리저리 옮긴다. 베스 이모의 풍경 수채화를 떼어내고 러그도 말아서 치운다. 꼬마들의 방에서 장난감을 집어온다. 작업이 끝나자 거실은 돼지 저금통과 퀼트 조각보, 동화책 더미, 부엉이 모양 램프 들로 꾸며졌다. 선물 포장용품 상자에서 꺼내온 두꺼운 반짝이 리본이 천장에 정신없이 걸려 있다.

"우리 마음대로 바꿔서 베스 이모가 화내지 않을까?" 내가 묻는다.

"걱정 마. 이번 여름 내내 우리 엄마는 커들다운에 발도 안 들여놓을걸. 엄마는 몇 년 동안 어떻게든 이 집에서 벗어나려고 했거든."

"무슨 뜻이야?"

"아," 미렌이 대수롭지 않게 말한다. "너도 알잖아. 이러쿵저러쿵, 가장 안 좋아하는 딸이라느니, 주저리주저리, 주방이 형편없다느니. 할아버지는 왜 리모델링을 안 하냐느니 등등."

"이모가 할아버지한테 물어는 봤대?"

조니가 나를 이상한 눈으로 쳐다본다. "기억 안 나?"

"쟤 기억이 엉망이잖아, 조니!" 미렌이 소리친다. "열다섯 번째 여름의 절반은 기억 못 한다고."

"기억을 못 한다고?" 조니가 말한다. "내가 알기로는……"

"아니. 당장 입 다물어." 미렌이 소리 지른다. "내가 너한테 말한 거 못 들었어?"

"언제?" 조니가 혼란스러운 표정을 짓는다.

"저번 밤," 미렌이 말한다. "페니 이모가 뭐라고 했는지 전해줬잖아."

"진정해." 조니가 미렌에게 베개를 던지며 말한다.

"중요한 거라고! 어떻게 이런 걸 신경 안 쓸 수가 있어?" 미렌은 울 것 같은 표정이다.

"미안해, 됐지?" 조니가 말한다. "갯, 케이든스가 열다섯 번째 여름 대부분을 기억 못 한다는 거 알고 있었어?"

"알고 있었지." 그가 말한다.

"이거 봐!" 미렌이 말한다. "갯은 듣고 있었잖아."

내 얼굴이 뜨거워진다. 나는 바닥을 내려다본다. 한동안 아무도 말이 없다. "머리를 심하게 다치면 기억을 일부 잃는 건 정상이야." 마침내 내가 말한다. "우리 엄마가 설명했어?"

조니가 신경질적으로 웃는다.

"엄마가 너희에게 말했다니 놀랍네." 내가 계속 말한다. "엄마는 그 얘기 하는 걸 정말 싫어하거든."

"네가 천천히 기억해낼 수 있도록 편히 쉬어야 한다고 하셨어. 이모들도 모두 알고 있고." 미렌이 말한다. "할아버지도, 꼬마들도, 직원들도 알아. 조니만 빼고 섬에 있는 모든 사람이 알고 있지, 확실히."

"나도 알고 있었어." 조니가 말한다. "그냥 전체적인 상황을 몰랐던 거지."

"약해지지 마." 미렌이 말한다. "지금은 그럴 때가 아니야."

"괜찮아." 내가 조니에게 말한다. "넌 나약하지 않아. 잠깐 별로인 순간이었을 뿐이야. 이제부터는 안-별로일 거야."

"별로라니." 조니가 말한다. "'별로'의 의미에 대해 논의해봐야 되겠는데."

내가 '*별로인 순간*'이라는 말을 할 때 갯이 웃으며 내 어깨를 토닥인다.

우리는 다시 시작했다.

36

우리는 테니스를 친다. 조니와 내가 이기지만 내가 잘해서는 아니다. 조니는 운동을 아주 잘하는데, 미렌은 공을 치고 나면 (그 공이 돌아오든 말든) 신나서 춤을 춘다. 갯은 이런 미렌을 보고 웃느라 공을 놓친다.

"유럽은 어땠어?" 걸어서 커들다운으로 돌아오는 동안 갯이 묻는다.

"아빠가 오징어 먹물을 먹었어."

"다른 건?" 마당에 도착한 우리는 라켓을 현관에 던져놓는다. 잔디에 누워 기지개를 켠다.

"솔직히, 많이 말해줄 수가 없어." 내가 말한다. "아빠가 콜로세움에 간 동안 내가 뭐 했는지 알아?"

"뭐 했는데?"

"호텔 욕실 타일 바닥에 얼굴을 대고 누워 있었어. 파란색 이탈리아 변기의 밑부분을 보면서."

"변기가 파란색이었다고?" 조니가 일어나 앉으며 묻는다.

"로마의 풍경보다 파란색 변기에 더 흥분하는 사람은 *너*밖에 없을 거야." 갯이 투덜거리듯 말한다.

"케이든스." 미렌이 말한다.

"왜?"

"아니야, 됐어."

"뭘 말이야?"

"널 불쌍하게 보지 말라고 말해놓고는 넌 변기 이야기나 하고 있잖아." 그녀가 툭 내뱉는다. "그건 정말 불쌍하잖아. 우리가 뭐라고 말해야 해?"

"게다가, 로마에 가다니 우리는 질투 난다고." 갯이 말한다. "우리는 아무도 로마에 가본 적 없어."

"나도 로마 가고 싶다!" 조니가 다시 풀밭에 누우며 말한다. "파란색 이탈리아 변기가 간절히 보고 싶다!"

"카라칼라 욕장에 가보고 싶어." 갯이 말한다. "이탈리아 사람들이 만드는 모든 맛의 젤라토도 먹어보고 싶고."

"그럼 가." 내가 말한다.

"그렇게 간단한 문제가 아니야."

"알았어, 그래도 넌 갈 거야." 내가 말한다. "대학에 들어가서든 아니면 졸업한 다음이든."

갯이 한숨을 쉰다. "난 그냥 네가 로마에 다녀온 얘기를 하는 것뿐이야."

"네가 거기 있었으면 좋았을 텐데." 내가 그에게 말한다.

37

"테니스 코트에 있었니?" 엄마가 내게 묻는다. "공 소리가 들리던데."

"그냥 재미 삼아 쳤어."

"정말 오랫동안 쳐다도 안 보더니! 잘됐다."

"서브가 잘 안 되더라."

"다시 테니스를 시작하다니 정말 기쁘다. 내일 나랑 랠리하고 싶으면 말만 해."

엄마는 착각하고 있다. 그냥 오후에 한 번 쳤다고 해서 내가 테니스를 다시 시작하는 건 아니고, 엄마랑 랠리하는 건 절대하고 싶지 않다. 엄마는 테니스 치마를 입고선 나를 칭찬하고 주의를 주고 온갖 신경을 쓸 테고 결국 나는 엄마에게 못되게 굴 게 뻔하다. "봐서." 내가 말한다. "어깨에 무리가 간 것 같아."

저녁 식사는 일본식 정원에서 먹는다. 우리는 작은 테이블에 둘러앉아 여덟 시의 석양을 바라본다. 태프트와 윌이 큰 접시에 담긴 돼지갈비를 손으로 집어들고 먹는다.

"너희 둘은 정말 짐승 같아." 리버티가 코를 찡그리며 말한다.

"그래서 뭐?" 태프트가 말한다.

"포크라는 게 있거든." 리버티가 말한다.

"누나 얼굴이나 신경 쓰시지." 태프트가 말한다.

조니, 갯, 미렌은 커들다운에서 먹는다. 그들은 병약하지도 않고, 엄마들이 통제하려 들지도 않으니까. 우리 엄마는 내가 어른들과 함께 앉는 것조차 허락하지 않는다. 나를 꼬마들 테이블에 앉으라고 한다.

꼬마들은 입안 가득 음식을 넣은 채 웃고 떠들면서 서로에게 빈정거린다. 나는 그 애들이 하는 말을 더 이상 듣지 않는다. 대신, 할아버지 주변에 모여 있는 엄마와 캐리 이모, 베스 이모를 바라본다.

　문득 어느 날 밤이 기억난다. 사고가 있기 약 2주 전쯤, 7
월 초였던 것 같다. 우리 모두 클레어몬트 잔디밭의 긴 테이블
에 앉아 있었다. 현관에 시트로넬라 향초가 타고 있었고, 꼬마
들은 버거를 다 먹고 잔디밭에서 옆돌기를 하고 있었다. 나머
지 사람들은 바질 소스를 뿌린 황새치 구이를 먹고 있었다. 노
란 토마토가 든 샐러드, 파마산 치즈를 얹은 애호박 캐서롤도
있었다. 테이블 밑에서 갯이 다리로 내 다리를 꾹 눌렀다. 행복
해서 머리가 몽롱했다.

　이모들은 꼬마들이 소란을 떠는 와중에 조용히 격식을 차
린 채로 음식을 깨지락거리고 있었다. 할아버지가 두 손을 배에
얹고 뒤로 기대며 말했다. "보스턴 집을 리모델링해야 할지 고
민이구나." 할아버지가 물었다.

　침묵이 흘렀다.

　"아니요, 아버지." 베스 이모가 가장 먼저 말했다. "우린 그
집이 좋아요."

　"넌 항상 거실에 외풍이 든다고 불평하잖아." 할아버지가
말했다.

　베스 이모가 다른 자매들을 둘러보았다. "아니에요."

　"그 집 인테리어도 좋아하지 않고." 할아버지가 말했다.

　"그건 그래요." 엄마의 목소리는 비난하는 투다.

"전 고풍스럽다고 생각해요." 캐리 이모가 말했다.

"네 조언이 있으면 좋겠구나." 할아버지가 베스 이모에게 말했다. "네가 와서 자세히 살펴보고 의견을 말해줄 수 있겠니?"

"저……"

할아버지가 몸을 기울이며 말했다. "아니면 그 집을 팔 수도 있어, 알지?"

베스 이모가 보스턴 집을 갖고 싶어 한다는 건 우리 모두 알았다. 세 자매 모두 그 집을 원했다. 4백만 달러짜리 집이었고, 그들이 자란 집이었다. 하지만 베스 이모만이 그 근처에 살고 있었다. 그 집의 방을 채울 만큼 많은 아이를 둔 유일한 사람도 베스 이모였다.

"아빠," 캐리 이모가 날카로운 소리로 말했다. "그 집은 팔면 안 돼요."

"나는 내가 원하는 대로 할 수 있다." 할아버지가 접시 위의 마지막 토마토를 입안에 넣으며 말했다. "지금 모습 그대로 그 집이 좋은 거니, 베스? 아니면 집을 고치고 싶니? 우유부단한 사람은 아무도 좋아하지 않아."

"아빠가 바꾸고 싶은 게 있으면 뭐든 돕고 싶어요."

"아, 그러셔." 엄마가 쏘아붙였다. "어제만 해도 그렇게 바쁘다고 난리더니 이제는 리모델링을 돕겠다고?"

"아빠가 도와달라고 하시잖아." 베스 이모가 말했다.

"*언니한테* 도와달라고 했지. 우리는 버리는 거예요, 아빠?"

엄마는 술에 취했다.

할아버지가 웃었다. "페니, 진정하렴."

"집 문제가 해결되면 진정할게요."

"네가 우릴 미치게 하고 있어." 캐리 이모가 중얼거렸다.

"뭐라고? 중얼거리지 말고 똑바로 말해봐."

"우리 모두 아버지를 사랑해요." 캐리 이모가 큰 소리로 말한다. "올해가 힘들었다는 거 알아요."

"미친 사람처럼 구는 것도 네 선택이지." 할아버지가 말했다. "정신 차리렴. 미친 사람에게 재산을 남길 순 없으니."

열일곱 번째 여름, 지금 이모들을 본다. 여기 뉴 클레어몬트의 일본식 정원에서 엄마는 베스 이모의 어깨에 팔을 두르고, 베스 이모는 팔을 뻗어 캐리 이모에게 라즈베리 타르트 한 조각을 잘라준다.

아름다운 밤이고, 우리는 정말 아름다운 가족이다.

무엇이 달라졌는지 모르겠다.

38

"태프트가 좌우명이 있대." 내가 미렌에게 말한다. 우리 거짓말쟁이들은 한밤중에 커들다운 거실에서 스크래블 게임을 하고 있다.

내 무릎이 갯의 허벅지에 닿아 있는 걸 갯도 아는지 모르겠다. 보드 판은 거의 다 찼고, 나는 머리가 지끈지끈하다. 내 손엔 나쁜 알파벳들만 있다.

미렌이 자기가 가진 알파벳 조각들을 정신 사납게 재배치한다. "태프트가 뭐가 있다고?"

"좌우명." 내가 말한다. "할아버지처럼 그런 거 있잖아. 우유부단한 사람은 아무도 좋아하지 않는다, 뭐 그런 거."

"절대 뒷자리에 앉지 마라." 미렌이 읊조린다.

"불평하지 말고, 변명하지 마라." 갯이 말한다. "그건 디즈레일리*가 한 말이야, 내가 알기로는."

"아, 그거 정말 좋아하시지." 미렌이 말한다.

"그리고 거절을 거절하라." 내가 덧붙인다.

"제발, 케이디!" 조니가 소리친다. "단어 좀 만들고, 우리도 게임 계속하게 해줄래?"

"케이디에게 소리 지르지 마, 조니." 미렌이 말한다.

"미안." 조니가 말한다. "두 손 모아 간절히 청하옵나이다, 빌어먹을 스크래블 단어 좀 만들어줄래?"

내 무릎이 갯의 허벅지에 닿아 있다. 아무 생각도 할 수 없다. 짧고 시시한 단어 하나를 만든다.

조니는 자기가 들고 있는 글자 조각들을 내려놓는다.

"약물은 네 친구가 아니다." 내가 선언하듯 말한다. "이게 태

* 영국의 정치가이자 소설가

프트의 좌우명이야."

"말도 안 돼." 미렌이 웃는다. "걘 그런 걸 어떻게 생각해냈대?"

"학교에서 약물 교육을 받았나봐. 게다가 쌍둥이들이 내 방을 뒤지다가 서랍에 약이 가득한 걸 보고 태프트한테 말했대. 내가 약물 중독자가 아닌지 확인하고 싶어 하더라고."

"세상에," 미렌이 말한다. "보니와 리버티는 재앙 수준이야. 이제는 도벽까지 생긴 것 같아."

"정말?"

"우리 엄마 수면제랑 다이아몬드 귀걸이도 가져갔어. 엄마 눈에 안 띄게 그 귀걸이를 하고 갈 데가 있을 거라고 생각하는 건지, 이해가 안 돼. 게다가 걔들은 두 명인데 귀걸이는 하나잖아."

"애들을 타일러봤어?"

"보니랑 얘기해봤는데, 내가 어떻게 할 수 있는 상태가 아니더라." 미렌이 자기 글자 조각들을 재배치하며 말한다. "좌우명이라는 거, 좋은 거 같아." 그녀가 이어서 말한다. "힘든 시기를 견디게 해주는 영감이 될 수 있잖아."

"예를 들면 뭐?" 갯이 묻는다.

미렌이 잠시 생각하다가 말한다. "필요한 것보다 조금 더 친절해져라."

이 말에 모두 침묵한다. 반박이 불가능해 보인다.

이어서 조니가 말한다. "네 엉덩이보다 큰 것은 먹지 마라."

"엉덩이보다 큰 걸 먹은 적이 있어?" 내가 묻는다.

그가 엄숙하게 고개를 끄덕인다.

"좋아, 갯." 미렌이 말한다. "네 좌우명은 뭐야?"

"없어."

"에이, 말해봐."

"음, 생각해볼게." 갯이 자기 손톱을 내려다본다. "바꿀 수 있는 악이라면 받아들이지 마라."

"난 동의해." 내가 말한다. 정말로 동의하니까.

"난 아니야." 미렌이 말한다.

"왜?"

"바꿀 수 있는 게 거의 없으니까. 세상을 있는 그대로 받아들여야 해."

"그렇지 않아." 갯이 말한다.

"느긋하고 평화로운 사람이 되는 게 더 좋지 않을까?" 미렌이 묻는다.

"아니." 갯은 단호하다. "악에 맞서 싸우는 게 더 나아."

"노란 눈을 먹지 마라*." 조니가 말한다. "이것도 좋은 격언이지."

"언제나 두려운 일을 해라." 내가 말한다. "이건 내 좌우명이야."

---

* 노래 제목이며, 여기서 노란 눈이란 누군가 소변을 본 눈을 뜻한다.

"아, 진짜, 대체 누가 그런 말을 해?" 미렌이 소리 지르며 말한다.

"에머슨." 내가 대답한다. "아마도." 나는 펜을 집어 손등에 이 격언을 쓴다.

왼쪽 손등: '*언제나*'. 오른쪽 손등: '*두려운 일을 해라*'. 오른 쪽 손의 글씨가 삐뚤삐뚤하다.

"에머슨은 너무 따분해." 조니가 말한다. 그는 내 손에 있던 펜을 빼앗아 자기 왼쪽 손에 '**노란 눈은 먹지 마라**'고 쓴다. "봐." 그가 손을 들어 우리에게 글씨를 보여주면서 말한다. "이게 도움이 될 거야."

"케이디, 난 진지해. 항상 두려운 일만 해서는 안 돼." 미렌이 열띤 어조로 말한다. "절대 안 된다고."

"왜 안 돼?"

"죽을 수 있어. 다칠 수도 있고. 네가 무서울 땐 그럴 만한 이유가 있을 거야. 너의 직감을 믿어야 해."

"그럼 네 철학은 뭐야?" 조니가 미렌에게 묻는다. "친절한 겁쟁이가 되어라?"

"그래." 미렌이 말한다. "조금 더 친절해지자고."

39

갯이 이층으로 올라갈 때 내가 뒤따라간다. 긴 복도를 따라 갯을 쫓아가서, 그의 손을 잡고 그의 입술에 내 입술을 포갠다.

이것이 내가 두려워하는 일이다. 하지만 난 해낸다.

갯도 나에게 키스한다. 갯이 단단히 손깍지를 끼자 나는 어지럽다. 그가 나를 끌어안고, 모든 것이 다시 선명해지고 근사하다. 우리의 키스로 온 세상이 사라진다. 세상엔 오직 우리 둘뿐이고, 다른 건 아무것도 중요하지 않다.

그러다 갯이 물러선다. "이러면 안 돼."

"왜 안 돼?" 갯은 아직 내 손을 잡고 있다.

"하고 싶지 않아서가 아니라, 그게……."

"다시 시작한 줄 알았는데. 이게 다시 시작하는 거 아니야?"

"난 엉망이야." 갯이 한 걸음 물러나 벽에 기댄다. "너무 뻔한 얘기라, 더 할 말도 없어."

"설명해봐."

잠시 침묵이 흐르다가 그가 말한다. "넌 나를 몰라."

"설명해줘." 내가 다시 말한다.

갯이 두 손에 얼굴을 파묻는다. 우리는 어둠 속에서 나란히 벽에 기대서 있다. "알았어. 일단 너는," 그가 마침내 속삭인다. "넌 우리 엄마를 한 번도 만난 적이 없어. 우리 아파트에 온 적도 없고."

사실이다. 나는 비치우드 말고 다른 곳에서 갯을 본 적이 없다.

"넌 나를 안다고 생각하지만, 케이디, 네가 아는 나는 비치

145

우드에서의 나야." 그가 말한다. "그건, 그건 절대 내 전부가 아니야. 넌 내 방 창문으로 보이는 통풍구, 우리 엄마의 카레, 학교 친구들, 우리가 명절을 보내는 방식을 몰라. 너는 이 섬에서의 나만 알고 있어. 여기서는 나와 직원들 말고 모두가 부유해. 나랑 지니, 파울로 말고는 모두 백인이고."

"지니와 파울로가 누구야?"

갯이 주먹으로 자기 손바닥을 친다. "지니는 가정부고, 파울로는 정원사야. 매년 여름마다 여기서 일해온 사람들인데 넌 이름조차 몰라. 그게 내 요점 중 하나야."

부끄러워서 얼굴이 뜨거워진다. "미안."

"그런데 넌 전체 상황을 볼 생각이 있긴 해?" 갯이 묻는다. "네가 이해나 할 수 있을까?"

"나한테 기회를 줘야 그 답도 알 수 있겠지." 내가 말한다. "너한테 연락을 받은 적이 없는걸."

"너희 할아버지에게 내가 어떤 존재인지 알아? 날 어떻게 생각하는지?"

"어떤데?"

"히스클리프. 폭풍의 언덕에 나오는. 그 책 읽어봤어?"

나는 고개를 젓는다.

"히스클리프는 언쇼라는 완벽한 집안이 데려다 기른 집시 소년이야. 히스클리프는 그 집 딸인 캐서린을 사랑하게 돼. 캐서린도 그를 사랑하지만, 한편으로는 그의 배경 때문에 그를 하찮게 여겨. 나머지 가족들도 같은 생각이고."

"난 그렇게 생각하지 않아."

"히스클리프가 아무리 노력해도 언쇼 사람들은 히스클리프를 충분히 괜찮다고 생각하지 않아. 그는 노력을 해. 집을 떠나 교육을 받고 신사가 되지. 그래도 그들은 여전히 히스클리프를 짐승처럼 여겨."

"그래서?"

"그래서, 이 책이 비극이기 때문에 히스클리프는 그들이 생각하는 대로 되어버려. 난폭해지고, 내면의 악이 드러나."

"그 책, 로맨스인 줄 알았는데."

갯이 고개를 젓는다. "그 사람들은 서로에게 끔찍하게 굴어."

"할아버지가 널 히스클리프처럼 생각한다는 거야?"

"맞아, 확실해." 갯이 말한다. "겉으로는 괜찮아 보이지만, 실은 짐승이라고 생각해. 매년 나를 이 안전한 섬에 오게 해줬는데 할아버지의 캐서린, 그러니까 너를 유혹함으로써 그 친절을 배반한 거지. 이제 내가 속죄할 방법은 할아버지가 생각하는 괴물이 되는 거야."

나는 침묵한다.

갯도 조용하다.

나는 손을 뻗어 그를 만진다. 얇은 면 티셔츠 아래로 갯의 팔뚝이 느껴지고 다시 키스하고 싶은 마음이 간절하다.

"무서운 게 뭔지 알아?" 갯이 나를 보지 않은 채 말한다. "무서운 건 결국 그 판단이 맞았다는 거야."

"아니, 그렇지 않아."

"아니, 맞아."

"갯, 잠깐만."

하지만 그는 이미 자기 방으로 들어가 문을 닫았다.

나는 어두운 복도에 혼자 남겨진다.

40

옛날 옛날에 아름다운 세 딸을 둔 왕이 있었습니다. 딸들은 더없이 사랑스러운 모습으로 자랐습니다. 공주들은 멋진 결혼도 했지만 첫 손주의 탄생이 실망을 안겨주었습니다. 막내공주가 아주아주 작은 딸을 낳았고 엄마는 아기를 주머니에 넣어두곤 했습니다. 그래서 그 소녀는 눈에 띄지 않았지요. 곧, 정상 크기의 손주들이 태어났고 왕과 여왕은 아주 작은 그 공주의 존재를 거의 까맣게 잊어버렸습니다.

아주 작은 공주는 크는 동안 대부분의 낮과 밤을 자신의 작은 침대에서 보냈습니다. 그녀는 혼자였기 때문에 일어나야 할 이유가 거의 없었습니다.

어느 날, 용기를 내어 궁전의 도서관에 간 아주 작은 공주는 책이 좋은 친구가 될 수 있다는 걸 깨닫고 매우 기뻤습니다. 공주는 도서관을 자주 찾았습니다. 어느 날 아침, 그녀가 책을 읽고 있는데 탁자에 쥐 한 마리가 나타났습니다. 쥐는 두 발로 똑바로 서 있었고 작은 벨벳 재킷을 입고 있었습니다. 수염은 깨끗했고 털은 갈색이었고요. "당신도 나처럼," 쥐가 말했다. "페이지를 왔다 갔다 하면서 읽는군요." 쥐가 앞으로 나와 허리를 깊이 숙여 인사했습니다.

쥐는 자신의 모험담으로 작은 공주를 매혹시켰습니다. 쥐는 사람들의 발을 훔쳐간 트롤과 가난한 사람들을 버린 신들의 이야기를 들려주었습니다. 또한 우주에 대해 질문을 던지고 끊임없이 대답을 찾으려 했습니다. 상처에는 관심이 필요하다고 생각했지요. 답례로, 공주는 쥐에게 옛날이야기를 들려주었고, 모눈종이에 점을 찍어 초상화도 그려주었습니다. 작은 색연필 그림들도요. 공주는 소리 내어 웃었고 그와 논쟁도 벌였답니다. 아주 작은 공주는 태어나서 처음으로 깨어 있다는 느낌을 받았습니다.

얼마 지나지 않아 둘은 서로를 깊이 사랑하게 되었습니다.

하지만 아주 작은 공주가 가족에게 연인을 소개하자 문제가 생겼습니다. "고작 쥐라니!" 왕이 경멸하며 외쳤고 여왕은 겁에 질려 왕좌에서 뛰쳐나갔습니다. 실제로 왕족들부터 하인들까지, 왕국 전체가 의심과 불쾌한 눈으로 쥐 연인을 바라보았습니다. "그는 부자연스러워." 사람들이 그에 대해 말했습니다. "사람으로 가장한 짐승이야."

작은 공주는 망설이지 않았습니다. 공주와 쥐는 궁전을 떠나 멀리, 아주 멀리 여행했습니다. 그들은 외국 땅에서 결혼을 하고, 온통 책과 초콜릿으로 가득 찬 집에서 행복하게 오래오래 살았습니다.

사람들이 쥐를 무서워하지 않는 곳에서 살고 싶다면, 궁전에서의 삶은 포기해야 합니다.

41

거인이 녹슨 톱을 휘두른다. 톱이 내 이마를 가르고 그 안의 생각까지 잘라낸다. 거인은 신나게 흥얼거린다.

진실을 알아내기 위한 시간이 4주도 채 안 남았다.

할아버지는 날 미렌이라고 부른다.

쌍둥이들은 수면제와 다이아몬드 귀걸이를 훔친다.

엄마는 보스턴 집 문제로 이모들과 싸웠다.

베스 이모는 커들다운을 싫어한다.

캐리 이모는 한밤중에 섬을 돌아다닌다.

윌은 악몽을 꾼다.

갯은 히스클리프다.

갯은 내가 그를 잘 모른다고 생각한다.

어쩌면 갯이 맞을지도 모른다.

나는 약을 먹는다. 물을 마신다. 방이 어둡다.

엄마가 문간에 서서 나를 바라본다. 나는 엄마에게 아무 말도 하지 않는다.

나는 이틀째 침대에 누워 있다. 가끔 날카로운 통증이 찾아들어 그런대로 견딜 만했다. 그러면 혼자 있을 때 일어나 앉아서 침대 위에 붙여놓은 메모 더미에 무언가를 쓴다. 항상 대답보다는 질문이 더 많다.

몸 상태가 좀 나아진 어느 아침, 할아버지가 일찍 윈드미어로 왔다. 할아버지는 흰색 린넨 바지와 파란 스포츠 재킷 차림이다. 나는 반바지와 티셔츠를 입고 마당에서 개들에게 공을 던져주고 있다. 엄마는 벌써 뉴 클레어몬트로 갔다.

"에드거타운에 갈 참이다." 할아버지가 보쉬의 귀를 긁어주면서 말한다. "너도 갈래? 늙은이랑 함께 가도 상관없다면 말이야."

"모르겠어요." 내가 농담으로 말한다. "침 범벅이 된 이 테니스공을 던져주느라 바쁘거든요. 하루 종일 걸릴지도 몰라요."

"서점에 데려갈게, 케이디. 예전처럼 선물도 사주고."

"퍼지는요?"

할아버지가 껄껄 웃는다. "물론, 퍼지도 사주지."

"엄마가 할아버지한테 부탁한 거예요?"

"아니." 할아버지가 숱 많은 백발을 긁적인다. "하지만 베스는 내가 혼자 모터보트를 몰지 못하게 해. 방향을 잃을지도 모른다고 하더구나."

"저도 모터보트를 운전하면 안 된대요."

"알고 있지." 할아버지가 열쇠를 들어보이며 말한다. "하지만 지금은 베스와 페니가 결정권자가 아니야. 내가 결정하지."

우리는 중심가에 나가서 아침을 먹기로 한다. 이모들에게 붙잡히기 전에 보트를 타고 비치우드 부두를 떠날 생각이다.

에드거타운은 마서즈 비니어드에 있는 아기자기한 항구 마을이다. 그곳에 가는 데는 이십 분쯤 걸린다.

에드거타운은 온통 하얀 울타리와 마당에 꽃이 만발한 흰 목재 주택들로 이루어져 있다. 상점에서는 관광객들을 위한 아이스크림, 비싼 옷과 앤티크 보석을 팔고, 항구에서는 낚시 여행이나 경치 관람용 크루즈를 위한 배들이 출발한다.

할아버지는 예전 모습 그대로다. 여기저기 돈을 쓰고 다닌다. 창가에 의자가 놓여 있는 작은 빵집에서 내게 에스프레소와 크루아상을 사주고, 에드거타운 서점에서도 책을 사주려고 한다. 내가 선물을 거절하자 할아버지는 나의 나눔 프로젝트에 반대하며 고개를 젓지만 잔소리는 하지 않는다. 대신 꼬마들에게 줄 선물과 가정부 지니에게 줄 꽃꽂이 책을 골라달라고 부탁한다. 우리는 머딕스 퍼지 가게에서 많은 것을 주문한다. 초콜릿, 초콜릿 월넛, 피넛 버터, 그리고 페누치* 퍼지를 고른다.

어느 갤러리 한 곳을 둘러보다가 할아버지의 변호사, 리처

드 대처를 만난다. 몸이 홀쭉하고 머리가 희끗희끗한 사람이다. "이 애가 첫째 케이든스군요." 그가 나와 악수를 하며 말한다. "네 얘기는 많이 들었다."

"이분이 재산 관리를 한단다." 할아버지가 설명하듯 말한다.

"첫째 손주라." 대처가 말한다. "그 마음은 무엇과도 비교할 수가 없지."

"이 애는 황금 같은 머리를 가졌어." 할아버지가 말한다. "하나부터 열까지 싱클레어 혈통이지."

할아버지는 늘 이런 틀에 박힌 말들을 했다. "불평하지 마라, 변명하지 마라." "거절을 거절해라." 하지만 그런 말들을 나에 대해 쓸 때는 짜증이 난다. 황금 같은 머리라고? 나의 실제 머리는 수많은 약 처방으로 엉망이 됐다. 그리고 나의 반쪽은 바람기 있는 이스트먼 집안에서 나왔다. 나는 내년에 대학에 가지도 못할 거고, 예전에 했던 모든 운동과 클럽 활동도 접었다. 나는 깨어 있는 시간 중 절반은 퍼코셋에 취해 있고 어린 사촌들에게도 친절하지 않다.

하지만 할아버지는 나에 대해 이야기하며 얼굴이 빛난다. 적어도 오늘은 나를 미렌으로 착각하지도 않는다.

"손녀가 당신을 닮았네요." 대처가 말한다.

"그렇지? 근데 얘는 예쁘기까지 해."

"감사합니다." 내가 말한다. "하지만 완전히 닮으려면 제 머리도 부스스하게 해야 될 거예요."

이 말에 할아버지가 미소 짓는다. "보트를 타고 오느라," 할아버지가 대처에게 말한다. "모자를 깜빡했거든."

"할아버지 머리는 항상 부스스해요." 내가 대처에게 말한다.

"잘 알지." 그가 말한다.

두 사람은 악수를 하고, 우리는 팔짱을 끼고 갤러리를 나선다. "저분이 너를 많이 돌봐주었단다." 할아버지가 내게 말한다.

"대처 씨가요?"

할아버지가 고개를 끄덕인다. "네 엄마한테는 말하지 마라. 괜히 또 분란을 일으킬 거야."

42

집으로 돌아오는 길, 기억이 하나 떠오른다.

열다섯 번째 여름, 7월 초의 어느 아침이다. 할아버지는 클레어몬트 주방에서 에스프레소를 내리고 있었다. 나는 식탁에서 잼을 바른 바게트 토스트를 먹는 중이었다. 우리 둘뿐이었다.

"저 거위 마음에 들어요." 내가 조각상을 가리키며 말했다. 크림색 거위 조각상이 작은 탁자 위에 놓여 있었다.

"너와 조니, 미렌이 세 살이었을 때부터 저기 있었지." 할아버지가 말했다. "티퍼와 내가 중국으로 여행을 다녀온 해였단다." 할아버지가 웃었다. "할머니가 미술품을 많이 샀어. 가이드가 있었거든. 미술 전문가였어." 할아버지가 토스터기로 다가와 내가 넣어둔 빵을 꺼냈다.

"제 거예요!" 내가 항의했다.

"쉿, 내가 할아버지잖니. 나는 원할 때 토스트를 꺼낼 수 있지." 할아버지가 에스프레소를 들고 자리에 앉아 바게트에 버터를 펴발랐다. "그 미술 전문가 아가씨가 우리를 골동품 상점에 데려가고 경매장을 둘러보는 것도 도와줬어. 그 아가씨는 4개 국어를 할 줄 알았지. 그녀를 보고는 상상도 못 할 거야. 아주 조그만 중국 계집애였거든."

"*중국 계집애*라고 말하지 마세요, 네?"

할아버지는 내 말을 무시했다. "티퍼는 보석을 샀고 여기 집에 놓을 동물 조각을 살 생각이었어."

"커들다운에 있는 두꺼비도 그때 산 건가요?"

"물론, 상아 두꺼비 말이지." 할아버지가 말했다. "그리고 코끼리 조각상도 두 개 샀어."

"그건 윈드미어에 있어요."

"레드게이트에는 원숭이들을 갖다놓았지. 네 마리였어."

"상아는 불법 아니에요?" 내가 물었다.

"아, 몇몇 곳에서는 그렇지. 하지만 구할 수 있어. 네 할머니는 상아를 정말 좋아했지. 어렸을 때 중국 여행을 다녀온 적이 있었거든."

"코끼리 상아예요?"

"코끼리 아니면 코뿔소지."

딱 할아버지다웠다. 여전히 풍성한 흰 머리카락, 요트에서 보낸 세월이 만든 깊은 주름들, 옛 영화배우 같은 묵직한 턱선.

구할 수 있다, 할아버지는 상아에 대해 그렇게 말했다.

할아버지의 좌우명 중 하나, 거절을 거절해라.

이 말은 항상 영웅적인 삶의 방식처럼 들렸다. 할아버지는 우리에게 야망을 쫓으라고 조언할 때 이 말을 자주 했다. 조니에게 마라톤 훈련에 도전하라고 격려했을 때나, 내가 7학년 때 독서 대회에서 상을 타지 못했을 때. 할아버지의 사업 전략에 대해 이야기할 때, 그리고 할머니와 결혼하게 된 이야기를 할 때에도 항상 그 말을 했다. "네 번이나 물어봤단다. 할머니가 승낙할 때까지 말이야." 그 이야기는 싱클레어 가문의 전설 중 하나였다. "내가 지치게 만들었지. 할머니는 내 입을 다물게 하려고 결국 승낙했단다."

이제, 아침 식탁에서 할아버지가 내 토스트를 먹는 걸 지켜보고 있으니 "거절을 거절해라"는 특권을 가진 사람의 태도로 느껴졌다. 자신의 아내가 여름 별장에 진열해놓고 싶어 하는 예쁜 조각상을 갖는 한 누가 다치든 개의치 않는 사람의 태도였다.

나는 일어나서 거위 조각상을 집어들며 말했다. "상아는 사면 안 돼요. 불법인 데는 다 이유가 있어요. 갯이 최근에 읽기로는 상아가—"

"그 녀석이 무엇을 읽든 말이다." 할아버지가 화난 소리로 내뱉었다. "다 알고 있단다. 난 모든 신문을 보니까 말이다."

"죄송해요. 하지만 그 애 덕분에 생각한 게—"

"케이든스."

"할아버지는 조각상들을 경매에 내놓고 그 돈을 야생동물 보호를 위해 기부할 수도 있어요."

"그러면 그 조각상들이 없어지잖니. 티퍼가 몹시 아끼던 것들이야."

"하지만—"

할아버지가 짜증스럽게 말했다. "내 돈을 어떻게 할지에 대해서 참견하지 마라, 케이디. 그 돈은 네 것이 아니야."

"알겠어요."

"내가 가진 것을 어떻게 처분할지에 대해서도 마찬가지다, 알겠니?"

"네."

"두 번 얘기 안 하마."

"네, 할아버지."

나는 거위 조각상을 낚아채서 방 한가운데 던져버리고 싶은 충동이 일었다.

벽난로에 부딪치면 깨질까? 산산조각 날까?

나는 두 주먹을 꽉 쥐었다.

그것이 할머니의 죽음 이후로 우리가 할머니에 대해 처음 나눈 대화였다.

할아버지가 배를 부두에 대고 줄을 묶는다.

"아직도 할머니가 보고 싶으세요?" 뉴 클레어몬트로 가는
동안 내가 묻는다. "저는 보고 싶어요. 우리는 할머니 이야기를
전혀 하지 않잖아요."

"내 일부가 죽었지." 할아버지가 말한다. "그게 제일 좋은
부분이었어."

"그렇게 생각하세요?"

"이야기할 건 그게 전부다." 할아버지가 말한다.

43

거짓말쟁이들은 커들다운 마당에 있었다. 잔디밭에는 테니
스 라켓과 음료수 병, 음식 포장지와 비치 타월이 어질러져 있
다. 셋은 담요 위에 선글라스를 끼고 누워 감자칩을 먹고 있다.

"기분 좀 나아졌어?"

나는 고개를 끄덕인다.

"네가 없어서 아쉬웠어."

그들은 몸에 베이비오일을 발랐다. 오일 병 두 개가 잔디 위
에 놓여 있다. "햇볕에 타는 거 걱정되지 않아?" 내가 묻는다.

"난 이제 자외선 차단제 안 믿어." 조니가 말한다.

"조니는 과학자들이 부패했고 자외선 차단제 산업 전반이 사기라고 생각한대." 미렌이 말한다.

"광선 피부염 본 적 있어?" 내가 묻는다. "피부에서 거품이 일어나듯 물집이 잡히는 거야."

"바보 같은 생각이지." 미렌이 말한다. "그냥 너무 심심해서 그래. 그게 다야." 하지만 말을 하면서도 미렌은 팔에 베이비오일을 듬뿍 바른다.

나는 조니 옆에 눕는다.

바비큐 맛 감자칩 봉지를 뜯는다.

갯의 가슴을 쳐다본다.

미렌이 제인 구달에 관한 책의 일부를 큰 소리로 읽는다.

우리는 내 아이폰으로 음악을 듣는다. 스피커 소리가 조금 찌그러져 있다.

"왜 자외선 차단제를 안 믿어?" 내가 조니에게 묻는다.

"그건 음모니까." 그가 말한다. "아무도 필요하지 않은 크림을 많이 팔기 위한 거지."

"그렇구나,"

"난 화상을 안 입을 거야." 조니가 말한다. "두고 봐."

"그런데 베이비오일은 왜 바르는 거야?"

"아, 이건 실험이랑 상관없어." 조니가 말한다. "난 그냥 항상 최대한으로 기름진 게 좋을 뿐이야."

갯이 부엌에서 음식을 찾고 있는 나를 붙잡는다. 먹을 게 별로 많지 않다. "지난번에 우리 좀 별로였지." 그가 말한다. "며칠 전 복도에서 말이야."

"응." 내 손이 떨린다.

"미안해."

"괜찮아."

"다시 시작할 수 있을까?"

"갯, 매일 다시 시작할 순 없어."

"왜 안 돼?" 그가 조리대에 뛰어올라 앉으며 말한다. "이번 여름이 두 번째 기회의 계절일지도 모르잖아."

"두 번째라, 좋지. 하지만 그런 일이 있었는데 말도 안 돼."

"아무 일 없었던 것처럼 하자." 그가 말한다. "적어도 오늘만큼은. 내가 엉망이 아닌 척, 네가 화나지 않은 척하자. 친구처럼 행동하고, 무슨 일이 있었는지는 잊어버리자."

그런 척하고 싶지 않다.

친구로 지내고 싶지도 않다.

잊고 싶지 않다. 나는 기억하고 애쓰는 중이다.

"하루나 이틀만이라도. 상황이 괜찮아질 때까지만." 내가 머뭇거리는 모습을 보면서 갯이 말한다. "그냥, 모든 게 그렇게 중요하지 않아질 때까지 같이 있자."

나는 모든 것을 알고 싶고, 이해하고 싶다. 갯을 가까이 두고 그의 몸에서 손을 떼고 싶지 않다. 절대로 떠나지 못하게 하고 싶다. 하지만 어쩌면 이게 우리가 다시 시작할 수 있는 유일한 방법일지도 모른다.

정신 똑바로 차려, 당장.

아무렇지도 않으니까. 아무렇지 않잖아.

"그래, 그렇게 하는 법도 이젠 알 것 같아." 내가 말한다.

할아버지와 내가 에드거타운에서 사온 퍼지를 갯에게 건넨다. 초콜릿을 보고 환해지는 그의 얼굴이 내 마음을 울린다.

44

다음 날 미렌과 나는 허락 없이 작은 모터보트를 타고 에드거타운에 간다.

남자아이들은 안 가겠다고 했다. 그 애들은 카약을 타러 갔다.

내가 모터보트를 운전하는 동안 미렌은 물살에 손을 담그고 있다.

미렌은 옷을 거의 안 입고 있었다. 데이지 꽃무늬의 비키니 탑과 데님 미니스커트 차림이다. 우리는 에드거타운의 자갈길을 걷는 동안 드레이크 로저헤드에 대해서, 그리고 '성관계'를 갖는 게 어떤 느낌인지에 대해 이야기했다. 미렌은 매번 그 표현을 쓴다. 어떤 느낌인지는 해변의 장미에서 나는 향기와 롤러코스터, 불꽃놀이가 섞인 것 같다고 한다.

미렌은 또 포모나에 입학하기 전에 어떤 옷을 사고 싶은지,

어떤 영화를 보고 싶은지, 이번 여름에 어떤 프로젝트를 하고 싶은지에 대해서도 이야기한다. 예를 들면 비니어드에서 승마할 장소를 찾고, 다시 아이스크림을 만들기 시작하는 것 등등이다. 미렌은 정말로 삼십 분 동안 쉬지 않고 떠든다.

나도 미렌의 삶이 부럽다. 남자 친구, 여러 가지 계획, 캘리포니아에서의 대학 생활. 미렌은 햇빛 가득한 미래로 나아가는 중인데 나는 디킨슨 아카데미로 돌아가 또 한 해를 눈과 숨막힘 속에서 보내야 한다.

어제 산 퍼지가 남아 있지만 머딕스 가게에서 작은 퍼지를 산다. 우리는 그늘진 벤치에 앉는다. 미렌이 끊임없이 이야기하고 있다.

또 다른 기억이 떠오른다.

열다섯 번째 여름, 우리가 가장 좋아하는 에드거타운의 조개 수프 집 계단에 미렌이 태프트, 윌과 함께 앉아 있다. 남자애들은 무지개 색 바람개비를 들고 있었다. 태프트의 얼굴에는 방금 전 먹은 퍼지가 잔뜩 묻어 있다. 베스 이모가 미렌의 신발을 갖고 있어서 이모를 기다리는 중이었다. 신발 없이는 가게 안으로 들어갈 수 없었다.

미렌의 발은 더러웠고 발톱은 파란색으로 칠해져 있었다.

우리가 한참 기다리고 있는데 갯이 골목 끝에 있는 가게에서 나왔다. 옆구리에 책 더미를 끼고 있었다. 우리가 가만히 앉아 있는데도 마치 우리를 잡기 위해 급하게 달려오는 것처럼 전속력으로 뛰어왔다.

그러다 갑자기 멈춰 섰다. 맨 위에 있는 책은 사르트르의 *존재와 무*였다. 갯의 손등에는 여전히 단어들이 적혀 있었다. 할아버지가 추천한 책이었다.

갯이 광대처럼 허리를 굽혀 인사하고는 책 더미 맨 아래에 있는 책을 내게 내밀었다. 재클린 모리어티의 소설이었다. 나는 여름 내내 그녀의 작품을 읽던 중이었다.

책 제목이 적힌 페이지를 열었다. 거기에 이렇게 적혀 있었다. *모든 걸 가진 케이디에게, 모든 걸 바치며, 갯.*

"조개 가게 앞에 앉아서 네 신발을 기다리던 게 생각나." 내가 미렌에게 말한다. 미렌이 말을 멈추고 기대에 찬 눈빛으로 나를 바라본다. "바람개비도 있었고." 내가 말한다. "갯이 내게 책을 줬어."

"기억이 돌아오고 있구나!" 미렌이 말한다. "정말 잘됐다!"

"이모들이 집 문제로 싸웠고."

미렌이 어깨를 으쓱한다. "조금."

"할아버지와 나는 상아 조각상 때문에 말다툼을 했었어."

"맞아, 그때 그 얘기 했었지."

"말해줘."

"뭘?"

"내 사고 후에 갯이 사라진 이유가 뭐야?"

미렌이 머리카락 몇 가닥을 빙빙 돌리며 말한다. "몰라."

"갯이 라켈에게 돌아간 거야?"

"몰라."

"우리가 싸웠어? 내가 뭐 잘못했어?"

"나도 *몰라*, 케이디."

"며칠 전에 갯이 나한테 화를 냈어. 직원들 이름을 모른다고. 갯이 사는 뉴욕 아파트를 내가 본 적이 없다고."

침묵이 흐른다. "갯이 화낼 만한 이유가 있어." 마침내 미렌이 말한다.

"내가 뭘 했는데?"

미렌이 한숨을 쉰다. "넌 해결할 수 없어."

"왜?"

갑자기 미렌이 목이 막힌 듯 기침을 하기 시작한다. 토할 것처럼 헛구역질을 하며 허리를 숙이고, 피부는 식은땀으로 축축하고 창백하다.

"괜찮아?"

"아니."

"도와줄까?"

미렌은 대답하지 않는다.

그녀에게 물병을 내민다. 그녀가 물병을 들고 천천히 마신다. "너무 무리했어. 커들다운으로 돌아가야 해. 지금."

그녀의 눈이 흐릿하다. 내가 손을 내민다. 미렌의 피부가 축축하고 발걸음은 불안하게 비틀대는 것 같다. 우리는 모터보트를 대놓은 항구까지 말없이 걷는다.

엄마는 모터보트가 없어진 걸 눈치채지 못했지만, 내가 태프트와 윌에게 건네는 퍼지 봉지를 봤다.

주절주절, 잔소리가 끊이지 않는다. 엄마의 훈계는 재미없다.

나는 엄마의 허락 없이 섬을 떠날 수 없다.

나는 어른의 감독 없이 섬을 떠날 수 없다.

나는 약을 먹고 배나 차를 운전하면 안 된다.

어떻게 이렇게 어리석은 행동을 할 수가 있니?

나는 미안하다고, 엄마가 듣고 싶은 말을 한다. 그런 다음 윈드미어로 달려가서 기억해낸 모든 것-조개 가게, 바람개비, 나무 계단 위 미렌의 더러운 발, 갯이 준 책-을 침대 위쪽에 붙여놓은 모눈종이에 적는다.

45

비치우드에서의 두 번째 주가 시작되면서, 우리는 커들다운의 지붕으로 올라가는 길을 발견했다. 지붕은 쉽게 올라갈 수 있었다. 그동안 못 가본 이유는, 베스 이모의 침실 창문을 통해서 가야 했기 때문이다.

밤에는 지붕이 지독하게 춥지만 낮에는 섬 전체와 그 너머 바다까지 시원하게 보이는 멋진 전망을 즐길 수 있다. 커들다운을 둘러싼 나무들 너머 뉴 클레어몬트와 일본식 정원까지 보인다. 심지어 그 집 일층은 바닥에서 천장까지 유리창으로 되어 있는 곳이 많아서 실내까지 들여다볼 수 있다. 레드게이트도 조금 보이고, 반대쪽으로는 윈드미어, 그리고 저 멀리 만까지도 볼 수 있다.

첫날 오후, 우리는 낡은 피크닉 담요에 음식을 펼쳐놓고, 달콤한 포르투갈 빵과 작은 나무 상자에 든 부드러운 치즈를 먹는다. 초록색 종이 상자에 베리가 담겨 있고, 차가운 탄산 레모네이드 병도 있다.

우리는 매일 이 지붕에 오기로 한다. 여름 내내. 이 지붕은 세상에서 가장 좋은 곳이다.

"내가 죽는다면," 다들 경치를 보고 있는 동안 내가 말한다. "그니까 내 말은, 내가 *죽고 나면* 작은 바닷가에 유골을 뿌려줘. 그리고 내가 그리울 때 여기 올라와 내려다보면서 내가 얼마나 멋졌는지 생각해줘."

"아니면 저기로 내려가 네 안에서 수영을 할 수도 있겠네." 조니가 말한다. "정말 많이 그리우면 말이야."

"으."

"작은 바닷가 앞 바닷속에 있고 싶다고 한 사람은 너야."

"내 말은, 그냥 여기를 그만큼 사랑한다는 거야. 내 유골을 뿌리기에 좋은 장소라고."

"그래." 조니가 말한다. "그렇겠지."

미렌과 갯은 아무 말 없이 파란 도자기 그릇에서 초콜릿으로 코팅된 헤이즐넛을 꺼내 먹고 있다. "이 대화 별로야." 미렌이 말한다.

"괜찮은데, 뭘." 조니가 말한다.

"난 여기에 내 유골을 뿌리지 않으면 좋겠어." 갯이 말한다.

"왜?" 내가 말한다. "우리 모두 작은 바닷가에 함께 있을 수 있잖아."

"그럼 꼬마들이 우리들 속에서 수영하겠네!" 조니가 소리친다.

"으, 정말 역겨워." 미렌이 쏘아붙인다.

"그동안 내가 거기다 오줌 싼 거랑 크게 다르지 않아." 조니가 말한다.

"아, 제발."

"왜, 뭘! 다들 거기에 오줌 싸잖아."

"난 아니야." 미렌이 말한다.

"아니, 너도 그래." 조니가 말한다. "우리가 지금까지 이 오랜 세월 동안 오줌을 쌌는데도 작은 바닷가가 괜찮은 걸 보면, 재 조금 뿌린다고 엉망이 되지는 않을 거야."

"너네 장례식 상상해본 적 있어?" 내가 묻는다.

"무슨 말이야?" 조니가 콧등을 찡그리며 말한다.

"있잖아, 톰 소여의 모험에 보면, 톰이랑 헉 그리고 누구더라?"

"조 하퍼." 갯이 말한다.

"맞아. 사람들 모두 톰과 헉, 조 하퍼가 죽었다고 생각하잖아. 그 애들은 자기들 장례식에 가서 마을 사람들이 자기들에 대해 말하는 좋은 추억을 듣지. 그걸 읽고 나서 난 항상 내 장례식에 대해 생각했어. 예를 들면 무슨 꽃으로 장식할지, 재는 어디에 뿌리고 싶은지 같은 것들. 그리고 추도사도. 내가 얼마나 대단했는지, 노벨상도 타고 올림픽 메달도 땄다고 말해주는 것."

"뭘로 올림픽 메달을 땄는데?" 갯이 묻는다.

"핸드볼일 수도 있고."

"올림픽 종목에 핸드볼이 있어?"

"응."

"핸드볼 할 줄은 알고?"

"아직은 못해."

"빨리 시작해야겠네."

"대부분의 사람들은 결혼식을 계획해." 미렌이 말한다. "나도 한때는 그랬지."

"남자들은 결혼식 생각 안 해." 조니가 말한다.

"내가 드레이크와 결혼한다면 온통 노란 꽃으로 할 거야." 미렌이 말한다. "사방에 노란 꽃을 장식하는 거지. 그리고 봄에 어울리는 노란색 드레스를 입을 거야. 보통 웨딩드레스랑 똑같은데 색깔만 노랗게. 신랑은 노란색 주름 허리띠를 두를 거고."

"노란 허리띠를 하려면 신랑이 너를 정말, 아주 많이 사랑해야겠다." 내가 말한다.

"그래." 미렌이 말한다. "하지만 드레이크라면 할 거야."

"내 장례식에서 원하지 않는 걸 말해줄게." 조니가 말한다. "날 알지도 못하는 뉴욕 예술가 타입의 사람들이 몰려와서 멍청한 리셉션에 서 있는 건 싫어."

"난 종교인들이 와서 나는 믿지도 않는 신에 대해 말하지 않았으면 좋겠어." 갯이 말한다.

"온갖 슬픈 척은 다 해놓고 화장실 거울 앞에서 립글로스 바르고 머리를 만지는 가식적인 여자애들이 오는 것도 싫어." 미렌이 말한다.

"세상에." 내가 농담조로 말한다. "너네 말을 들으니까 장례식이 하나도 재미없을 것 같아."

"내가 진지하게 하는 말인데, 케이디." 미렌이 말한다. "너는 결혼식 계획을 세워야 해. 장례식 말고. 음울하게 그러지 마."

"만약 내가 결혼하지 않으면 어떡해? 결혼하고 싶지 않으면?"

"그럼 책 출간 파티나 미술 전시회를 계획해."

"케이디는 올림픽 메달을 따고 노벨상도 받을 거야." 갯이 말한다. "그 파티들도 계획해야 해."

"좋아." 내가 말한다. "내 올림픽 핸드볼 우승 파티 계획을 세워보자. 그게 너희를 행복하게 한다면."

그래서 우리는 파티 계획을 세운다. 파란색 퐁당*을 입힌 핸드볼 모양의 초콜릿. 내가 입을 금색 드레스. 작은 금색 공이 들어 있는 샴페인 잔. 라켓볼 경기에서 쓰는 이상한 고글을 핸드볼에서도 쓰는지 이야기하다가 파티를 위해서 고글을 쓰기로 결정한다. 모든 손님은 파티 내내 금색 핸드볼 고글을 쓸 것이다.

"핸드볼 팀에서 뭘 생각이야?" 갯이 묻는다. "그러니까, 파티에 승리를 축하하는 아마존 핸드볼 여신들이 같이 있을 예정이야, 아니면 너 혼자 우승한 거야?"

"몰라. 생각 안 해봤어."

"너 진짜 핸드볼에 대해서 공부해야겠다." 갯이 말한다. "아니면 금메달을 따지 못할 거라고. 네가 은메달을 딴다면 우리는 파티를 전부 다시 계획해야 돼."

그날은 삶이 아름답게 느껴진다.

우리 네 거짓말쟁이들은 언제나 함께였다.

그리고 언제까지나 그럴 것이다.

우리가 대학에 가고, 나이가 들고, 각자의 삶을 꾸려나가도, 그리고 갯과 내가 함께하든 아니든 상관없이. 우리가 어디

---

* 서양과자의 표면장식. 맛내기용. 캔디의 재료 등으로 쓰이는 순백색의 설탕액

로 가든, 우리는 커들다운 지붕에 나란히 모여 바다를 바라볼 수 있을 것이다.

이 섬은 우리 것이다. 이곳에서 우리는, 어떤 면에서는, 영원히 젊다.

46

그 후 며칠은 계속 어둡다. 거짓말쟁이들은 아무 데도 가고 싶어 하지 않는다. 미렌은 목이 붓고 근육통이 있어서 주로 커들다운에서 지낸다. 그녀는 복도에 걸어놓을 그림을 그리고 조개껍데기를 꿰어 조리대 가장자리에 매단다. 싱크대와 커피 테이블에 설거짓거리들이 쌓여간다. 거실 전체에 DVD와 책들이 엉망진창으로 쌓여간다. 침대 위 이불은 헝클어져 있고 욕실에선 축축한 곰팡이 냄새가 난다.

조니가 손가락으로 치즈를 집어 먹으면서 영국 TV 코미디를 본다. 어느 날 조니는 오래된, 축축한 티백을 모아 오렌지주스가 가득 든 머그잔 안에 던진다.

"뭐 하는 거야?" 내가 묻는다.

"물방울을 가장 크게 튀기는 사람이 이기는 거야."

"왜 그런 걸 하는데?"

"내 마음은 신비로운 방식으로 작동해." 조니가 말한다. "테이블 아래에서 위로 올려 던지는 게 가장 적합한 기술이지."

나는 조니를 도와 점수 체계를 만든다. 물방울이 약간 튀는 정도는 5점, 웅덩이쯤 되면 10점, 머그잔 뒤쪽 벽에 장식적 패턴을 만들어내면 20점.

우리는 싱싱한 오렌지로 짜놓은 주스 한 병을 다 써버린다. 주스가 바닥나자 조니는 다 터져서 엉망이 된 티백과 머그잔을 그 자리에 두고 일어난다.

나도 치우지 않는다.

갯은 지금까지 쓰인 가장 위대한 소설 100선 목록을 보면서, 섬에서 찾을 수 있는 책들을 읽고 있다. 포스트잇으로 표시까지 하면서 일부 구절을 큰 소리로 읽는다. *투명인간, 인도로 가는 길, 위대한 앰버슨가*. 그가 책을 읽을 때 나는 거의 신경쓰지 않는다. 아무 일 없었던 것처럼 지내기로 합의한 이후 갯은 내게 키스하거나 손을 내민 적이 없기 때문이다.

갯은 나와 단둘이 있는 걸 피하는 것 같다.

나도 갯과 단둘이 있는 걸 피한다. 내 온몸이 갯의 곁에 있고 싶다고 노래를 부르고 그의 몸짓 하나하나에 전기가 흐르기 때문이다. 가끔 두 팔로 그를 껴안거나 그의 입술을 손가락으로 만져보는 생각을 한다. 그런 생각이 흐르게 두면―잠시라도 조니와 미렌이 보이지 않을 때, 단 일 초라도 우리가 단둘이 있을 때―짝사랑의 날카로운 고통이 편두통을 불러일으킨다.

요즘은 편두통이 쭈글쭈글한 노파의 모습으로, 내 뇌의 생살을 날카로운 손톱으로 건드린다. 노파는 드러난 신경을 쿡쿡

찔러보면서 내 머릿속에 자리잡을 수 있을지 탐색한다. 그녀가 들어오면, 나는 하루나 이틀 내내 침대에 갇히게 된다.

우리는 거의 매일 지붕에서 점심을 먹는다.

거짓말쟁이들은 내가 앓는 동안에도 그러는 것 같다.

가끔 유리병이 지붕 아래로 굴러떨어져 산산조각 난다. 사실, 레모네이드로 끈적거리는 깨진 유리 조각들이 베란다 곳곳에 흩어져 있다.

설탕 때문에 모여든 파리들이 윙윙거리며 날아다닌다.

47

두 번째 주가 끝나갈 무렵 나는 조니 혼자 마당에서 레고 조각들로 뭔가 만들고 있는 걸 본다. 레고는 분명 레드게이트에서 찾아냈을 것이다.

내가 뉴 클레어몬트 주방에서 가져온 남은 참치 구이와 피클, 치즈 막대 과자가 있었다. 우리 둘뿐이라서 지붕에는 올라가지 않기로 한다. 나는 음식 용기를 열어 지저분한 베란다 가장자리에 줄 세운다. 조니는 레고로 호그와트를 만들고 싶다고 이야기한다. 아니면 스타워즈의 데스스타*. 아니, 잠깐! 레고 참치가 더 좋겠어. 이제는 할아버지의 박제 물고기가 하나도 없으니까 뉴 클레어몬트에 걸어두는 거지. 그래, 딱이다. 하지만 이

---

* 스타워즈에 나오는 거대한 전투용 인공위성

173

멍청한 섬에는 조니가 생각해낸 멋진 프로젝트를 할 만큼 레고가 충분하지 않다는 게 유감스럽다.

"내 사고 이후에 왜 전화나 이메일 안 했어?" 내가 묻는다. 이 이야기를 꺼낼 생각은 없었는데, 그냥 말이 튀어나왔다.

"아, 케이디."

물어본 내가 바보같이 느껴지지만 알고 싶다.

"그거 대신 레고 참치 이야기를 계속하는 건 어때?" 조니가 얼버무린다.

"그 이메일 때문에 나한테 짜증 난 줄 알았어. 갯에 대해서 물어본 이메일들 말이야."

"아니, 아니야." 조니가 티셔츠에다 손을 닦는다. "내가 연락을 안 한 건 그냥 멍청해서야. 충분히 생각해서 결정한 것도 아니고. 액션 영화를 너무 많이 본 데다 나는 뭐랄까, 그냥 다른 사람들을 따라가는 쪽이잖아."

"그래? 난 그렇게 생각하지 않는데."

"부정할 수 없는 사실이야."

"진짜 화난 거 아니었어?"

"난 그냥 멍청한 새끼야. 화난 건 아니었어. 절대 화난 적 없어. 미안해, 케이든스."

"고마워."

조니가 레고 조각을 한 움큼 집어 조립하기 시작한다.

"갯은 왜 사라졌던 거야? 넌 알아?"

조니가 한숨을 쉰다. "그건 또 다른 문제야."

"내가 자기 진짜 모습을 모른대."

"그럴 수 있지."

"갯은 내 사고에 대해서 말하고 싶어 하지 않아. 그해 여름 우리에게 일어난 일에 대해서도. 그냥, 아무 일도 없었던 것처럼 지내고 싶어 해."

조니가 레고를 파랑, 하양, 초록의 줄무늬로 정렬해놓는다. "갯은 그 라켈이라는 애한테 못되게 굴었어. 너랑 시작한 게 옳지 않다는 걸 깨닫고 자기를 미워했지."

"음."

"갯은 그런 사람이 되고 싶지 않았거든. 좋은 사람이 되고 싶어 했지. 게다가 그때 갯은 이런저런 이유로 정말로 화가 나 있었어. 네 곁에 있어주지 못했을 때에는 훨씬 더 자기를 미워했어."

"그렇게 생각해?"

"내 추측이야." 조니가 말한다.

"갯이 지금 만나는 애 있어?"

"어휴, 케이디." 조니가 말한다. "갯은 허세 덩어리야. 내가 갯을 형제처럼 좋아하긴 하지만 네가 훨씬 아까워. 드레이크 로저헤드처럼 멋있는 근육남을 찾아봐." 그러고는 크게 웃기 시작한다.

"넌 도움이 안 돼."

"부정할 수 없지." 그가 대답한다. "하지만 너도 그렇게 감상적이면 안 돼."

48

나눔 : 다이애나 윈 존스의 *마법 같은 삶*

이 책은 여덟 살 때 엄마가 갯과 내게 읽어주던 이야기 중 하나다. 나는 그 이후로 이 책을 여러 번 다시 읽었지만 갯은 그러지 않았을 것 같다.

책을 펼쳐 제목 페이지에 글을 적는다. *모든 것을 가진 갯에게, 모든 것을 바치며. 케이디.*

다음 날 아침 일찍 커들다운으로 간 나는 바닥의 오래된 찻잔과 DVD들을 피해서 걸어 들어간다. 갯의 방문을 두드린다.

대답이 없다.

다시 노크한 다음 문을 연다.

원래 태프트가 쓰던 방이다. 곰 인형과 모형 보트, 그리고 갯다운 책 더미, 빈 감자칩 봉지들, 밟혀 으깨진 캐슈넛 등이 가득하다. 반쯤 남은 주스 병과 탄산음료 캔들, CD, 글자 조각이 쏟아진 스크래블 상자도 있다. 집 안의 다른 곳만큼, 아니 그보다 더 엉망이었다.

어쨌든 갯은 방에 없다. 바닷가에 있는 모양이다.

나는 그의 베개 위에 책을 놔두고 나온다.

49

그날 밤 갯과 나는 커들다운 지붕에 단둘이 있게 됐다. 미렌이 몸이 좋지 않아 조니가 차를 끓여준다고 아래층으로 데리고 갔다.

이모들과 할아버지가 뉴 클레어몬트에서 블루베리 파이를 먹고 포트 와인을 마시는 소리가 음악에 섞여 들려왔다. 꼬마들은 거실에서 영화를 보는 중이다.

갯이 지붕의 경사를 따라 내려갔다가 다시 올라온다. 위험해 보인다. 자칫 떨어질 것만 같다—하지만 그는 두려워하지 않는다.

지금이 갯에게 이야기할 수 있는 때다.

아무 일 없는 척하는 걸 그만둘 수 있는 때다.

어떻게 시작하는 게 좋을지, 나는 적당한 말을 찾는 중이다.

갑자기 갯이 세 걸음 만에 내가 앉은 곳까지 올라온다. "넌, 정말, 정말 예쁘다, 케이디." 그가 말한다.

"달빛 때문이야. 달빛 아래에선 모든 여자애들이 다 예뻐 보이잖아."

"나는 네가 항상 그리고 영원히 아름답다고 생각할 거야." 달빛에 그의 실루엣이 드러난다. "버몬트에 남자 친구 있어?"

당연히 없다. 갯 말고는 남자 친구를 가져본 적이 없다. "내 남자 친구 이름은 퍼코셋이야." 내가 말한다. "우리는 아주 친해. 지난여름에는 유럽에도 같이 갔어."

"이런." 갯이 짜증을 내며 다시 지붕 끝 쪽으로 내려간다.

"농담이야."

갯이 내게 등을 돌린 채 말한다. "넌 우리에게 동정하지 말라고 말하지……."

"응."

"……그러면서 이런 말들을 해. *내 남자 친구 이름은 퍼코셋이야*, 혹은 *파란색 이탈리아 변기의 바닥을 쳐다봤어*, 라고. 넌 *모든 사람*이 불쌍히 여겨주기를 바라는 게 분명해. 우린 기꺼이 그럴 거고, 나도 그럴 거야. 하지만 너는 네가 얼마나 운이 좋은지 전혀 모르고 있어."

얼굴이 화끈거린다.

갯의 말이 맞다.

나는 사람들이 나를 불쌍하게 봐주기를 바란다. 그렇다.

그렇지 않기도 하다.

그렇다.

그리고 또 그렇지 않다.

"미안해." 내가 말한다.

"너네 할아버지는 널 8주 동안 유럽으로 보냈어. 할아버지가 앞으로 조나나 미렌을 그렇게 보낼 것 같아? 아니야. 그리고 무슨 일이 있어도 날 보내지는 않을 거야. 다른 사람들이 부러워하는 것에 대해 불평하기 전에 한번 생각해봐."

나는 움찔한다. "할아버지가 날 유럽에 보냈다고?"

"세상에," 갯이 씁쓸하게 말한다. "정말 너네 아빠가 여행비를 냈다고 생각했어?"

갯의 말이 맞다는 걸 깨닫는다.

아빠가 여행 비용을 냈을 리가 없다. 그럴 수가 없다. 대학 교수들은 일등석을 타고 5성급 호텔에 묵지 않는다.

비치우드에서의 여름, 먹을 것이 끝없이 채워진 식품 저장실과 수많은 모터보트, 그리고 옆에서 말없이 스테이크를 굽고 세탁물을 치우는 직원들에게 너무도 익숙해져서, 나는 누가 돈을 어떻게 내는지 생각해본 적이 없었다.

할아버지가 나를 유럽에 보냈다. 왜?

그 여행이 할아버지의 선물이었다면 왜 엄마는 나와 함께 가지 않았을까? 그리고 왜 아빠는 할아버지에게서 그 돈을 받았을까?

"너는 백만 가지 가능성이 펼쳐진 삶을 살고 있어." 갯이 말한다. "네가 불쌍한 척을 하면 그게…… 그게 너무 거슬려. 그뿐이야."

갯, 나의 갯.

그가 맞다. 맞긴 하지만.

그가 이해하지 못하는 것들도 있다.

"맞아, 아무도 나를 때리거나 하진 않아." 내가 갑자기 방어적으로 말한다. "나는 돈도 충분하고 좋은 교육을 받고 있어. 식탁엔 음식이 있고. 암으로 죽어가는 것도 아니고. 나보다 훨씬 힘들게 사는 사람들이 많지. 그리고 내가 유럽에 갈 수 있는 게 얼마나 운이 좋은 건지도 알아. 그거에 대해 불평하거나, 감사할 줄 모르면 안 돼."

"됐어, 그럼."

"하지만 들어봐. 넌 이런 두통을 겪어보지 못했잖아. 정말 모를 거야. 얼마나 아픈지." 내가 말한다. 눈물이 얼굴 아래로 흐르고 있다는 걸 깨닫는다. "살아 있는 게 고통스러울 때가 많아. 정말 많이 죽고 싶다는 생각을 해, 진심으로. 통증이 없어지기만 한다면 정말 그러고 싶어."

"그렇지 않아." 갯이 거칠게 내뱉는다. "죽었으면 좋겠다는 건 진심이 아니야. 그런 말 하지 마."

"난 그냥 이 고통이 끝났으면 좋겠어." 내가 말한다. "약이 듣지 않는 날에는, 통증을 확실히 없앨 수만 있다면 뭐든지─정말로 뭐든지─할 거야."

침묵이 흐른다. 갯이 내게 등을 돌리고 지붕 아래쪽으로 걸어간다. "그럴 땐 어떻게 해? 그렇게 아플 땐?"

"아무것도 안 해. 그냥 누워서 기다려. 영원히 지속되지는 않는다고 중얼거리면서. 또 다른 날이 올 거라고, 지금과는 다른 날이 있을 거라고 말이야. 어느 날엔, 아무렇지 않게 일어나 아침을 먹고 기분이 괜찮을 거라고."

"언젠가는."

"응."

갯이 돌아서서 몇 걸음 만에 지붕을 뛰어 올라온다. 갑자기 두 팔로 나를 감싸고, 우리는 서로 꼭 끌어안는다.

그는 몸을 조금 떨면서 차가운 입술로 내 목에 키스한다. 우리는 서로의 품에 안겨 일이 분 정도 그렇게 가만히 있는다.

우주가 마치 재구성되는 것처럼 느껴진다.

우리가 느꼈던 모든 분노도 사라졌다는 것을 깨닫는다.

갯이 내 입술에 키스하고, 내 뺨을 만진다.

나는 그를 사랑한다.

나는 항상 그를 사랑했다.

우리는 그 지붕 위에 아주, 아주 오랫동안 머문다.

영원히.

50

미렌이 아픈 날이 점점 더 많아졌다. 미렌은 늦잠을 자고, 손톱에 매니큐어를 칠하고, 햇볕 아래 누워 커피 테이블에 놓아두는 커다란 책에서 아프리카 풍경 사진을 본다. 하지만 스노클링을 하지 않고 모터보트도 타지 않는다. 테니스도, 에드거타운도 거부한다.

나는 뉴 클레어몬트에서 젤리빈을 가져다준다. 미렌은 젤리빈을 좋아한다.

오늘, 미렌과 나는 작은 바닷가에 누워 있다. 내가 쌍둥이에

게서 훔쳐온 잡지를 읽고 미니 당근을 먹는다. 미렌은 헤드폰
을 끼고 있다. 내 아이폰으로 같은 노래를 반복해서 듣고 있다.

우리의 젊음은 낭비되지만
우린 낭비하지 않을 거야.
내 이름을 기억해.
우리가 역사를 만들었으니까.
나 나 나 나, 나 나 나.

내가 당근으로 미렌을 쿡쿡 찌른다.
"왜?"
"노래 좀 그만해. 아니면 내가 책임질 수 없는 행동을 할 수
도 있어."
미렌이 진지한 표정으로 나를 돌아보며 헤드폰을 뺀다. "할
이야기가 있어. 케이디."
"응."
"너와 갯 이야기야. 어젯밤에 너희 둘이 아래층으로 내려오
는 소리를 들었어."
"그래?"
"갯을 그냥 놔뒀으면 좋겠어."
"무슨 소리야?"
"너희 둘은 나쁘게 끝날 거고 모든 게 엉망이 될 거야."

"갯을 사랑해." 내가 말한다. "내가 항상 갯을 사랑해왔다는 거, 너도 알잖아."

"넌 갯을 힘들게 하고 있어. 이미 충분히 힘든데, 더 힘들게 하고 있지. 넌 갯에게 상처를 주게 될 거야."

"그렇지 않아. 상처는 갯이 나한테 줄걸."

"글쎄, 그럴 수도 있겠지. 어쨌든 너희 둘이 사귀는 건 좋은 생각이 아니야."

"갯이랑 헤어지느니 차라리 같이 있으면서 그 애한테 상처받고 싶어." 내가 일어나 앉으며 말한다. "나는 지난 2년 동안 갇혀 있던 상자에서 벗어나고 싶어. 결과가 나쁘더라도, 한 번이라도 과감하게 살아보고 싶어. 선택할 수 있다면 백만 번 다 똑같은 선택을 할 거야. 그 상자는 너무 작아, 미렌. 나와 엄마, 나와 약, 나와 통증. 그게 다야. 더 이상 그 속에 갇혀 살고 싶지 않아."

침묵만 흐른다.

"나, 한 번도 남자 친구 사귄 적 없어." 미렌이 툭 내뱉는다.

나는 미렌의 눈을 바라본다. 눈물이 가득하다. "드레이크 로저헤드는? 노란 장미는? 성관계는 어떻게 된 거고?" 내가 묻는다.

미렌이 시선을 떨군다. "거짓말이야."

"왜?"

"비치우드 섬은, 다른 세상인 거 너도 알지? 집에서 살던 모습이 아니라, 더 나은 사람이 될 수 있는 거."

내가 고개를 끄덕인다.

"네가 다시 돌아온 첫날 보이더라. 갯이 널 마치 은하계에서 가장 빛나는 별인 것처럼 쳐다봤어."

"정말?"

"나도 누군가가 나를 그렇게 쳐다봐주면 좋겠어, 케이디. 정말로. 그래서 의도한 건 아닌데, 나도 모르게 거짓말을 했어. 미안해."

뭐라고 말해야 할지 모르겠다. 나는 숨을 깊이 들이마신다.

미렌이 날카롭게 말한다. "그렇게 한숨 쉬지 마, 응? 난 괜찮아. 남자 친구 같은 거 한 번도 없었지만 괜찮아. 아무도 날 안 사랑해도 괜찮다고. 알겠지? 충분히 견딜 만해."

뉴 클레어몬트 쪽에서 엄마 목소리가 들린다. "케이든스! 들리니?"

내가 큰 소리로 대답한다. "네, 왜요?"

"오늘 요리사가 쉬는 날이래. 점심 준비를 해야 하는데, 와서 토마토 좀 썰어줘."

"잠시만요." 내가 한숨을 쉬며 미렌을 바라본다. "가봐야겠다."

미렌은 대답이 없다. 나는 후드티를 걸쳐 입고 뉴 클레어몬트로 이어지는 길을 터벅터벅 걷는다.

주방에 들어서자 엄마가 토마토 전용 칼을 내밀며 말을 시작한다.

이러쿵저러쿵, 넌 늘 작은 바닷가에 나가는구나.

어쩌고저쩌고, 꼬마들하고 놀아줘야지.

할아버지가 영원히 여기 계시지는 않을 거야.

너, 햇볕에 심하게 탄 건 알고 있니?

나는 토마토를 계속해서 썰고 또 썬다. 모양이 이상한 전통 품종의 토마토가 한 바구니 가득이다. 노란색, 초록색, 그리고 연기처럼 빨간색 토마토다.

51

섬에서의 세 번째 주, 시간은 째깍째깍 흘러가는데 편두통 때문에 이틀, 아니 사흘을 날려버렸다. 정확히 며칠인지도 모르겠다. 집에서 출발하기 전 처방약을 가득 채워 왔는데 약병 속 약이 거의 다 떨어져간다.

엄마가 이 약을 먹는 게 아닌가 싶다. 어쩌면 계속 먹고 있었는지도 모른다.

아니면 쌍둥이들이 또 내 방에 들어와 자기네한테는 필요하지도 않은 것들을 훔쳐가는 건지도 모른다. 어쩌면 그 애들이 약물 중독자일지도.

아니면 내가 생각보다 약을 더 많이 먹었는지도 모른다. 고통 속에서 정신없이 약을 더 삼켰는지도. 약을 먹었다는 걸 까

먹고 또 먹었을 수도 있다.

약이 더 필요하다고, 엄마에게 말하기가 겁난다.

나는 안정을 찾고 다시 커들다운으로 간다. 하늘에 해가 낮게 떠 있다. 현관에는 깨진 병들이 널려 있다. 안으로 들어가니 천장에서 떨어진 리본들이 바닥에 뒤엉켜 있다. 싱크대의 접시엔 알 수 없는 찌꺼기들이 바싹 말라 굳어 있다. 식탁을 덮고 있는 퀼트 조각보도 지저분하다. 커피 테이블에는 머그잔의 동그란 얼룩이 여기저기 남아 있다.

거짓말쟁이들은 미렌의 방에서 다들 성경책을 보고 있다.

"스크래블 단어 때문에 싸우는 중이야." 내가 들어서자 미렌이 말한다. 그녀가 책을 덮는다. "갯이 맞았어. 늘 그렇듯, 재수 없게. 갯, 여자애들은 그런 남자 안 좋아해, 알아?"

스크래블 글자 조각들은 거실 바닥에 흩어져 있었다. 집에 들어오면서 봤다.

거짓말쟁이들은 스크래블 놀이를 하고 있었던 게 아니다.

"너희는 지난 며칠 동안 뭐 했어?" 내가 묻는다.

"아, 이런." 조니가 미렌의 침대에 대자로 뻗으며 말한다. "벌써 다 잊어버렸어."

"7월 4일에," 미렌이 말한다. "우린 뉴 클레어몬트에 가서 저녁을 먹고 다 같이 큰 모터보트를 타고 나가서 비니어드에서 불꽃놀이를 봤어."

"오늘은 낸터킷 도넛 가게에 다녀왔고." 갯이 말한다.

거짓말쟁이들은 아무 데도 가지 않는다. 절대로. 아무도 만나지 않는다. 그런데 내가 아픈 동안에 갑자기 여기저기 돌아다니고, 사람들을 만났다고?

"다우니플레이크겠지." 내가 말한다. "도넛 가게 이름."

"맞아. 그 집 도넛은 정말 놀라워." 조니가 말한다.

"넌 케이크 도넛 싫어하잖아."

"물론이지." 미렌이 말한다. "근데 우린 케이크 도넛이 아니라 글레이즈 도넛 먹었어."

"그리고 보스턴 크림도." 갯이 말한다.

"젤리도." 조니가 말한다.

하지만 다우니플레이크에서는 오로지 케이크 도넛만 만든다. 글레이즈 도넛이나, 보스턴 크림 도넛, 젤리 도넛은 없다.

왜 거짓말을 하는 걸까?

52

나는 뉴 클레어몬트에서 엄마와 꼬마들이랑 저녁을 먹는다. 그날 저녁, 편두통이 다시 시작된다. 전보다 훨씬 심하다―나는 어두운 방에 누워 있다. 까마귀들이 으깨진 내 두개골에서 새어나오는 걸쭉한 진액을 쪼아먹는다.

눈을 뜨니 갯이 나를 내려다보고 있다. 흐릿하게 보이지만, 커튼 사이로 빛이 비치는 걸 보니 낮인 것 같다.

갯은 절대 윈드미어에 오지 않는다. 그런데 갯이 여기 있다. 벽에 붙은 모눈종이를 보고 있다. 포스트잇 메모들도. 할머니의 개들이 죽은 것, 할아버지와 상아 거위, 갯이 모리아티 책을 준 것, 이모들이 보스턴 집 문제로 싸운 일 등 내가 여기 온 뒤로 추가한 새로운 기억과 정보들을 보고 있다.

"읽지 마." 내가 신음하며 말한다.

갯이 한 발짝 물러선다. "누구든 볼 수 있게 붙어 있길래. 미안."

나는 옆으로 돌아눕고 따뜻한 베개에 뺨을 댄다.

"네가 이야기를 수집하는 줄 몰랐어." 갯이 침대에 앉는다. 손을 뻗어 내 손을 잡는다.

"아무도 이야기하고 싶어 하지 않는 일을 기억하려고 노력 중이야." 내가 말한다. "너도 똑같아."

"난 이야기하고 싶어."

"정말?"

그가 바닥을 응시하고 있다. "여자 친구가 있었어, 2년 전에."

"알아. 알고 있었어."

"하지만 너한테는 말하지 않았어."

"응, 그랬지."

"난 너한테 완전히 빠져버렸어, 케이디. 멈출 수가 없었어. 너한테 모든 걸 털어놓았어야 했고, 라켈과 바로 끝냈어야 했다는 거 알아. 그런데 걔는 멀리 있었고, 나는 너를 일 년 내내 볼 수 있는 것도 아니고, 내 전화기는 여기서 작동하지도 않고. 그리고 라켈은 계속 소포를 보냈어. 편지도. 여름 내내."

나는 그를 바라본다.

"내가 비겁했어." 갯이 말한다.

"그래."

"잔인했던 거야. 너한테도, 라켈에게도."

되살아난 질투심에 내 얼굴이 뜨거워진다.

"미안해, 케이디." 갯이 계속 말한다. "올해 이 섬에서 만난 첫날 바로 이 얘기를 했어야 했는데, 내가 잘못했어. 미안해."

나는 고개를 끄덕인다. 갯이 그렇게 말해줘서 기쁘다. 내가 이렇게 몽롱하지 않았으면 좋았을 텐데.

"내가 한 모든 행동 때문에 내가 정말 싫어." 갯이 말한다. "하지만 정말로 나를 엉망으로 만드는 건 이거야. 나 자신을 미워하지 않을 때에는 내가 정당하고 피해자인 것 같은 기분이 들거든. 세상이 너무 불공평하다는 식으로. 모순적이지."

"왜 너 자신을 미워하는 건데?"

어느새 갯이 내 옆에 눕는다. 그의 차가운 손가락이 내 뜨거운 손가락을 감싸고, 그의 얼굴이 내 얼굴 가까이 다가온다. 그가 내게 키스한다. "내가 가질 수 없는 걸 원하기 때문이야." 그가 속삭인다.

하지만 그는 나를 가졌다. 이미 나를 가졌다는 걸 정말 모르는 걸까?

아니면 갯은 다른 것을 말하는 걸까? 정말로 가질 수 없는 어떤, 물질적인 것이나 어떤 꿈 같은 거?

식은땀이 나고, 머리가 아프고, 생각을 똑바로 할 수가 없다. "미렌이 그러는데, 우리 둘은 나쁘게 끝날 거래. 그래서 너를 혼자 놔둬야 한대." 내가 말한다.

갯이 다시 내게 키스한다.

"누군가 내게 어떤 짓을 했는데, 너무 끔찍해서 나는 기억을 못 해." 내가 속삭인다.

"사랑해." 그가 말한다.

우리는 서로를 끌어안고 오랫동안 키스한다.

내 머릿속의 통증이 조금 사라진다. 하지만 완전히 사라지지는 않는다.

눈을 뜨고 보니 시계는 자정을 가리키고 있다.

갯은 없다.

나는 블라인드를 올리고 창문을 내다보며 바깥바람을 들이마신다.

캐리 이모가 또 잠옷 차림으로 걷고 있다. 윈드미어를 지나가는데 달빛 아래 드러난 팔이 너무 말랐다. 이번에는 양털 부츠조차 신지 않았다.

레드게이트 쪽에서 윌이 악몽을 꾸는지 우는 소리가 들린다. "엄마, 엄마, 어디 있어!"

하지만 캐리 이모는 그 소리를 듣지 못하는 것 같다. 아니면 윌에게 갈 마음이 없거나. 이모는 방향을 틀어 뉴 클레어몬트로 향하는 길로 들어선다.

53

나눔 : 플라스틱 레고 상자.

이제 내 책은 모두 나눠줬다. 몇 권은 꼬마들에게, 한 권은 갯에게, 나머지는 비니어드에 있는 자선 가게에 기증해달라고 베스 이모에게 맡겼다.

오늘 아침 나는 다락방을 뒤진다. 레고 상자가 하나 있어 조니에게 가져간다. 조니는 커들다운 거실에서 혼자 플레이 점토를 벽에 던지고는 흰 페인트 위에 얼룩이 생기는 걸 보고 있었다.

조니가 레고를 보고는 고개를 젓는다.

"그 참치 모형 만들라고." 내가 설명한다. "이거면 충분할 거야."

"안 만들 거야." 그가 말한다.

"왜?"

"너무 큰일이야." 그가 말한다. "그건 윌한테 갖다줘."

"윌의 레고도 여기 있지 않았어?"

"다시 돌려줬어. 꼬마들은 레고에 굶주려 있으니까." 조니가 말한다. "더 많이 생기면 기뻐할 거야."

나는 점심 때 레고를 윌에게 갖다준다. 작은 레고 인형들과 자동차를 만들 수 있는 부품들이 많이 있다.

윌은 엄청나게 행복해한다. 윌과 태프트는 식사 시간 내내 자동차를 만든다. 심지어는 먹지도 않는다.

54

그날 오후 거짓말쟁이들이 카약을 꺼낸다. "뭘 할 건데?" 내가 묻는다.

"우리가 아는 장소로 갈 거야." 조니가 말한다. "전에도 가봤어."

"케이디는 오면 안 돼." 미렌이 말한다.

"왜 안 돼?"

"머리 때문이지!" 미렌이 소리친다. "또 머리를 다치거나 편두통이 심해지면 어떡해? 진짜, 넌 뇌가 있긴 한 거니, 조니?"

"왜 소리를 지르고 그래?" 조니가 소리친다. "잘난 척 그만해."

왜 저 애들은 내가 같이 가는 걸 원하지 않는 걸까?

"너도 와도 돼, 케이든스." 갯이 말한다. "와도 괜찮아."

날 원하지 않는데 굳이 따라가고 싶진 않지만—카약을 탄 갯이 자기 앞자리를 두드렸고 나는 올라탄다.

나는 거짓말쟁이들과 떨어져 있는 게 정말 싫다.

정말로.

우리는 2인용 카약을 타고 윈드미어 아래쪽 만의 입구까지 노를 젓는다. 엄마의 집은 돌출된 곳에 세워져 있다. 그 아래에는 울퉁불퉁한 바위들이 모여 있어서 거의 동굴 같은 느낌이다. 우리는 이 바위에 카약을 대놓고 물기가 없는 시원한 바위 쪽으로 올라간다.

카약을 탄 건 겨우 몇 분인데도 미렌이 멀미를 한다. 미렌은 요즘 너무 자주 아파서 놀랍지 않았다. 그녀는 얼굴 위로 두 팔을 얹고 누웠다. 남자애들이 캔버스 가방을 들고 왔기 때문에 나는 피크닉 도시락을 차릴 거라고 반쯤 기대하지만 예상과 달리 갯과 조니는 바위를 오르기 시작한다. 전에도 해봤다는 걸 알 수 있다. 그들은 맨발로 수면으로부터 7.5미터나 되는 곳까지 올라가더니 바다 위로 튀어나온 바위에서 멈춘다.

그들이 자리를 잡을 때까지 나는 가만히 지켜본다. "뭐 하는 거야?"

"우린 아주, 아주 남자답게 굴고 있어." 조니가 큰 소리로 대답한다. 그의 목소리가 메아리친다.

갯이 웃는다.

"아니, 진짜로." 내가 말한다.

"넌 우리를 도시 남자애들이라고 생각하겠지만 사실 우리는 남성성과 테스토스테론으로 가득 차 있다고."

"아니야."

"맞아."

"아, 진짜. 나도 올라갈 거야."

"안 돼!" 미렌이 말한다.

"조니가 자꾸 도발하잖아." 내가 말한다. "이제 나도 가야 해." 나는 남자애들이 간 방향으로 오르기 시작한다. 손에 닿는 바위의 느낌이 차갑고 생각보다 미끄러웠다.

"가지 마." 미렌이 같은 말을 반복한다. "이래서 네가 같이 오는 걸 원하지 않았던 거야."

"그럼 *넌* 왜 왔는데?" 내가 묻는다. "너도 저기 올라갈 거야?"

"난 지난번에 뛰어내렸어." 미렌이 털어놓는다. "한 번이면 충분해."

"뛰어내린다고?" 도저히 가능할 것처럼 보이지 않는다.

"그만둬, 케이디. 위험해." 갯이 말한다.

내가 더 올라가기 전에 조니가 코를 막고 뛰어내린다. 차렷 자세로, 높은 바위에서 그대로 떨어진다.

내가 비명을 지른다.

조니가 바닷물에 세게 부딪혔다. 이곳 바다는 바위투성이다. 물이 얼마나 깊은지 얕은지도 알 수 없다. 이러다 정말 죽을 수도 있다. 그럴 수도 있지만, 조니가 쏙 얼굴을 내밀고 짧은 금발에서 물을 털어내며 함성을 지른다.

"미쳤구나!" 내가 야단친다.

그때 갯이 뛰어내린다. 조니는 떨어지는 동안 두 발을 버둥거리고 소리를 질렀지만 갯은 두 다리를 모은 채 조용히 내려온다. 그는 물도 거의 튀기지 않은 채 차가운 물속으로 미끄러져 들어간다. 그는 행복한 얼굴로 물에서 나와 마른 바위 위로 올라가 티셔츠의 물을 짜낸다.

"쟤들은 멍청이야." 미렌이 말한다.

나는 그 애들이 뛰어내린 바위를 올려다본다. 살아 돌아올 수 없을 것처럼 보인다.

갑자기 나도 해보고 싶은 마음이 든다. 나는 다시 바위를 오르기 시작한다.

"안 돼, 케이디." 갯이 말한다. "부탁이야, 제발."

"방금 너도 했잖아." 내가 말한다. "그리고 아까 나한테 같이 와도 괜찮다고 했고."

미렌이 창백한 얼굴로 일어나 앉는다. "난 지금 집에 갈래." 그녀가 다급하게 말한다. "몸이 안 좋아."

"제발 하지 마, 케이디. 바위투성이야." 조니가 외친다. "널 데려오지 말았어야 했는데."

"난 환자가 아니야." 내가 말한다. "수영할 줄 안다고."

"그 문제가 아니야. 이건…… 어쨌든 이건 좋은 생각이 아니야."

"왜 네가 하면 좋은 생각이고 내가 하면 좋은 생각이 아닌데?" 내가 쏘아붙인다. 거의 꼭대기까지 왔다. 바위를 붙잡느라 손가락에 벌써 물집이 잡히기 시작한다. 아드레날린이 혈관을 타고 빠르게 흐른다.

"우리가 어리석었어." 갯이 말한다.

"허세였어."

"내려와, 제발." 이제 미렌은 울고 있다.

나는 내려가지 않는다. 남자애들이 뛰어내렸던 바위 끝에 무릎을 가슴에 붙인 채 웅크리고 앉아 있다. 아래에서 소용돌이치는 바다를 내려다본다. 어두운 형체들이 수면 아래 어른거리지만 빈 공간도 보인다. 위치를 제대로 잡으면 깊은 물속으로 뛰어내릴 수 있다.

"언제나 두려운 일을 하라!" 내가 외친다.

"그건 정말 멍청한 좌우명이야." 미렌이 말한다. "전에 말했잖아."

내가 아프다고 생각하는 거짓말쟁이들에게, 내가 강하다는 것을 증명할 것이다.

내가 약하다고 생각하는 거짓말쟁이들에게, 내가 용감하다는 것을 증명할 것이다.

이 높은 바위 위에는 바람이 거세다. 미렌이 흐느끼고 있다. 갯과 조니가 나를 향해 소리친다.

나는 눈을 감고 뛰어내린다.

물에 닿는 충격이 짜릿하다. 전기 같다. 왼쪽 다리가 바위에

긁힌다. 나는 아래로 깊이 내려간다,

저 아래, 바위투성이 밑바닥으로,

비치우드 섬의 밑바닥이 보이고,

두 팔과 다리는 무감각하지만 손가락은 차갑다. 해초 조각들이 손끝을 스친다.

나는 다시 물 위로 나와 숨을 쉰다.

나는 괜찮고,

내 머리도 괜찮고,

아무도 날 위해 울거나 걱정할 필요가 없다.

나는 괜찮다.

나는 살아 있다.

나는 바닷가 쪽으로 헤엄친다.

가끔 나는 여러 개의 현실이 존재할 수 있을까 생각한다. 내가 갯에게 준 책, *마법 같은 삶*에서는 같은 사람에게 다른 사건이 발생하는 평행 우주가 나온다. 선택에 따라 사건의 결말이 달라진다. 모든 사람들은 이 평행 세계들에서 자신의 복제본을 가지고 있다. 제각각 다른 삶, 다른 운명을 가진 다른 자아들.

변형들.

예를 들어, 오늘 내가 저 절벽에서 떨어져 죽는 변형이 있을지 궁금하다. 내 장례식이 열리고 나의 유골이 작은 바닷가에 뿌려진다. 물에 빠져 죽은 나의 시신 주위에 백만 송이의 작약이 놓여 있고 사람들은 참회와 고통 속에서 흐느낀다. 나는 아름다운 시신이다.

조니의 두 다리와 허리가 바위에 부딪혀 으스러지는 또 다른 변형이 있을지 궁금하다. 우리는 앰뷸런스를 부를 수 없어서, 신경에 손상을 입은 조니를 카약에 태우고 노를 저어 돌아간다. 헬리콥터를 타고 육지의 병원에 도착할 때쯤 조니는 이미 다시는 걸을 수 없는 상태가 된다.

아니면 내가 거짓말쟁이들과 카약을 타러 가지 않는, 또 다른 변형도 있다. 나는 거짓말쟁이들이 나를 밀어내도록 내버려둔다. 그 애들은 나 없이 여기저기 돌아다니고 내게 작은 거짓말들을 계속한다. 우리는 조금씩 멀어지고, 결국 마법 같은 우리의 여름은 영원히 망가져버린다.

이런 변형들이 존재할 가능성이 충분히 있을 것 같다.

55

그날 밤 추워서 잠을 깬다. 담요를 걷어찬 상태로 유리창도 열려 있다. 너무 빨리 일어나 앉는 바람에 머리가 핑 돈다.

기억이 떠오른다.

울고 있는 캐리 이모. 콧물이 흐르는데 닦을 생각도 없이 몸을 구부리고 있다. 온몸을 웅크린 채 떨고 있다. 어쩌면 토하고 있는 건지도 모른다. 밖은 어둡고 이모는 흰색 면 블라우스 위에 바람막이 재킷을 입고 있다. 조니의 파란 체크무늬 재킷이다.

이모는 왜 조니의 윈드 재킷을 입고 있을까?

왜 저렇게 슬픈 걸까?

나는 자리에서 일어나 스웨트셔츠와 신발을 찾는다. 손전등을 들고 커들다운으로 향한다. 거실에는 아무도 없고 달빛이 환하다. 주방 조리대에 병들이 어질러져 있다. 누군가 남겨놓은 사과 조각이 갈색으로 변하고 있다. 그 냄새를 맡을 수 있다.

미렌이 있었다. 나는 그녀를 미처 보지 못했다. 그녀는 두꺼운 줄무늬 담요를 덮고 소파에 기대어 앉아 있다.

"일어났네." 그녀가 속삭인다.

"널 찾으러 왔어."

"왜?"

"기억이 났어. 캐리 이모가 조니의 겉옷을 입고 울고 있었어. 캐리 이모가 운 거 기억나?"

"응, 이모는 가끔 울어."

"열다섯 번째 여름에, 이모가 짧은 머리였을 때도?"

"아니." 미렌이 말한다.

"근데 왜 안 자고 있어?" 내가 묻는다.

미렌이 고개를 젓는다. "나도 몰라."

내가 앉는다. "뭐 좀 물어봐도 돼?"

"그래."

"내 사고 전에 무슨 일이 있었는지 말해주면 좋겠어. 사고 후에 있었던 일도. 넌 항상 중요한 일은 없었다고 하지만, 한밤중에 수영하다가 머리를 다친 것 말고도 분명 뭔가 일이 있었을 거야."

"으음."

"무슨 일이었는지 알아?"

"페니 이모 말로는 의사들이 그 기억을 건드리지 말고 놔두라고 했대. 네가 스스로 기억할 때까지 아무도 강요하지 말아야 한다고"

"하지만 내가 이렇게 부탁하잖아, 미렌. 난 알아야 해."

그녀는 끌어안은 무릎에 턱을 얹고 생각에 빠진다. "가장 먼저 짐작되는 건 뭐야?" 마침내 그녀가 입을 연다.

"나는…… 나는 무언가의 피해자였던 것 같아." 이 말을 하는 게 힘들다. "강간을 당했거나 폭행을 당했거나, 그런 끔찍한 일을 겪은 게 아닌가 싶어. 사람들은 그런 종류의 일을 겪고 나면 기억상실증에 걸리잖아."

미렌이 입술을 문지른다. "너한테 뭘 말해야 할지 모르겠어."

"무슨 일이 있었는지 알려줘." 내가 말한다.

"그해 여름은 엉망진창이었어."

"왜?"

"내가 말할 수 있는 건 그게 다야, 사랑스러운 나의 케이디."

"넌 왜 커들다운을 나가지 않아?" 내가 불쑥 묻는다. "작은 바닷가에 가는 것 말고는 이 집을 안 나가는 것 같아."

"오늘 카약 탔잖아." 그녀가 말한다.

"하지만 너 아팠잖아. 그런 공포가 있는 거야?" 내가 묻는다. "밖에 나가는 걸 두려워하는 거, 광장공포증?"

"난 몸이 안 좋아, 케이디." 미렌이 방어적으로 말한다. "늘 춥고 몸이 계속 떨려. 목도 따갑고. 너도 이랬으면 밖에 나가지 않았을 거야."

나는 항상 그보다 더 몸이 안 좋지만, 이번만은 내 두통을 언급하지 않는다. "그렇다면 베스 이모에게 말해야겠어. 널 병원에 데리고 가라고."

미렌이 고개를 젓는다. "그냥 빌어먹을 감기가 안 떨어지는 거야. 내가 너무 유난인 거지. 진저에일 좀 갖다줄래?"

나는 더 이상 다그치지 못한다. 미렌에게 진저에일을 갖다주고, 우리는 텔레비전을 켠다.

56

아침에 일어나니 윈드미어 잔디밭의 나무에 타이어 그네가 걸려 있다. 예전에 클레어몬트 앞에 있던 커다란 단풍나무에 매달려 있던 것처럼.

완벽하다.

티퍼 할머니가 나를 태우고 빙글빙글 돌려주던 그네.

아빠.

할아버지.

엄마.

갯과 내가 한밤중에 키스했던 그네.

이제 기억난다. 열다섯 번째 여름, 조니, 미렌, 갯과 나는 그 클레어몬트 그네에 다 함께 끼어 앉았다. 다 같이 타기에는 우리가 너무 컸다. 우린 서로 팔꿈치로 밀치면서 자세를 바꿔 앉았다. 낄낄거리며 웃고 투덜거렸다. 서로 엉덩이가 크다고 놀려댔다. 서로 냄새가 난다고 비난하고는 다시 자세를 바꿔 앉았다.

마침내 우리 모두 자리를 잡았다. 그런데 그네를 돌릴 수가 없었다. 우리는 그네에 너무 꽉 끼어 있어서 움직일 방법이 없었다. 우리는 그네를 밀어달라고 고래고래 소리를 질렀다. 쌍둥이가 지나갔지만 도와주지 않았다. 마침내 태프트와 윌이 나와 우리의 부탁을 들어주었다. 그 애들은 끙끙거리면서 커다란 원을 그리며 그네를 밀었다. 우리 몸무게가 엄청 나갔기 때문에 그 애들이 손을 떼자 그네는 점점 더 빠르게 돌았고, 우리는 너무 웃어서 머리가 어지럽고 아플 것 같았다.

우리 넷, 거짓말쟁이들. 이제야 그때가 기억난다.

새로운 그네는 튼튼해 보인다. 매듭도 단단히 묶여 있다.

타이어 안에 봉투 하나가 놓여 있다.

갯의 손글씨다. *케이디에게.*

봉투를 연다.

말린 해당화가 한가득 쏟아져 나온다.

57

옛날 옛날에 아름다운 세 딸을 둔 왕이 있었습니다. 그는 딸들이 원하는 건 무엇이든지 다 들어주었고 딸들이 결혼할 나이가 되었을 땐 성대한 파티로 축하해주었습니다. 막내딸이 여자아기를 낳았을 때 왕과 왕비는 너무 기뻤습니다. 곧이어 둘째딸도 여자아이를 낳았고 또 축하 잔치가 열렸습니다.

마지막으로 첫째 딸이 쌍둥이 남자아이들을 낳았습니다. 하지만 아아, 모든 게 원하는 대로 되는 건 아니었습니다. 쌍둥이 중 한 명은 인간으로, 건강한 아기 소년으로 태어났지만 다른 한 명은 작은 생쥐의 모습이었거든요.

어떤 축하도 없었습니다. 아무런 발표도 없었습니다.

첫째 딸은 수치심에 사로잡혔습니다. 자기 아이 중 하나가 하찮은 동물이었기 때문입니다. 그 아이는 축복받은 다른 왕실 가족들처럼, 햇볕에 그을리고 아름답게 빛나지 않을 것이었습니다.

아이들이 자라났고 작은 쥐도 함께 자랐습니다. 작은 쥐는 똑똑했고 수염도 늘 깔끔히 다듬었습니다. 또한 형제나 사촌들보다 훨씬 영리하고 호기심이 많았습니다.

하지만 왕도, 왕비도 여전히 이 아이를 혐오했습니다. 그의 엄마는 최대한 빨리 작은 쥐를 독립시켰습니다. 블루베리와 견과류를 채운 작은 가방을 주고 세상을 돌아보라고 떠나보냈지요.

작은 쥐는 길을 떠났습니다. 궁정 생활을 충분히 지켜보았기 때문에 자신이 계속 머문다면 언제나 지저분한 비밀이 되고 어머니와 그를 아는 모든 이에게 수치심의 원천이 될 것임을 알고 있었습니다.

그는 한때 자신의 집이었던 성을 돌아보지도 않았습니다.

그곳에서 그는 이름조차 없었습니다.

이제 그는 넓고 넓은 세상으로 나가 스스로 이름도 지을 자유를 얻었습니다.

그리고 어쩌면,

정말 어쩌면,

어느 날 그가 돌아와

그 빌어먹을

궁전을

완전히 불태워 버릴지도 모릅니다.

4. 저기, 불이야

58

저기,

불이다.

비치우드 섬의 북쪽 끝, 넓은 잔디밭에 단풍나무가 서 있는 곳.

집이 불타고 있다. 불꽃이 높이 치솟으며 하늘을 밝힌다.

여기에는 도와줄 사람이 없다.

멀리, 비니어드에서 소방관들이 불을 밝힌 배를 타고 만을 건너오는 게 보인다.

더 멀리에는, 우리가 낸 불을 향해 우즈 홀 소방선이 천천히 다가오고 있다.

갯, 조니, 미렌, 그리고 나.

우리가 불을 질렀고, 클레어몬트가 무너져내리고 있다.

왕의 궁전이, 아름다운 세 딸을 둔 왕의 궁전이 불타고 있다.

우리가 불을 질렀다.

나, 조니, 갯, 그리고 미렌.

이제야 기억이 난다,

그 기억이 너무 강하게 밀려와 나는 쓰러지고,

깊이, 깊이 추락한다.

저 아래 바위투성이 물속으로,

비치우드 섬의 밑바닥이 보이고

두 팔과 다리는 무감각하지만 손가락은 차갑다. 해초 조각
들이 손끝을 스친다.

그리고 나는 다시 물 위로 올라와 숨을 쉰다.

클레어몬트가 불타고 있다.

◆ ◆ ◆

나는 윈드미어에 있는 내 침대에 누워 있다. 이른 새벽이 밝
아온다.

오늘은 섬에서 보내는 마지막 주의 첫날이다. 나는 담요로
몸을 감싼 채 비틀거리며 창문으로 간다.

저기 뉴 클레어몬트가 있다. 아주 단단한 현대식 건물과 일
본식 정원.

이제야 보인다. 뉴 클레어몬트는 잿더미 위에 세워진 집이다.
할아버지와 할머니가 함께했던 삶이 불타버린 잿더미 위에, 타
이어 그네가 매달려 있던 단풍나무의 잿더미 위에, 베란다와 해
먹이 있던 오래된 빅토리아풍 집의 잿더미 위에. 새 집은 가족
의 모든 트로피와 상징들의 무덤 위에 세워졌다. *뉴요커* 만화,
박제된 동물, 자수 베개, 가족 초상화 들.

우리가 이 모든 것을 불태웠다.

할아버지와 다른 식구들이 배를 타고 만 저편으로 나갔던 밤,

직원들이 쉬는 날이었고

우리 거짓말쟁이들만 섬에 남아 있던 그날 밤,

우리 넷은 두려워했던 일을 해냈다.

우리는 집이 아니라 상징을 태웠다.

우리는 상징을 완전히 불태웠다.

59

커들다운의 문이 잠겨 있다. 문을 두드리자 조니가 지난밤 옷차림 그대로 나온다. "최고급 차를 끓이는 중이야." 그가 말한다.

"외출복을 입고 잤어?"

"응."

"우리가 불을 질렀어." 내가 문간에 서서 말한다.

그 애들은 이제 더는 내게 거짓말을 하지 않을 것이다. 나를 빼놓고 어딘가 가거나, 나를 빼놓고 결정을 내리지 않을 것이다.

나는 이제 우리의 이야기를 이해한다. 우리는 범죄자다. 네 명의 악당.

조니는 한참 내 눈을 쳐다보지만 한 마디도 하지 않았다. 결국 뒤돌아서서 부엌으로 들어간다. 내가 뒤따라간다. 조니가 뜨

거운 물을 찻잔에 붓는다.

"또 뭐가 기억나?" 그가 묻는다.

내가 머뭇거린다.

불이 보인다. 연기가 솟구친다. 타오르는 클레어몬트는 정말 거대해 보인다.

우리가 불을 질렀고 이제는 돌이킬 수 없다는 것을 확실하게 안다.

미렌의 손이 보인다. 금색 매니큐어가 벗겨진 손톱, 모터보트용 휘발유통을 들고 있던 손.

클레어몬트에서 보트 창고까지 계단을 뛰어 내려가던 조니의 발.

나무를 붙들고 있던 할아버지. 장작불이 환하게 비추던 얼굴.

아니, 정정한다.

장작불이 아니라 할아버지의 집이 불타고 있는 빛이다.

모두 내가 기억하고 있던 장면들이다. 이 조각들이 어떻게 들어맞는지를 이제야 깨닫는다.

"다 기억나는 건 아니야." 내가 조니에게 말한다. "우리가 불을 질렀다는 걸 방금 알았어. 불꽃이 보여."

조니가 주방 바닥에 누워 두 팔을 머리 위로 뻗는다.

"괜찮아?" 내가 묻는다.

"완전 피곤해. 알고 싶다면," 조니가 몸을 뒤집으며 코를 타일 바닥에 대고 엎드린다. "더 이상 이야기하지 않을 거라고 했어." 바닥에 대고 웅얼거린다. "다 끝났다고, 서로 연을 끊자고 했어."

"누가?"

"이모들."

조니가 하는 말을 잘 들으려고, 그 옆에 눕는다.

"이모들은 밤마다 술에 취했어." 조니는 목이 막혀 말이 잘 나오지 않는 것처럼 웅얼거린다. "그리고 매번 더 심하게 화를 냈지. 서로에게 고함을 지르고, 비틀대며 잔디밭을 돌아다녔어. 할아버지는 이모들을 더 자극하기만 했어. 우리는 이모들이 할머니 유품과 클레어몬트에 걸려 있는 미술품을 차지하려고 서로 다투는 걸 지켜봤지. 하지만 결국 부동산과 돈 때문이었어. 할아버지는 자기가 가진 힘에 취해 있었고, 우리 엄마는 내가 돈을 차지하기를 원했어. 내가 장손이니까. 엄마는 자꾸 나를 압박했지—난 뭐가 뭔지도 모르는데. 나더러 똑똑한 젊은 상속자가 되라고도 했고, 첫째 손주인 너에 대해 나쁘게 이야기하라고도 했고. 민주주의의 미래를 짊어질 교양 있는 백인의 희망이 되라고도 했고. 그런 헛소리들을 했어. 그러다 엄마가 할아버지의 눈 밖에 났고, 재산을 잃지 않으려고 내가 할아버지의 사랑을 얻길 바란 거야."

그가 이야기하는 동안 기억들이 내 머릿속을 강렬하고 선명하게 스쳐 지나간다. 너무 밝아서 아프다. 나는 움찔하며 두 손을 눈에 갖다 댄다.

"불에 대해서 더 기억나는 거 있어?" 조니가 조심스럽게 묻는다. "기억이 돌아오는 거야?"

나는 잠시 눈을 감고 노력해본다. "아니. 그건 아닌데, 다른 게 기억나."

조니가 손을 뻗어 내 손을 잡는다.

60

열다섯 번째 여름 직전의 봄, 엄마는 내게 할아버지 앞으로 편지를 쓰라고 시켰다. 노골적인 내용은 아니었다. "오늘 할아버지와 할아버지의 상실감에 대해서 생각했어요. 잘 지내시길 바라요."

나는 실제로 카드도 보냈다. 크림색의 두꺼운 종이에 *케이든스 싱클레어 이스트먼*이라고 인쇄된 카드였다. *할아버지께, 저는 암 연구 기금 마련을 위한 5킬로미터 자전거 경주에 참가했어요. 다음 주에는 테니스 팀이 시작돼요. 우리 북클럽에서는 『다시 찾은 브라이즈헤드』를 읽고 있어요. 사랑해요.*

"네가 할아버지께 관심이 있다는 걸 알려드려." 엄마가 말했다. "네가 좋은 사람이라는 것도. 다재다능하고, 우리 가족의 자랑이라는 걸 말이야."

나는 투덜거렸다. 편지를 쓰는 게 거짓처럼 느껴졌다. 물론 나는 할아버지에게 관심이 있었다. 할아버지를 사랑했고 할아버지 생각도 했다. 하지만 2주마다 매번 나의 장점에 대해서 떠드는 편지는 쓰고 싶지 않았다.

"할아버지는 지금 아주 감상적이신 것 같아." 엄마가 말했다. "힘들어하고 계시잖니. 앞날 생각도 많으실 거고. 네가 첫 손주라는 걸 잊지 마."

"조니랑 겨우 3주 차이인데."

"내 말이 그거야. 조니는 남자고 겨우 3주 늦게 태어났어. 그러니까 편지를 써."

나는 엄마가 시키는 대로 했다.

열다섯 번째 여름, 비치우드 섬에 온 이모들은 할머니를 대신해 할아버지 곁에 모여 호들갑스럽게 이것저것을 챙겼다. 마치 지난 10월, 티퍼 할머니가 죽은 뒤로 할아버지가 보스턴 집에서 홀로 지내지 않은 것처럼. 하지만 이모들은 자주 싸웠다. 딸들을 하나로 묶어주던 할머니가 사라지자 이모들은 추억, 할머니의 보석, 옷장에 걸린 옷, 심지어는 할머니 신발까지도 서로 가지려고 다퉜다. 이런 문제들이 10월에는 정리되지 않았다. 그땐 다들 감정이 너무 예민해져 있었기 때문이다. 모든 것은 여름으로 미뤄졌다. 이듬해 6월 말 우리가 비치우드 섬에 모였을 때, 베스 이모는 보스턴 집에 있는 할머니의 물품을 이미 목록으로 정리해놓은 상태였고 이제는 클레어몬트에 있는 물건들을 목록에 추가하고 있었다. 이모들은 각자의 태블릿에 그 목록을 넣어두고 자주 꺼내보았다.

"난 저 나무 모양의 비취 트리 장식이 항상 좋았어."

"그걸 기억하고 있다니 놀랍네. 넌 트리 꾸미는 걸 도운 적도 없잖아."

"매년 트리를 치운 게 누구였다고 생각해? 내가 장식품들을 일일이 종이로 포장해서 정리했어."

"순교자 나셨네."

"이 진주 귀걸이는 엄마가 나한테 준다고 하셨어."

"흑진주 말이야? 나한테 가지라고 하셨는데."

여름이 하루하루 지나갈수록 이모들의 모습이 흐려지고 비슷해졌다. 끝없는 논쟁 속에서 해묵은 상처들이 되살아나 새로운 상처로 이어졌다.

변형들.

"네가 자수 테이블보를 얼마나 좋아하는지 할아버지께 말씀드려." 엄마가 내게 말했다.

"난 그거 안 좋아해."

"할아버지가 너한테는 안 된다고 하지 않으실 거야." 윈드미어 주방엔 우리 둘뿐이었고 엄마는 술에 취해 있었다. "너는 날 사랑하지, 케이든스? 나한테는 이제 너밖에 없어. 넌 아빠를 안 닮았어."

"테이블보는 관심 없어."

"그럼 거짓말이라도 해. 보스턴 집에 있는 그 테이블보, 자수가 있는 크림색 테이블보가 갖고 싶다고."

그냥 알겠다고 대답하는 게 가장 편한 일이었다.

그리고 나중에는 그렇게 말했다고, 엄마에게 말했다.

그러나 베스 이모도 미렌에게 똑같은 일을 시켰고,

우리 중 누구도

할아버지에게

그 빌어먹을 테이블보가 갖고 싶다고 이야기하지 않았다.

61

갯과 나는 밤에 수영을 했다. 우리는 목재 산책로에 누워 별을 쳐다봤다. 우리는 다락방에서 키스를 했다.

우리는 사랑에 빠졌다.

갯은 내게 책을 줬다. *모든 것을 담아, 모든 것을.*

라켈 이야기는 하지 않았다. 나는 물어볼 수 없었고, 그는 말하지 않았다.

쌍둥이의 생일은 7월 14일이다. 언제나 많은 음식을 준비한다. 우리는 열두 명 모두 클레어몬트 잔디밭에 놓인 긴 테이블에 앉아 있었다. 랍스터와 캐비어를 곁들인 감자, 작은 냄비에 담긴 녹인 버터, 어린 채소와 바질. 주방 조리대에는 커다란 초콜릿 케이크와 바닐라 케이크가 대기하고 있었다.

꼬마들이 랍스터의 집게발로 서로를 찌르고, 다리 살을 쩝쩝거리며 발라 먹느라 시끄러웠다. 조니는 재미있는 이야기를 하고, 미렌과 내가 웃음을 터뜨렸다. 할아버지가 다가와 갯과 나 사이를 비집고 앉았다. 모두가 놀랐다. "너희들의 조언을 좀 구하고 싶구나." 할아버지가 말했다. "젊은이들의 의견이 필요해."

"우린 세상 물정을 아는 멋진 청춘이죠." 조니가 말했다. "할아버지, 제대로 찾아 오셨어요."

"알다시피," 할아버지가 말했다. "나는 점점 더 나이 먹어가고 있단다, 물론 그래 보이진 않지만 말이야."

"네, 네." 내가 말했다.

"대처와 함께 재산 문제를 자세히 살펴보는 중이다. 내 자산의 상당 부분을 모교에 기부할까 생각 중이야."

"하버드에요? 뭐하러요, 아버지?" 엄마가 물었다. 어느새 미렌 뒤에 와서 서 있었다.

할아버지가 미소 지었다. "학생회관 같은 걸 지을 수 있겠지. 그러면 건물 앞에 내 이름도 새길 거고." 할아버지가 팔꿈치로 갯을 살짝 찔렀다. "자네는 그곳을 뭐라고 부르면 좋겠나? 생각나는 거 없어?"

"해리스 싱클레어 홀이요?" 갯이 제안했다.

"쯧쯧." 할아버지가 고개를 저었다. "그것보단 괜찮은 이름이 있어야지. 조니는?"

"싱클레어 사교 센터." 조니가 애호박을 입안에 쑤셔넣으며 말했다.

"스낵이라는 단어도!" 미렌이 끼어들었다. "싱클레어 사교 및 스낵 센터."

할아버지가 손바닥으로 탁자를 쳤다. "그 이름 느낌이 좋구나. 마음에 들어. 교육적이진 않지만 모든 사람에게 사랑받겠어. 그거야. 내일 바로 대처에게 전화해야겠어. 모든 학생들이 가장 좋아하는 건물에 내 이름이 새겨질 거야."

"그거 지으려면 할아버지가 돌아가셔야 할 텐데요." 내가 말했다.

"그렇지. 하지만 네가 학생이 되었을 때 할아버지 이름이 적힌 걸 보면 자랑스럽지 않겠니?"

"우리가 대학 가기 전에 돌아가시면 안 돼요." 미렌이 말했다. "저희가 허락할 수 없어요."

"오, 정 그렇다면야." 할아버지가 미렌의 접시에서 랍스터 꼬리를 포크로 찍어 먹었다.

미렌, 조니 그리고 나. 우리는 쉽게 휘말렸다. 우리가 하버드에 다니는 모습을 상상하며 할아버지가 느끼게 해준 힘, 그리고 우리의 의견을 묻고 농담에 웃어주는 특별 대우에 빠져들었다. 할아버지는 항상 우리를 그렇게 대했다.

"아빠, 재미없어요." 엄마가 날카롭게 말했다. "아이들을 끌어들이지 마세요."

"우린 어린애가 아니에요." 내가 말했다. "대화 내용을 이해한다고요."

"아니, 넌 이해 못 해." 엄마가 말했다. "이해했다면 그런 식으로 할아버지 말에 맞장구치진 않았을 거야."

테이블 주변에 싸늘한 기운이 돌았다. 심지어 꼬마들까지 조용해졌다.

캐리 이모는 에드와 함께 살고 있었다. 두 사람은 나중에 가치가 있을 수도, 없을 수도 있는 예술 작품을 사들였다. 조니와 윌은 사립학교에 다녔다. 캐리 이모는 신탁 자금으로 보석 부티크를 시작해 몇 년 동안 운영했지만 결국은 망했다. 에드가 돈을 벌어 캐리 이모를 지원했는데, 이모는 벌어들이는 수입이 없었다. 두 사람은 결혼하지 않았다. 두 사람이 사는 아파트는 에드 소유였고, 이모에겐 아무런 권리가 없었다.

베스 이모는 혼자서 네 아이를 키우고 있었다. 엄마와 캐리 이모처럼 신탁에서 돈이 나오긴 했지만 이혼할 때 브로디 이모부가 집을 가져갔다. 이모는 결혼한 뒤로 일을 하지 않았고, 그 전에는 잡지 회사에서 보조로 일한 게 전부였다. 베스 이모는 신탁 자금으로 생활하며 그 돈을 점점 탕진하고 있었다.

그리고 엄마. 골든 리트리버 브리딩 사업은 돈이 많이 되지 않았고, 아빠는 벌링턴의 집을 팔아서 절반을 가져가고 싶어 했다. 나는 엄마가 신탁 자금으로 생활하는 걸 알고 있었다.

우리.

우리는 엄마의 신탁 자금으로 생활하고 있었다.

이 생활이 영원히 지속되지는 않을 것이다.

그러므로 하버드에 학생회관을 짓는 데 돈을 기부할 거라고 말했을 때, 우리의 의견을 물었을 때 할아버지는 실제로 재정 계획을 상의한 게 아니었다.

할아버지는 위협을 하고 있었다.

62

며칠 후 저녁, 클레어몬트에서의 칵테일 시간이었다. 사람들이 언덕 위의 저택까지 올라오는 데 시간이 얼마나 걸리는지에 따라, 보통 여섯 시에서 여섯 시 삼십 분 사이에 시작이었다. 요리사가 저녁 식사를 준비하는 중이었고 작은 크래커를 곁들인 연어 무스를 내놓았다. 나는 요리사 옆을 지나 냉장고에서 화이트 와인 한 병을 꺼내 엄마와 이모들에게 갖다주었다.

꼬마들은 오후 내내 큰 바닷가에 나가 있다가 갯과 조니, 미렌의 강요로 레드게이트의 야외 샤워실에서 억지로 씻고 옷을 갈아입었다. 엄마와 이모들은 클레어몬트 커피 테이블에 둘러앉아 있었다.

내가 와인 잔을 옮기는데 할아버지가 들어섰다. "그래, 페니." 할아버지가 사이드보드에 놓인 디캔터를 들어 술잔에 버번을 따르면서 말했다. "올해 윈드미어에서 케이디와 지내는 건 어떠니? 상황이 변해서 말이야. 네가 외로울까 봐 베스가 걱정

한단다."

"난 그런 말 한 적 없어." 베스 이모가 말했다.

캐리 이모가 눈을 가늘게 떴다.

"그랬잖니." 할아버지가 베스 이모에게 말했다. 할아버지는 내게 앉으라고 손짓했다. "방 다섯 개짜리 집 이야기를 했지. 부엌 리모델링 이야기도 말이야. 그리고 이제 페니는 혼자니까 그런 집이 필요하지 않을 거라고도 했고."

"그랬어, 언니?" 엄마가 숨을 크게 들이쉰다.

베스 이모는 대답하지 않았다. 이모는 입술을 깨물면서 먼 경치를 바라보았다. "우린 외롭지 않아요." 엄마가 할아버지에게 말했다. "우린 윈드미어가 너무 좋아요. 그렇지, 케이디?"

할아버지가 나를 향해 활짝 웃었다. "넌 그 집에서 지내기 괜찮니, 케이든스?"

나는 어떻게 말해야 하는지 알고 있었다. "괜찮은 정도가 아니에요, 윈드미어는 환상적이에요. 할아버지가 특별히 엄마를 위해 지어주신 집이잖아요. 저도 그 집에서 아이들을 기르고 그 아이들의 아이들까지 키우고 싶어요. 할아버지는 너무 훌륭하세요. 할아버지는 우리의 가장이시고 전 할아버지를 공경해요. 제가 싱클레어라는 게 너무 기뻐요. 우리는 미국에서 가장 멋진 가족이에요."

이렇게 말하진 않더라도, 할아버지가 대단한 사람이고, 우리 모두에게 행복을 안겨주는 원천이고, 내가 이 집안의 미래라는 것을 할아버지에게 상기시킴으로써 엄마가 집을 지킬 수 있도록 도와야 했다. 할아버지가 엄마와 나를 윈드미어에서 계속 지낼 수 있게만 해준다면 싱클레어, 이 모범적인 미국의 가문은 앞으로도 영원히 큰 키와 흰 피부와 아름다움과 부를 지속하게 될 것이라고.

할머니의 죽음으로 할아버지의 세상이 흔들리고 있을 때 나는 할아버지가 여전히 모든 것을 통제하고 있다고 느끼게 해야 했다. 나는 할아버지를 칭송함으로써 애원해야 했고, 할아버지의 질문 뒤에 숨겨진 위협을 모르는 척해야 했다.

엄마와 이모들은 할아버지와 그의 돈에 의존하고 있었다. 최고의 교육과 천 개의 가능성과 천 개의 인맥을 누렸지만 아무도 자립하지 못했다. 이들 중 누구도 세상에 쓸모 있는 일을 하지 않았다. 필요하거나 용감한 일도 마찬가지였다. 그들은 여전히 아버지에게 잘 보이려고 애쓰는 어린 소녀들이었다. 할아버지는 이들의 빵이자 버터였고 크림이자 꿀이었다.

"우리에게는 너무 커요." 내가 할아버지에게 말했다.

아무도 말이 없었고 나는 자리를 떴다.

63

저녁 식사 후 윈드미어로 돌아오는 길에 엄마와 나는 침묵을 지켰다. 문을 닫고 나자 엄마가 내게 퍼부어대기 시작했다.

"할아버지 계신 데서 왜 내 편을 들지 않은 거야? 이 집을 잃고 싶은 거야?"

"우리한테 이 집이 필요하지 않아요."

"페인트 색도, 타일도 내가 고른 거야. 현관의 깃발도 내가 달았다고."

"침실이 다섯 개나 돼요."

"가족이 많이 생길 줄 알았지." 엄마의 얼굴이 굳어졌다. "그렇게 되지 않았지만, 그렇다고 이 집을 가질 자격이 없는 건 아니야."

"미렌과 동생들은 방들을 다 쓸 수 있잖아요."

"이건 내 집이야. 베스가 너무 많은 애들을 낳고 남편이 떠났다고 해서 내가 이 집을 포기할 거라고 기대해서는 안 돼. 언니가 이 집을 빼앗아가는 게 괜찮다고 생각해서도 안 돼. 여긴 우리 집이야, 케이든스. 우린 스스로를 보살펴야 해."

"생각하고 말하는 거예요?" 내가 쏘아붙였다. "엄마는 신탁 자금이 있잖아요!"

"그게 무슨 상관이야?"

"아무것도 가진 게 없는 사람도 있어. 우린 모든 걸 가졌잖아. 집안 돈을 자선하는 데 쓴 사람은 할머니뿐이었는데, 이제 할머니가 안 계시니 다들 걱정하는 거라곤 할머니의 귀걸이와 장신구, 부동산뿐이야. 아무도 돈을 좋은 일에 쓸 생각은 안 하지. 세상을 조금이라도 나아지게 만들려는 생각을 안 한다고."

엄마가 벌떡 일어났다. "우월감에 가득 찼구나. 네가 엄마보다 세상을 더 잘 이해하는 것 같지? 갯이 말하는 거 들었다. 너는 그 애가 하는 말이 숟가락에서 떨어지는 아이스크림인 것처럼 받아먹고 있더구나. 하지만 넌 한 번도 생활비를 내본 적이 없고 가족을 가져본 적도, 재산을 가져본 적도, 세상을 본 적도 없어. 스스로 무슨 말을 하는 건지도 모르면서 판단만 내릴 뿐이야."

"엄마가 이 가족을 찢어놓고 있어. 제일 예쁜 집을 욕심내느라고."

엄마가 계단 쪽으로 걸어갔다. "내일 클레어몬트에 가서, 할아버지한테 네가 윈드미어를 얼마나 좋아하는지 말씀드려. 네 아이들도 여기서 여름을 보내면 좋겠다고 말해. 그렇게 말하고 와."

"싫어. 엄마가 할아버지한테 직접 얘기해. 더 이상 우리 모두를 조종하지 말라고 말이야. 할아버지는 할머니 때문에 슬퍼서 그러는 거잖아, 모르겠어? 엄마가 할아버지를 도와드릴 순 없어? 아니면 할아버지의 돈에 신경을 끄고 직장을 구하든지. 그것도 아니면 베스 이모한테 이 집을 주든지!"

"내 말 잘 들어, 아가씨." 엄마의 목소리는 차가웠다. "내일 가서 할아버지께 윈드미어에 대해 이야기하지 않으면 넌 남은 여름을 아빠가 있는 콜로라도에서 보내게 될 거야. 내일 당장 떠나게 될 거다. 맹세하는데, 일어나자마자 널 공항으로 데려갈 거고 너는 다시는 네 남자 친구를 볼 수 없을 거야. 알겠니?"

엄마가 이겼다.

엄마는 나와 갯에 대해 알고 있었다. 우리를 떼어놓을 수도 있었다.

엄마는 *기꺼이* 우리를 떼어놓을 것이다.

나는 사랑에 빠져 있었다.

나는 엄마가 시키는 대로 하겠다고 약속했다.

내가 윈드미어 집을 얼마나 좋아하는지 이야기하자 할아버지는 미소를 지으며 언젠가 내게 아름다운 아이들이 생길 거라고 했다. 그러고는 욕심 많은 베스 이모에게 이 집을 줄 생각이 없었다고 했다. 하지만 나중에 미렌이 내게 전해줬는데, 할아버지는 베스 이모에게 윈드미어를 주기로 약속했다고 했다.

"내가 잘 처리하마." 할아버지는 이렇게 말했다고 한다. "페니를 내보낼 때까지 조금만 기다리렴."

64

엄마와 싸우고 며칠 뒤 갯과 나는 해가 질 무렵 테니스 코트에 갔다. 우리는 아무 말 없이 파티마와 프린스 필립에게 공을 던져주었다.

마침내 갯이 말했다. "할아버지가 한 번도 내 이름을 부른 적 없는 거 알아?"

"아니."

"할아버지는 나를 젊은 친구라고 불러. 학교생활은 어땠나, 젊은 친구? 이렇게 말이야."

"왜?"

"할아버지가 날 *갯*이라고 부르면 진짜로 이렇게 말하는 것 같잖아. '학교생활은 어땠나, 내 순수한 백인 딸과 동거하는 인도 남자의 인도 조카? 내 소중한 케이든스와 몰래 키스하던 인도 소년?'"

"너 진짜 그렇게 생각해?"

"할아버지는 날 견딜 수 없어 해." 갯이 말했다. "정말로. 할아버지가 나나 에드 삼촌을 한 인간으로서는 좋아할지도 몰라. 하지만 내 이름을 부르거나 내 눈을 똑바로 쳐다보지는 않아."

사실이었다. 갯의 말을 듣고 보니 나도 알 것 같았다.

"할아버지가 백인만 좋아하는 사람이 되고 싶은 건 아니겠지." 갯이 계속 이어서 말했다. "그게 옳지 않다는 걸 알고 있으니까. 할아버지는 민주당원이고, 오바마에게 투표했지. 하지만 그렇다고 할아버지가 자기의 아름다운 가족으로 유색 인종을 마음 편하게 받아들일 수 있다는 의미는 아니야." 갯이 고개를 저었다. "할아버지는 우리에겐 진심이 아니야. 캐리 아줌마가 우리와 함께하는 걸 좋아하지 않아. 에드 삼촌을 *에드*라고 부르지 않고, *선생*이라고 부르지. 기회가 될 때마다 할아버지는 내가 외부인이라는 걸 확인시켜줘." 갯이 파티마의 부드러운 귀를 쓰다듬으며 말했다. "다락방에서 봤잖아. 할아버지는 내가 네 근처에도 얼씬거리지 않기를 원해."

나는 그런 의미로 보지 않았다. 할아버지가 우리를 보고 당황했다고 생각했을 뿐이었다.

하지만 이제야 무슨 일이 있었는지 이해할 수 있었다.

조심하게, 젊은 친구. 할아버지는 이렇게 말했다. 자네 머리 말이야. 다칠 수도 있어.

그건 또 하나의 위협이었다.

"우리 삼촌이 지난가을에 캐리 아줌마에게 청혼한 거 알아?" 갯이 물었다.

나는 고개를 저었다.

"두 사람은 거의 9년 동안 함께 지냈어. 삼촌은 조니와 월에게 아빠 역할을 해왔고. 아줌마에게 무릎 꿇고 청혼했어, 케이디. 우리 남자애들 셋과 우리 엄마도 그 자리에 불렀지. 촛불과 장미로 아파트를 꾸몄어. 우리는 모두 흰색 옷을 차려입고 캐리 아줌마가 좋아하는 이탈리아 식당에서 음식도 잔뜩 사다놓았지. 모차르트 음악도 틀고.

조니와 나는 '삼촌, 왜 이렇게 호들갑이에요? 아줌마는 이미 삼촌이랑 같이 살잖아요.'라고 했지만 삼촌은 엄청 긴장했어. 다이아몬드 반지도 샀고. 어쨌든 아줌마가 집에 왔고, 우리 넷은 잠시 월의 방에 숨었지. 다 함께 뛰어나가서 축하해줄 계획이었는데, 캐리 아줌마가 거절했어."

"난 두 사람이 결혼에 특별한 의미를 안 둔다고 생각했어."

"에드 삼촌에겐 의미가 있어. 하지만 캐리 아줌마는 그놈의 유산을 잃고 싶지 않은 거고." 갯이 말했다.

"이모는 할아버지에게 물어보지도 않은 거야?"

"그게 문제야." 갯이 말했다. "다들 할아버지에게 모든 걸 물어봐. 왜 다 큰 어른이 자기 아빠한테 결혼을 허락받아야 하는 거야?"

"할아버지는 이모를 막지 않았을 거야."

"그랬겠지." 갯이 말했다. "하지만 캐리 아줌마가 처음 에드 삼촌이랑 살기 시작했을 때 할아버지는 확실히 못 박았어. 두 사람이 결혼하면 아줌마 앞으론 아무런 재산이 없을 거라고.

중요한 건, 할아버지가 에드 삼촌의 피부색을 싫어한다는 거야. 할아버지는 인종차별주의자야. 티퍼 할머니도 그랬고. 물론 난 여러 가지 이유로 두 분을 좋아하고, 매년 여름 내가 여기 올 수 있게 해주신 것에도 정말 감사해. 할아버지는 우리 삼촌이 싫다는 걸 스스로 *깨닫지* 못한 것일 수도 있다고 생각해. 하지만 첫째 딸의 상속권을 빼앗을 정도로 우리 삼촌을 싫어하고 있지."

갯이 한숨을 쉬었다. 나는 갯의 턱선이 좋았다. 티셔츠에 난 구멍도, 내게 쓴 쪽지도, 갯의 사고방식도, 이야기할 때의 손짓도 좋았다. 그때 나는 갯을 완전히 알고 있다고 생각했다.

나는 몸을 기울여 그에게 키스했다. 내가 그럴 수 있는 것도, 갯이 다시 내게 키스를 하려 하는 것도 여전히 마법 같았다. 우리가 서로의 두려움과 취약함을, 서로의 약한 모습을 보여줄 수 있다는 것도 너무나 마법 같았다. "왜 우린 이런 이야기를 한 번도 하지 않았을까?" 내가 속삭였다.

갯이 내게 다시 키스했다. "난 여기가 좋아." 그가 말했다. "이 섬, 조니와 미렌, 이곳의 집들과 바다 소리, 그리고 너."

"너도."

"한편으로는 이 모든 걸 망치고 싶지 않아. 이 모든 것이 사실 완벽하지 않다는 걸 생각조차 하기 싫어."

갯이 어떤 마음인지 이해했다.

아니, 이해했다고 생각했다.

그 후 갯과 나는 둘레길로 내려가서, 항구가 내려다보이는 넓고 평평한 바위에 도착할 때까지 걸었다. 파도가 섬의 발치에 부딪혀 부서졌다. 우리는 반쯤 옷을 벗고 서로 안은 채, 가능한 한 오래 아름다운 싱클레어 집안의 끔찍한 모든 것들을 잊어버렸다.

65

옛날 옛날에 아름다운 세 딸을 둔 부유한 상인이 있었습니다. 그는 딸들을 너무 응석받이로 키워서, 더 어린 두 딸은 하루 종일 거울 앞에 앉아 자신의 아름다운 모습을 바라보면서 뺨이 발그레해지도록 볼을 꼬집기만 했습니다.

어느 날 상인이 여행을 떠나게 되었습니다. 상인은 딸들에게 "돌아올 때 뭘 가져다주면 좋겠니?" 하고 물었습니다.

막내딸은 실크와 레이스로 만든 드레스를 말했습니다.

둘째 딸은 루비와 에메랄드를 말했습니다.

첫째 딸은 장미 한 송이만 말했습니다.

여행은 몇 달이나 계속되었습니다. 상인은 막내딸을 위해 가방 하나에 형형색색의 드레스를 가득 채웠습니다. 둘째 딸을 위해 온 시장을 뒤져 보석을 구했습니다. 그런데 집이 가까워져서야 첫째 딸에게 장미를 가져다주겠다고 한 약속을 기억해 냈습니다.

그는 길을 따라 이어진 커다란 철제 울타리를 발견했습니다. 멀리 어두운 저택이 보였고 울타리 근처에는 빨간 꽃이 가득한 장미 덤불이 있었습니다. 몇 송이는 쉽게 손이 닿는 곳에 있었습니다.

꽃을 꺾는 데는 잠깐밖에 걸리지 않았습니다. 안장주머니에 꽃을 넣으려던 상인은 화난 으르렁 소리에 멈칫했습니다.

방금 전까지 아무도 없던 자리에 망토를 걸친 형체가 서 있었습니다. 그 형체는 몸집이 거대했고 깊은 곳에서 울리는 우렁찬 목소리로 말했습니다. "대가도 치르지 않고 내 것을 가져가느냐?"

"누구십니까?" 상인이 떨리는 목소리로 말했습니다.

"당신이 훔친 물건의 주인이라고만 해두지."

상인은 긴 여행을 마치고 돌아가는 길에 딸에게 장미 한 송이를 가져다주겠다고 약속했다고 설명했습니다.

"훔친 장미는 가져가도 좋다." 형체가 말했습니다. "하지만 그 대가로, 집으로 가는 길에 가장 먼저 보이는 너의 것을 내게 다오." 그런 다음 후드를 뒤로 젖히고 끔찍한 야수의 얼굴을 드러냈습니다. 이빨이 가득한 주둥이를 가진, 야생 멧돼지와 자칼을 합쳐놓은 모습이었습니다.

"이미 나를 한 번 거슬렀으니," 야수가 말했습니다. "다시 한 번 거스르면 죽게 될 것이다."

상인은 최대한 빨리 말을 달려 집으로 향했습니다. 집까지 아직 1킬로미터쯤 남았을 때 첫째 딸이 길에서 기다리고 있는 게 보였습니다. "오늘 저녁 도착한다는 소식을 들었어요!" 첫째 딸이 소리치며 상인의 품에 안겼습니다.

집으로 가는 길에 가장 먼저 보인 상인의 것은 첫째 딸이었습니다. 그는 야수가 진정으로 요구한 대가가 무엇인지 비로소 알게 되었습니다.

그래서 어떻게 되었을까요?

우리는 모두 미녀가 야수를 사랑하게 된다는 걸 알고 있습니다. 미녀는 가족이 뭐라고 생각하든 상관없이—야수의 매력과 교양, 예술에 대한 지식과 섬세한 마음 때문에 그를 사랑하게 됩니다.

사실 야수는 인간이며, 늘 인간이었습니다. 단 한 번도 야생 돼지/자칼이었던 적이 없었습니다. 그건 단지 추악한 망상일 뿐이었죠.

문제는 그녀의 아버지에게 이런 사실을 납득시키는 게 무척 어렵다는 점입니다.

딸이 남편을 집에 데려올 때마다 아버지의 눈에는 턱과 주둥이가 보이고, 끔찍한 으르렁 소리가 들렸습니다. 사위가 얼마나 교양 있고 박식한지는 중요하지 않습니다. 얼마나 친절한지도 상관없었습니다.

아버지의 눈에는 그가 정글의 짐승이며, 그 혐오는 결코 사라지지 않을 것입니다.

66

열다섯 번째 여름 어느 밤, 갯이 내 방 유리창에 돌멩이를 던졌다. 고개를 내밀고 밖을 보니 갯이 나무들 사이에 서 있었다. 달빛이 그의 피부 위에서 반짝이고, 두 눈이 빛났다.

그는 베란다 계단 밑에서 나를 기다리고 있었다. "초콜릿이 엄청 먹고 싶어." 그가 속삭였다. "그래서 클레어몬트 식품 저장실을 습격하려고. 같이 갈래?"

내가 고개를 끄덕였고 우리는 손깍지를 낀 채 좁은 길을 함께 걸어 올라갔다. 클레어몬트의 옆 출입구, 테니스 라켓과 비치 타월로 가득 찬 신발장으로 통하는 입구로 들어갔다. 갯은 한 손을 방충망 문에 얹은 채 뒤돌아 나를 끌어당겼다.

그의 따뜻한 입술이 내 입술에 닿았고,

우리의 손은 여전히 맞잡은 채로,

거기, 문 앞에 서 있었다.

잠시 동안, 이 세상에는 우리 둘밖에 없었고,

광활한 하늘과 미래와 과거가 우리 주위에 펼쳐져 있었다.

우리는 발뒤꿈치를 들고 살금살금 신발장을 지나 주방으로 이어지는 큰 식료품 저장실로 들어갔다. 이 집을 처음 지을 때 잼과 피클 등을 보관하기 위해 묵직한 목재 서랍과 선반들을 설치해놓은 옛날 스타일의 창고였다. 지금은 과자와 와인, 감자칩, 뿌리채소, 탄산수 등을 보관했다. 혹시 누군가 주방에 들어올지도 몰라서 불을 켜지 않았지만 클레어몬트에는 할아버지밖에 없다는 걸 확실히 알고 있었다. 할아버지는 자는 중이었고, 아무 소리도 듣지 못할 것이었다. 낮에만 보청기를 끼기 때문이다.

우리가 식품 저장실을 뒤지고 있을 때 목소리가 들렸다. 이모들이 주방으로 들어오고 있었는데, 신경질적인 말투라 알아듣기 힘들었다. "이래서 사람들이 살인을 저지르는군." 베스 이모가 비통한 소리로 말했다. "후회할 짓을 하기 전에 이 방에서 나가야겠어."

"진심도 아니잖아." 캐리 이모가 말했다.

"내 진심이 뭔지 언니가 정하지 마!" 베스 이모가 소리쳤다. "언니는 에드가 있잖아. 나처럼 돈이 필요하지도 않고."

"언니는 벌써 보스턴 집에 발톱을 박았잖아." 엄마가 말했다. "섬은 건드리지 마."

"엄마 장례식을 누가 준비했는데?" 베스 이모가 쏘아붙였다. "아버지 곁을 몇 주일씩 지키고, 서류를 일일이 살펴보고, 조문객들에게 인사를 하고 감사 편지를 쓴 사람은 또 누구였는데?"

"언니가 근처에 살잖아." 엄마가 말했다. "가까우니까 그렇지."

"난 아이 넷을 키우면서 집안일에다 직장 일까지 해." 베스 이모가 말했다. "넌 아무것도 안 하잖아."

"파트타임이잖아." 엄마가 말했다. "그리고 아이 넷이라는 말 한 번만 더 하면 소리 지를 거야."

"나도 집안일이 있었어." 캐리 이모가 말했다.

"둘 중 누구라도 일주일쯤은 올 수 있었잖아. 나한테 그 모든 걸 다 떠넘겨놓고." 베스 이모가 말했다. "일 년 내내 아버지를 돌보는 건 나야. 아버지가 도움을 원할 때 달려가는 사람도 나야. 나는 아버지의 치매와 슬픔까지 감당하고 있어."

"그런 소리 하지 마." 캐리 이모가 말했다. "아빠가 나한테 얼마나 자주 전화를 하는지 둘 다 모를 거야. 좋은 딸이 되기 위해 내가 얼마나 많은 걸 참아야 하는지도 모른다고."

"그래, 딱 잘라서 난 그 집을 원해." 베스 이모는 아무 말도 들리지 않는 것처럼 계속 말했다. "난 그럴 자격이 있어. 누가 어머니를 모시고 병원에 다녔는데? 누가 어머니의 병상을 지켰 냐고?"

"불공평해." 엄마가 말했다. "내가 내려갔던 거 알잖아. 캐리 언니도 내려갔었고."

"병문안이었지." 베스 이모가 빈정거리며 말했다.

"꼭 언니가 안 해도 되는 일이었어." 엄마가 말했다. "아무도 언니한테 그러라고 시키지도 않았고."

"그럼 누가 하는데? 둘 다 내가 고생할 때는 가만있다가 고맙다는 말 한마디 없었지. 나는 비좁은 커들다운에서 갇혀 있고 거기 주방은 최악이야. 너흰 거기 가본 적도 없지, 얼마나 낡았는지 너희도 보면 놀랄 거야. 땅값만 남은 곳이라고. 어머니는 돌아가시기 전 윈드미어의 주방도, 레드게이트의 욕실도 리모델링했어. 하지만 커들다운은 옛날 그대로야. 그런데도 지금 이제껏 내가 해온 일, 그리고 지금도 하고 있는 일에 대한 보상을 인정 안 하고 깎아내린다고?"

"커들다운 설계도에 동의한 건 너야." 캐리 이모가 날카롭게 말했다. "너는 전망을 원했잖아. 네가 가진 집만 유일하게 바로 앞에 바다가 있어, 베스. 그리고 넌 아버지의 인정과 애착을 독차지하고 있지. 그거면 충분할 거라고 생각하는데. 우리 둘은 그런 걸 절대 받아볼 수 없다는 걸 주님도 아실 거야."

"언니가 선택한 거지." 베스 이모가 말했다. "언니는 에드를, 에드랑 동거하는 걸 선택했어. 그리고 매년 여름 갯을 여기에 데려오는 것을 선택했어. 우리와 같은 부류가 아닌 걸 뻔히 알면서도! 아버지가 어떻게 생각하는지 알면서도 언니는 계속 에드와 붙어다니고, 마치 금지된 장난감을 들고 반항하는 여자애처럼 그의 조카까지 데리고 나타났지. 그걸 몰랐던 것처럼 말하지 마."

"에드 이야기는 그만해!" 캐리 이모가 고함을 질렀다. "그만하라고, 그만."

찰싹 소리가 났다—캐리 이모가 베스 이모의 입을 때렸다.

베스 이모가 주방을 나갔다. 문이 시끄럽게 닫혔다.

엄마도 주방을 나갔다.

갯과 나는 식품 저장실 바닥에 앉아 손을 잡고 있었다. 캐리 이모가 식기세척기에 유리잔을 넣는 동안 숨도 쉬지 않고, 꼼짝도 하지 않으려고 애쓰면서.

67

며칠 후 할아버지가 조니를 클레어몬트 서재로 불렀다. 부탁할 게 있다고 했다.

조니는 싫다고 했다.

할아버지는 부탁을 들어주지 않으면 조니의 대학 학비를 주지 않을 거라고 했다.

조니는 엄마의 연애 문제에 참견하지 않을 것이며, 차라리 혼자 힘으로 지역 전문대학에 다닐 거라고 했다.

할아버지가 대처에게 전화를 걸었다.

조니는 캐리 이모에게 이 사실을 말했다.

캐리 이모는 갯에게 클레어몬트에서 저녁을 먹지 말아달라고 부탁했다. "할아버지를 거스르지 말자." 그녀가 말했다. "네가 레드게이트에서 마카로니 같은 걸 만들어 먹으면 우리 모두에게 훨씬 좋을 거야. 아니면 조니를 시켜 네게 음식을 갖다줄 수도 있고. 이해했지? 모든 게 해결될 때까지만 그렇게 하자."

갯은 이해하지 못했다.

조니도 이해하지 못했다.

우리 거짓말쟁이들은 모두 식사를 하러 가지 않기로 했다.

얼마 지나지 않아 베스 이모는 미렌에게 윈드미어에 대해 할아버지를 더 강하게 밀어붙이라고 시켰다. 보니와 리버티와 태프트를 데리고 할아버지 서재에 가서 이야기를 하라고 했다. 우리가 이 집안의 미래라고, 할아버지에게 그렇게 말하라고 했다. 조니와 케이디는 하버드에 갈 수학 성적이 안 되지만 미렌은 된다고. 미렌은 사업가적 마인드를 가지고 있으며 할아버지가 상징하는 모든 것을 물려받을 사람이라고. 조니와 케이디는 너무 경솔하다고. 그리고 이 예쁜 꼬마들, 예쁜 금발의 쌍둥이와 주근깨 얼굴을 가진 태프트를 보시라고. 이들은 하나부터 열까지 싱클레어답다고.

이 모든 이야기를 해, 베스 이모가 말했다. 하지만 미렌은 그럴 마음이 없었다.

베스 이모는 미렌의 전화기와 노트북, 용돈을 빼앗았다.

그래도 미렌은 그럴 마음이 없었다.

어느 날 저녁, 엄마가 갯과 나에 대해 물었다. "할아버지가 너희 둘 사이를 알고 계셔. 마음이 편치 않으신 것 같다."

나는 엄마에게 사랑에 빠졌다고 말했다.

엄마는 어리석게 굴지 말라고 했다. "네 미래를 위험에 빠뜨리는 거야." 엄마가 말했다. "우리 집과 네 교육도. 뭘 위해서 그러는 거야?"

"사랑."

"한여름 밤의 불장난일 뿐이야. 그 애를 내버려둬."

"싫어."

"사랑은 오래가지 않아, 케이디. 너도 알잖아."

"몰라."

"글쎄, 내 말을 믿어. 오래가지 않아."

"우린 엄마랑 아빠와는 달라." 내가 말했다. "우린 다르다고."

엄마가 팔짱을 꼈다. "철 좀 들어, 케이든스. 세상을 있는 그대로 봐, 네가 바라는 대로가 아니라."

나는 엄마를 바라보았다. 예쁘게 말아올린 머리에 단호하고 쓸쓸한 입을 가진, 사랑스럽고 키가 큰 엄마. 엄마의 정맥은 절대 열리지 않았다. 엄마의 심장은 절대 밖으로 튀어나와 잔디밭에서 무력하게 펄떡거리지도 않았다. 엄마의 몸이 웅덩이처럼 녹아내리는 일도 없었다. 아무 일 없는 것처럼, 엄마는 멀쩡했다. 항상. 어떤 상황에서도.

"우리 가족의 안녕을 위해서," 마침내 엄마가 말했다. "헤어져야 해."

"싫어."

"그래야 해. 그리고 끝낸 뒤에는 반드시 할아버지에게 확실히 말해. 아무것도 아니라고, *원래* 아무것도 아니었다고 말이야. 이제 다시는 할아버지가 그 애에 대해 걱정할 필요 없다고 말하고, 하버드와 테니스 팀, 네가 꿈꾸는 미래에 대해서도 말해. 내 말 이해했지?"

나는 이해하지 않았고 그럴 마음도 없었다.

나는 집을 뛰쳐나가 갯의 품에 안겼다.

나는 그에게 피를 흘렸고 그는 개의치 않았다.

그날 밤 늦게 미렌, 갯, 조니와 나는 클레어몬트 뒤에 있는 공구 창고로 갔다. 우리는 망치를 찾았다. 망치가 두 개뿐이어서 갯은 렌치를 들었고 나는 묵직한 정원용 가위를 들었다.

우리는 클레어몬트에서 상아 거위 조각상을, 윈드미어에서 코끼리를, 레드게이트에서 원숭이를, 커들다운에서 두꺼비를 꺼내 왔다. 이 조각상들을 깜깜한 부두로 가져가서 망치와 렌치, 가위로 모두 가루가 될 때까지 부쉈다.

갯이 양동이로 차가운 바닷물을 퍼와서 부두를 깨끗하게 씻었다.

68

우리는 생각했다.

우리는 이야기했다.

만약, 우리가 말했다.

만약에

또 다른 우주에서,

분열된 현실에서,

신이 손가락을 뻗어

클레어몬트에 번개를 내리친다면?

만약,

신이 클레어몬트를 불태운다면?

그리하여 신은 탐욕스럽고, 옹졸하고, 편견에 가득 찬, 평범하고 불친절한 사람들을 벌할 것이다.

그들은 자신의 행동을 뉘우칠 것이다.

그 후 다시 서로 사랑하는 법을 배울 것이다.

영혼을 열고, 혈관을 열고, 미소를 짓고,

가족이 되고, 가족으로 남을 것이다.

우리의 생각은 그렇게 종교적인 게 아니었다.

그러면서도 종교적이었다.

처벌.

불꽃을 통한 정화.

혹은 둘 다.

69

다음 날, 열다섯 번째 여름, 클레어몬트에서 점심 식사가 있었다. 7월의 끝자락이었다. 여느 점심 식사와 마찬가지로 커다란 테이블에 차려졌다. 또다시 눈물이 흘렀다.

목소리가 너무 커서 우리 거짓말쟁이들은 레드게이트에서 산책로를 따라 올라와 정원 끝에 서서 귀를 귀울였다.

"난 아빠의 사랑을 받기 위해 매일 증명해야 해요." 엄마가 취한 목소리로 말했다. "그리고 대부분은 실패해요. 이건 정말 불공평해요. 캐리 언니는 진주 목걸이를 받고, 베스 언니는 보스턴 집도, 윈드미어도 가져가요. 캐리 언니에게는 조니가 있으니까 아빠는 클레어몬트를 조니에게 주겠죠. 그렇게 될 걸 알아요. 난 아무것도 없이 빈손으로 남을 거예요. 아무것도 없이요. 케이디가 첫째라고, 케이디에게 물려줄 거라고 했잖아요. 항상 그렇게 말했으면서."

할아버지가 탁자에서 일어났다. "페넬로페."

"내가 케이디를 데려갈 거다. 알겠니? 넌 다시는 그 애를 보지 못할 거다."

할아버지의 목소리가 쩌렁쩌렁 울려퍼졌다. "여긴 미국이야." 할아버지가 말했다. "네가 그걸 이해하지 못하는 것 같으니, 페니, 내가 설명해주마. 미국은 이렇게 돌아간단다. 원하는 걸 얻기 위해 노력하고, 그렇게 해서 앞서 나아가. 우리는 거절을 거절하고, 우리의 인내에 대해 보상을 받지. 윌, 태프트, 듣고 있니?"

꼬마들이 턱을 떨면서 고개를 끄덕였다. 할아버지가 계속 이어갔다. "우리는 위대하고 유서 깊은 싱클레어 가문이다. 자랑스러워할 만한 일이지. 우리의 전통과 가치가 미래 세대가 딛고 설 기반이 되는 거야. 이 섬은 우리의 집이고, 나의 아버지의 집이었고, 그 이전에는 나의 할아버지의 집이었다. 그리고 나는 너희를 올바르게 키웠다고 생각했다. 그런데 너희 셋은 이 늙은이를 실망시키는 일 말고는 하는 게 없구나. 이혼을 하고, 가정을 깨고, 전통을 무시하고, 노동 윤리도 없고 말이야."

"아빠, 제발요." 베스 이모가 말했다.

"조용히 해!" 할아버지가 호통쳤다. "이 가문의 가치를 무시하는데도 내가 그냥 너희와 너희 자식들에게 재정적 안정을 보장해줄 거라고 기대할 수는 없다. 너희 중 누구도 그럴 수 없어. 그런데도 매일, 나는 매일 너희가 그렇게 기대하는 걸 보고 있다. 더 이상은 참을 수가 없구나."

베스 이모가 눈물을 흘리며 주저앉았다.

캐리 이모는 윌의 팔꿈치를 잡고 부두 쪽으로 걸어갔다.

엄마는 와인 잔을 클레어몬트 벽에 던졌다.

70

"그래서 어떻게 됐어?" 내가 조니에게 묻는다. 이른 아침 우리는 여전히 커들다운 마룻바닥에 누워 있다. 열일곱 번째 여름.

"기억 안 나?" 조니가 묻는다.

"안 나."

"다들 섬을 떠나기 시작했어. 우리 엄마는 윌을 데리고 에드거타운에 있는 호텔로 갔고, 나와 갯에게도 짐을 싸는 대로 바로 따라오라고 했지. 직원들은 여덟 시에 떠났고, 너네 엄마는 비니어드에 사는 그 친구를 만나러 갔어."

"앨리스 아줌마?"

"맞아. 앨리스 아줌마가 데리러 왔는데 네가 섬을 떠나려 하지 않아서 결국 너를 두고 갔어. 할아버지도 육지로 떠났고. 그런 다음 우리가 불을 지르기로 결정했지."

"우리가 계획을 세웠구나." 내가 말한다.

"그랬지. 베스 이모에게 꼬마들을 모두 데리고 비니어드에 영화를 보러 갔다 오라고 설득했어."

조니가 말하는 동안 기억들이 맞춰진다. 나는 조니가 말하지 않은 세세한 사실들을 채워나간다.

"모두 떠난 뒤에 우리는 냉장고에 남아 있던 와인을 마셨어." 조니가 말한다. "네 병이나 있었지. 갯은 진짜 화나 있었고."

"그럴 만했어." 내가 말한다.

조니가 다시 바닥을 향해 얼굴을 돌리고 말한다. "왜냐하면 갯은 다시는 이곳에 오지 못할 거였거든. 우리 엄마가 에드 아저씨랑 결혼하면 할아버지한테 쫓겨날 거고, 우리 엄마가 에드 아저씨랑 헤어진다면 갯은 더 이상 우리 가족과 연락이 닿지 않을 테니까."

"클레어몬트는 모든 잘못된 것들의 상징인 것만 같았어." 미렌의 목소리다. 너무 조용히 들어와서 들어오는지도 몰랐다. 미렌이 조니 옆에 누워 조니의 손을 잡는다.

"가부장제의 기반이었지." 갯이 말한다. 나는 그가 들어오는 소리도 못 들었다. 갯이 내 옆으로 와서 눕는다.

"넌 정말 멍청해, 갯." 조니가 다정하게 말한다. "항상 가부장제라는 말을 써."

"그게 내가 말하고 싶은 거니까."

"기회 있을 때마다 그 단어를 슬쩍 끼워넣잖아. 토스트 위에도 가부장제, 내 바지 속에도 가부장제, 레몬을 짤 때도 가부장제."

"클레어몬트는 가부장제의 기반처럼 보였어." 갯이 같은 말을 반복한다. "그래, 우리는 엄청 취해 있었고, 이대로 가족들이 찢어져서 나는 두 번 다시 여기에 오지 못할 거라고 생각했지. 우리는 만약 그 집이 사라지면, 그 안에 있는 서류와 자료가 사라지면, 서로 차지하려고 싸우던 모든 물건들이 다 사라지면 그 권력도 사라질 거라고 생각했어."

"그러면 우리가 가족이 될 수 있을 거라고." 미렌이 말한다.

"일종의 정화 의식 같았어." 갯이 말한다.

"케이디는 우리가 불을 질렀다는 것만 기억해." 조니가 갑자기 큰 소리로 말한다.

"다른 몇 가지도 기억나." 내가 일어나 앉아 덧붙인다. 아침 햇빛 속에 누운 거짓말쟁이들을 바라보면서. "너희가 설명해주는 동안 기억들이 되돌아오고 있어."

"우리가 얘기한 건 전부 불을 지르기 전이잖아." 조니가 여전히 큰 소리로 말한다.

"맞아." 미렌이 말한다.

"우리가 불을 질렀어." 내가 경이로움에 차서 말한다. "울지도 않고 피 흘리지도 않았어. 그 대신 뭔가를 해냈지. 변화를 만들어냈어."

"어느 정도는." 미렌이 말한다.

"장난해? 우리는 빌어먹을 궁전을 완전히 불태웠다고."

71

이모들과 할아버지가 다툰 뒤 나는 울고 있었다.

갯도 울고 있었다.

갯은 섬을 떠날 것이고 나는 다시는 그를 보지 못할 것이다.
그는 다시는 나를 보지 못할 것이다.

갯, 나의 갯.

나는 누구와 함께 울어본 적이 없었다. 동시에 같이 운 적
은.

갯은 소년이 아니라 남자처럼 울었다. 좌절했거나 자기 뜻대
로 되지 않아서가 아니라, 인생이 쓰디쓴 것처럼, 그의 상처가
나을 수 없는 것처럼.

나는 갯을 위해 그 상처들을 치유해주고 싶었다.

우리 둘이서 작은 바닷가로 뛰어갔다. 나는 갯을 꼭 붙잡고,
모래 위에 함께 앉았다. 이번만큼은 갯도 아무 말이 없었다. 어
떤 분석도, 질문도 없었다.

마침내 내가 말했다.

만약,

만약,

우리가 직접 해결한다면 어떨까?

그러자 갯이 말했다.

어떻게?

내가 말했다.

만약에,

만약에,

싸움을 멈출 수 있다면?

우리는 지켜야 할 게 있어.

그러자 갯이 말했다.

맞아. 너, 나, 미렌, 그리고 조니. 그래. 우리는 지켜야 해.

물론 우리 네 사람은 언제든 서로 볼 수 있어.

내년이면 운전도 할 수 있고.

전화도 늘 있고.

하지만 여기, 내가 말했다. 이곳.

그래, 여기, 갯이 말했다. 이곳.

너와 나.

내가 말했다.

만약에,

만약에,

우리가 어떻게든

아름다운 싱클레어 가족을 그만두고 그냥 가족이 될 수 있
다면?

우리가 어떻게든

다른 피부색, 다른 배경이 아니고 그냥 사랑할 수 있다면?

우리가 모든 사람이 변하도록 강제할 수 있다면?

강제하다니.

넌 신처럼 굴려고 하는구나, 갯이 말했다.

나는 행동하고 싶은 거야, 내가 말했다.

언제든 전화할 수 있잖아, 그가 말했다.

하지만 여기는 어떡하고? 내가 말했다. 이곳.

그래, 여기, 그가 말했다. 이곳.

나는 갯을 사랑했다. 나의 첫사랑이자 유일한 사랑. 어떻게 그를 떠나보낼 수 있을까?

갯은 거짓 미소를 짓지는 못했지만 자주 미소 짓는 사람이었다. 그는 내 손목을 흰 거즈로 감싸주었고 상처에는 관심이 필요하다고 믿었다. 그는 손에 글씨를 쓰고 내 생각을 물었다. 그의 마음은 늘 불안하고, 끈질겼다. 그는 더 이상 신을 믿지 않았지만 그럼에도 신이 자신을 도와주기를 바랐다.

이제 그는 내 것이었고 나는 우리의 사랑이 위협받도록 놔두면 안 된다고 말했다.

우리는 가족이 무너지는 것을 놔두면 안 된다.

우리가 바꿀 수 있는 악을 받아들여선 안 된다.

우리는 맞서 싸워야 한다.

그렇다. 우리는 그렇게 해야 한다.

심지어 우리는 영웅이 될 것이다.

갯과 나는 미렌과 조니에게 말했다.

행동해야 한다고 설득했다.

우리는 서로에게 이야기했다.

한 번, 또 한 번. 두려워하는 일을 하라고.

우리는 서로에게 이야기했다.

한 번, 또 한 번. 우리는 말했다.

우리는 서로에게 이야기했다

우리가 옳다고.

72

계획은 간단했다. 창고에서 모터보트용으로 보관해둔 여분의 휘발유통을 찾는다. 신발장에 있는 신문과 판지를 챙긴다. 재활용품을 산처럼 쌓고 휘발유를 흠뻑 적신다. 나무 바닥도 적신다. 뒤로 물러서서 종이 타월에 불을 붙여 던진다. 간단했다.

클레어몬트가 완벽하게 불타도록, 가능한 한 모든 층, 모든 방에 불을 지를 생각이었다. 갯은 지하실, 나는 일층, 조니는 이층에서, 미렌은 꼭대기층을 맡았다.

"소방대가 정말 늦게 도착했어." 미렌이 말한다.

"소방대가 두 곳에서 왔지." 조니가 말한다. "우즈 홀과 마서즈 비니어드."

"우리는 그걸 기대하고 있었어." 내가 말하면서 깨닫는다.

"우리는 전화를 걸어 도움을 요청할 계획이었어." 조니가 말한다. "당연히 누군가는 전화를 해야 했지. 그렇지 않으면 방화로 보였을 거야. 우리는 커들다운에 모여 영화를 보고 있었다고 말할 생각이었고, 알다시피 커들다운은 나무로 둘러싸여 있잖아. 지붕에 올라가지 않는 한 다른 집이 보이지 않지. 그러니 아무도 전화를 하지 않았더라도 말이 됐어."

"그 소방대는 주로 자원봉사자들이야." 갯이 말한다. "아무도 눈치채지 못했어. 오래된 목조 주택은 불쏘시개나 마찬가지니까."

"이모들이랑 할아버지가 우리를 의심했더라도 절대 고발은 못 했을 거야." 조니가 덧붙인다. "그건 쉽게 확신할 수 있었지."

물론 그들은 고발하지 않았을 것이다.

여기, 우리는

아무도 범죄자가 아니고

아무도 중독자가 아니고

아무도 실패자가 아니니까.

우리가 한 일에 전율을 느낀다.

내 이름은 케이든스 싱클레어 이스트먼, 내가 자란 이 아름다운 집안의 기대와는 달리, 나는 방화범이다.

선지자이고, 영웅이며, 반항아다.

역사를 바꾸는 부류의 사람.

범죄자.

하지만 내가 범죄자라면, 그렇다면, 나는 중독자인가? 그렇다면, 나는 실패자인가?

나는 항상 그렇듯 의미를 비트는 놀이를 하고 있다. "우리가 그 일을 해낸 거야." 내가 말한다.

"그 일이 뭔지, 어떻게 생각하느냐에 따라 달라지지." 미렌이 말한다.

"우리가 가족을 구했어. 다들 다시 시작했잖아."

"캐리 이모는 밤마다 섬을 배회하고 있어." 미렌이 말한다. "우리 엄마는 피부가 벗겨질 때까지 싱크대를 계속 닦고. 페니 이모는 네가 자는 모습을 지켜보고 네가 먹은 것들을 기록해. 다들 술을 엄청나게 마시고, 결국 눈물이 얼굴을 타고 흐를 때까지 취하지."

"언제 뉴 클레어몬트에 와서 그걸 본 거야?" 내가 말한다.

"가끔씩 거기에 가." 미렌이 말한다. "넌 우리가 모든 걸 해결했다고 생각하지만 나는 그게……."

"우리가 여기 있잖아." 내가 우긴다. "그 불이 아니었다면 우리는 여기 없었을 거야. 내가 말하고 싶은 건 그거야."

"그래."

"할아버지는 너무 많은 힘을 쥐고 있었어." 내가 말한다. "그리고 이젠 그렇지 않아. 우리는 우리가 목격한 악을 바꿔놓은 거야."

전에는 흐릿했던 많은 것들이 이해된다. 내 차는 따뜻하고, 거짓말쟁이들은 아름답고, 커들다운은 아름답다. 벽에 얼룩이 묻어 있어도 상관없다. 내게 두통이 있는 것도, 미렌이 아픈 것도 상관없다. 월이 악몽을 꾸고 갯이 자신을 미워해도 상관없다. 우리는 완전범죄를 저질렀다.

"할아버지는 그냥 치매에 걸려서 힘을 잃은 거야." 미렌이 말한다. "지금도 할 수만 있다면 모두를 괴롭혔을 거야."

"내 생각은 달라." 갯이 말한다. "뉴 클레어몬트는 형벌처럼 보여."

"뭐라고?" 미렌이 말한다.

"스스로 내린 형벌인 거지. 할아버지는 집이 아닌 집을 지었어. 일부러 불편하게."

"왜 그런 건데?" 내가 묻는다.

"그러는 너는 왜 네 물건들을 다 버렸는데?" 갯이 묻는다.

그가 나를 쳐다보고 있다. 다들 나를 쳐다보고 있다.

"자선을 베풀려고." 내가 대답한다. "세상에 조금이라도 좋은 일을 하고 싶어서."

묘한 침묵이 흐른다.

"난 잡동사니들이 싫어." 내가 말한다.

아무도 웃지 않는다. 어쩌다가 대화가 나에 대한 이야기로 바뀐 건지 모르겠다.

거짓말쟁이들은 한참 동안 말이 없다. 그러다 조니가 말한다. "너무 다그치지 마, 갯." 갯은 "네가 불을 기억해내서 기뻐, 케이든스."라고 말하고 나는 "뭐, 일부분이긴 하지만."이라고 말한다. 미렌은 몸이 좋지 않아 자러 가야겠다고 말한다.

남자애들과 나는 주방 바닥에 누워 한참 동안 천장을 바라본다. 그러다 문득 돌아보니 조금 당황스럽게도, 애들은 모두 잠이 들어 있었다.

73

엄마가 윈드미어 베란다에 골든 리트리버들과 함께 있는 게 보인다. 엄마는 옅은 파란색 울실로 스카프를 뜨는 중이다.

"너는 항상 커들다운에 가 있는구나." 엄마가 잔소리한다. "거기서 계속 지내는 건 좋지 않아. 캐리 이모가 어제 뭐 좀 찾으러 갔었는데 너무 지저분하다고 하더라. 도대체 뭘 하고 있었던 거니?"

"아무것도 아니야. 어지른 건 미안."

"너무 지저분하면 지니에게 청소를 시킬 수도 없어. 그건 알지? 그건 온당하지 않아. 게다가 베스 언니가 보면 난리 날 거야."

나는 아무도 커들다운에 오지 않으면 좋겠다. 그곳은 우리만의 공간이면 좋겠다. "응, 걱정 마." 나는 바닥에 앉아 보쉬의 보드라운 노란 머리를 토닥인다. "저기, 엄마?"

"응."

"왜 가족들이 나한테 화재 이야기를 못 하게 했어?"

엄마는 뜨개질하던 실을 내려놓고 한참 동안 나를 바라본다. "불난 걸 기억하니?"

"어젯밤에 갑자기 떠올랐어. 전부 다 기억나는 건 아니지만, 그래도 기억나. 엄마와 이모들이 싸웠고, 모두 섬을 떠났었고, 나랑 갯, 미렌, 조니만 섬에 있었던 것도."

"다른 건 기억나는 거 없니?"

"하늘이 어땠었는지도 기억나. 불꽃이랑 연기 냄새도."

엄마는 어떤 식으로든 내게 화재의 책임이 있다고 생각되면 절대, 절대로 내게 묻지 않을 것이다. 나는 그걸 안다.

엄마는 알고 싶어 하지 않는다.

내가 엄마의 삶을 바꿔놓았다. 가족의 운명을 바꿔놓았다. 거짓말쟁이들과 내가.

그건 정말 끔찍한 일이었다. 아마도. 하지만 어떤 의미에서는 특별한 일이었다. 그냥 앉아서 불평이나 늘어놓는 것과는 달랐다. 나는 엄마가 결코 알지 못할 만큼 강한 사람이 되었다. 나는 엄마에게 잘못을 저질렀고, 동시에 돕기도 했다.

엄마가 내 머리를 쓰다듬는다. 너무 다정해서 숨이 막혔다. 나는 뒤로 몸을 뺀다. "그게 다니?" 엄마가 묻는다.

"왜 아무도 내게 그 일에 대해 이야기하지 않는 거야?" 내가 다시 묻는다.

"그건 말이다…… 그건……." 엄마가 단어를 고르느라 머뭇거린다. "네 두통 때문이지."

"내게 두통이 있어서, 그리고 내가 사고를 기억하지 못해서 클레어몬트가 불에 타버린 사실을 감당하지 못할까 봐?"

"의사들이 네 생활에 스트레스를 주면 안 된다고 했어." 엄마가 말한다. "화재가 두통을 유발하는 걸 수도 있대. 연기를 들이마신 것 때문이든, 아니면…… 아니면, 공포 때문이든 간에." 엄마가 별로 설득력 없게 마무리한다.

"난 어린애가 아니야." 내가 말한다. "우리 가족에 대한 기본적인 정보를 알아도 될 만한 나이라고. 이번 여름 내내 그 사고를, 그 직전에 무슨 일이 있었던 건지를 기억해내려고 애쓰고 있었어. 왜 내게 말해주지 않은 거야, 엄마?"

"말했었어. 2년 전에. 그 후로도 여러 번 이야기해줬지만 너는 다음 날이 되면 하나도 기억하지 못했지. 그래서 의사에게 말했더니 그런 식으로 널 혼란스럽게 해서는 안 된다고, 계속 몰아붙여서는 안 된다고 했어."

"엄마는 나랑 같이 살잖아!" 내가 소리친다. "날 잘 알지도 못하는 의사의 말보다 엄마 자신의 판단을 더 믿을 순 없어?"

"전문가잖니."

"내가 무슨 일이 있었는지 알고 싶어 하지 않는다고, 우리 집안 전체가—심지어는 쌍둥이도, 윌과 태프트까지도—내 앞에서 비밀을 지키기를 원한다고 생각하는 이유가 뭐야? 도대체 뭐 때문에 내가 단순한 사실조차 알지 못할 만큼 나약하다고 생각하는 건데?"

"너는 그 정도로 약해 보여." 엄마가 말한다. "그리고 솔직히 말해서 내가 너의 반응을 감당할 수 있을지 확신도 없었어."

"그게 얼마나 모욕적인지 엄마는 상상도 못 하겠지."

"난 널 사랑해." 엄마가 말한다.

동정 섞인 얼굴로 자기 합리화하는 엄마를 더는 보고 있을 수가 없다.

74

내 방 문을 열자 미렌이 와 있다. 미렌은 책상에 앉아 내 노트북에 손을 올려놓고 있다.

"작년에 네가 보낸 이메일들을 읽을 수 있을까 해서." 그녀가 말한다. "네 컴퓨터에 보관되어 있어?"

"응."

"네가 보낸 이메일, 하나도 읽지 않았어." 그녀가 말한다. "여름이 시작될 때 너한테 읽은 척했지만 사실은 열어보지도 않았지."

"왜?"

"그냥." 그녀가 말한다. "별로 중요하지 않은 줄 알았는데, 지금은 중요한 것 같아서. 그리고 봐!" 그녀가 목소리 톤을 밝게 높였다. "심지어 이메일을 보려고 내가 집 밖으로 나왔잖아!"

나는 최대한 분노를 삼킨다. "답장을 하지 않은 것까지는 이해해. 그런데 왜 내 이메일을 읽으려고 하지도 않은 거야?"

"나도 알아." 미렌이 말한다. "기분이 거지 같다는 거. 그리고 내가 못됐다는 것도. 제발, 이제 보여줄래?"

나는 노트북을 연 다음 메일함을 검색해 미렌 앞으로 보낸 모든 편지를 찾는다.

총 스물여덟 개였다. 나는 미렌의 어깨 너머로 같이 읽는다. 대부분은 유쾌하고 다정한 내용이다. 마치 두통 같은 건 모르는 사람이 쓴 것처럼.

미렌!

내일 나는 바람피운 우리 아빠랑 유럽으로 떠나. 너도 알다시피 우리 아빠는 정말 따분한 사람이잖아. 내게 행운을 빌어줘. 그리고 나도 비치우드에서 너랑 함께 여름을 보내고 싶다는 걸 알아줘. 그리고 조니랑도. 심지어는 갯이랑도.

나도 알아. 이제 그만 잊어야 한다는 거.

난 이미 잊었어.

정말이야.

매력적인 스페인 남자애들을 만나러 마르베야에 갈 예정이야. 그러니 안심해.

우리가 가는 나라마다 거기서 가장 역겨운 음식을 아빠에게 먹여볼까 궁리 중이야. 콜로라도로 도망가버린 것에 대한 속죄로 말이야.

할 수 있을 것 같아. 아빠가 정말 나를 사랑한다면 개구리와 콩팥, 그리고 초콜릿을 입힌 개미도 먹을 거야.

케이든스

대부분이 이런 식이다. 하지만 몇몇 이메일은 매력적이지도 다정하지도 않다. 그런 이메일들은 애처롭고 진실하다.

미렌.

버몬트는 겨울이야. 어둡고, 깜깜해.

엄마는 내가 자는 동안 계속 지켜봐.

늘 머리가 아파. 어떻게 해야 두통을 멈출 수 있는지 모르겠어. 약도 듣지 않아. 누군가 도끼로 내 머리를 쪼개는 것 같아. 내 두개골을 깔끔하게 자르지도 못하는 엉터리 도끼로 말이야. 도끼를 휘두르는 사람은 내 머리를 여러 번 내려치는데, 언제나 정확하게 한 곳을 내려치지를 못해. 상처가 여기저기 많아.

때로는 도끼를 휘두르는 사람이 할아버지라는 상상을 해.

어떤 때에는 그게 나고.

어떤 때에는 그게 갯이야.

정신 나간 소리 해서 미안해. 키보드를 치는데 손은 떨리고 화면이 너무 밝다.

어떤 때는 그냥 죽고 싶어, 머리가 너무 아파서. 너한테는 가장 밝은 생각만 쓰고 어두운 생각은 절대 말하지 않았지만, 사실은 늘 그런 생각을 해. 그래서 지금 그 이야기를 꺼내는 거야.
네가 답장하지 않더라도 이 이야기를 누군가는 들어준 걸 아니
까. 최소한 그거면 돼.

케이든스

우리는 스물여덟 개의 이메일을 모두 읽는다. 미렌이 다 읽
고 나서 내 뺨에 입을 맞춘다. "미안하다는 말도 못 하겠어." 그
녀가 내게 말한다. "얼마나 미안한지, 지금 느끼는 이 죄책감을
표현할 스크래블 단어조차 없어."

그리고 미렌은 떠났다.

75

나는 노트북을 침대로 가져가 새로운 문서를 만든다. 모눈
종이에 적어둔 메모를 모두 떼어낸 다음, 그 내용과 새로운 기
억들을 적기 시작한다. 너무 빨라서 오타가 천 개는 된다. 실제
로 기억나지 않는 부분은 추측으로 채운다.

싱클레어 사교 및 스낵 센터.

너는 다시는 네 남자친구를 볼 수 없을 거야.

할아버지는 내가 네 근처에 얼씬거리지도 않기를 원해.

우린 윈드미어가 너무 좋아요, 그렇지, 케이디?

조니의 바람막이를 걸치고 울고 있던 캐리 이모.

테니스 코트에서 개들에게 공을 던져주던 갯.

아, 세상에, 세상에, 세상에.

개들.

빌어먹을 개들.

파티마와 프린스 필립.

골든 리트리버들이 그 화재로 죽었다.

이제야 깨닫는다. 내 잘못이었다. 그 개들은 엄마가 훈련시킨 보쉬, 그렌델, 파피와는 달리 엄청 버릇이 없었다. 파티마와 프린스 필립은 바닷가에서 불가사리를 집어먹고는 거실에다 토해놓았다. 젖은 털을 마구 털면서 물을 튀겼고, 사람들의 피크닉 도시락을 훔쳐 먹었으며, 프리스비를 잔뜩 씹어서 쓸모없는 플라스틱 덩어리로 만들어버렸다. 테니스공을 좋아해서 코트에 내려가 그곳에 뒹굴고 있는 공이란 공에다 모두 끈적거리는 침을 발라놨다. 앉으라고 해도 앉질 않았고, 식탁에서 먹을 것을 달라고 졸랐다.

불이 났을 때 그 개들은 손님방에 있었다. 할아버지는 클레어몬트가 비어 있을 때나 밤에 종종 그 개들을 위층에 가둬놓곤 했다. 그렇게 해야 신발을 물어뜯거나 방충문에 대고 울부짖지 않을 테니까.

할아버지는 섬을 떠나기 전 그 개들을 가둬두었다.

그리고 우리는 개들 생각을 못 했다.

내가 그 개들을 죽인 것이다. 그 개들과 함께 살았던 것도 나고, 프린스 필립과 파타마가 어디서 자는지 알고 있던 것도 나였다. 다른 거짓말쟁이들은 골든 리트리버들을 잘 알지 못했다. 적어도 나만큼 알지는 못했다.

개들은 불에 타 죽었다. 어떻게 그 개들을 그렇게 잊을 수 있었을까? 어떻게 그렇게 내 멍청한 범죄 행위에만 몰두하고, 그 스릴에 취하고, 이모들과 할아버지에 대한 분노에만 사로잡혀 있을 수 있었을까?

파티마와 프린스 필립이 불타고 있다. 뜨거운 문 앞에서 킁킁거리고, 연기를 들이마시고, 희망을 담아 꼬리를 흔들고, 누군가 와서 구해주기를 기다리며 짖는다.

얼마나 끔찍한 죽음이었을까. 그 불쌍하고 사랑스러운 말썽쟁이 개들에게.

76

나는 윈드미어를 뛰쳐나간다. 밖은 이제 어두웠고, 저녁 식사 시간이 가까워지고 있었다. 연기가 몰아치는 문을 바라보면서 누군가 구하러 오기만을 바랐을 개들을 상상하자 감정이 눈물로 흘러내리고 얼굴이 일그러졌다. 온몸이 격렬하게 뒤흔들린다.

어디로 가야 할까? 커들다운에 있는 거짓말쟁이들과 얼굴을 마주할 자신이 없다. 레드게이트에는 윌이나 캐리 이모가 있겠지. 이 섬은 너무 거지같이 작아서 사실 갈 곳이 없다. 나는 이 섬에 갇혀 있다. 내가 그 불쌍하고 불쌍한 개들을 죽인 이 섬에.

오늘 아침부터 계속되었던 나의 모든 허세,

그 힘,

완전범죄,

우리 거짓말쟁이들이 여름의 마법을 지키고 더 나아지게 한 것,

가족의 일부를 파괴함으로써 가족을 결합시킨 것—

이 모든 것이 망상이었다.

이 모든 것이 망상이었다.

개들이 죽었다.

그 멍청하고 사랑스러운 개들,

내가 살릴 수 있었던 개들,

햄버거 조각을 몰래 줄 때면 얼굴이 환해지던 순진한 개들.

심지어는 이름만 불러도 신이 났던 개들.

배 타는 걸 좋아했던,

진흙투성이 발로 온종일 자유롭게 뛰어다니던 개들.

사람들이 언제나 자기들을 안전하게 지켜주고 사랑해준다고 믿는 개들이 갇혀 있는데,

대체 어떤 사람이 위층 방에 누가 갇혀 있는지도 생각하지 않고 행동할 수 있을까?

나는 윈드미어와 레드게이트 사이의 산책로에 서서 이상하고 소리 없는 울음을 터뜨리고 있다. 얼굴이 축축하고, 가슴이 쪼그라들고 있다. 나는 비틀거리며 집으로 향한다.

갯이 계단에 앉아 있다.

77

갯이 나를 보자마자 벌떡 일어나 두 팔로 나를 감싸안는다. 나는 갯의 어깨에 얼굴을 묻고 흐느끼면서 두 팔을 재킷 안에 넣어 그의 허리를 안는다.

내가 말을 하기 전까지 갯은 무슨 일인지 묻지 않는다.

"개 말이야." 마침내 내가 말한다. "우리가 개들을 죽였어."

그는 한동안 말이 없다. 그러고는 "맞아."라고 말한다.

나는 몸이 그만 떨릴 때까지 말을 하지 않는다.

"앉자." 갯이 말한다.

우리는 베란다 계단에 걸터앉는다. 갯이 머리를 내게 기댄다.

"나 그 개들 정말 좋아했어." 내가 말한다.

"우리 모두 그랬어."

"난……" 단어들이 목에 걸린다. "더 이상 그 일을 이야기하지 말아야 할 것 같아. 아니면 또 울기 시작할 거야."

"괜찮아."

우리는 멍하니 앉아 있다.

"그게 전부야?" 갯이 묻는다.

"뭐가?"

"네가 울었던 이유가 그것뿐이야?"

"설마 다른 게 또 있을까."

그가 침묵을 지킨다.

여전히 침묵을 지킨다.

"아, 젠장, 더 있구나." 내가 말한다. 가슴이 텅 빈 것 같고 얼어붙은 느낌이다.

"그래." 갯이 말한다. "더 있어."

"사람들이 내게 말하지 않는 것들. 엄마가 내가 기억하지 않길 바라는 것들."

그가 한동안 생각에 잠긴다. "내 생각엔 우리가 네게 말해주고 있는데 네가 듣지 못하는 것 같아. 한동안 아팠잖아, 케이든스."

"직접적으로 말해주지 않고 있잖아." 내가 말한다.

"그렇지."

"도대체 왜 그러는 건데?"

"그게 최상이라고 페니 아줌마가 말했어. 그리고…… 음, 우리 모두 여기 함께 있으니까 네가 기억해낼 거라는 믿음도 있었고." 그가 내 어깨에 둘렀던 팔을 내려 두 무릎을 감싼다.

갯, 나의 갯.

갯은 사색과 열정이다. 야망과 진한 커피다. 나는 갯의 갈색 눈꺼풀과 매끄러운 검은 피부, 살짝 튀어나온 아랫입술을 좋아한다. 그의 마음. 그의 마음도.

내가 그의 뺨에 입을 맞춘다. "우리에 대해 예전보다는 많은 걸 기억해." 내가 말한다. "모든 게 잘못되기 전 신발장 문 앞에서 키스했던 거, 우리 둘이 테니스 코트에서 에드 아저씨가 캐리 이모에게 청혼한 일에 대해 이야기했던 거, 아무도 우리를 볼 수 없는 둘레길에 있던 평평한 바위도. 그리고 작은 바닷가에서 불을 지르자고 이야기했던 것도."

그가 고개를 끄덕인다.

"하지만 뭐가 잘못된 건지 아직도 기억이 안 나." 내가 말한다. "내가 다쳤을 때 왜 우리가 함께 있지 않았던 거야? 우리가 싸웠어? 내가 뭔가 잘못했어? 아니면 네가 라켈에게 돌아갔던 거야?" 나는 그의 눈을 볼 수 없다. "난 솔직한 답을 들을 자격이 있다고 생각해. 지금 우리 사이에 있는 뭔가가 지속되지 않더라도."

갯의 얼굴이 일그러지고 두 손으로 얼굴을 가린다. "어떻게 해야 할지 모르겠어." 그가 말한다. "어떻게 해야 옳은 건지 모르겠어."

"그냥 말해줘." 내가 말한다.

"너랑 여기 있을 수 없어." 그가 말한다. "커들다운으로 돌아가야 해."

"왜?"

"가야 해." 그가 일어나 걸으면서 말한다. 그러다 잠시 멈춰서 돌아본다. "내가 다 망쳤어. 정말 미안해, 케이디. 정말, 정말 미안해." 그가 다시 울고 있다. "너에게 키스하지 말았어야 했어. 타이어 그네도 만들어주지 말았어야 했고, 해당화도 주지 말았어야 해. 네가 얼마나 예쁜지도 말하지 않았어야 했어."

"나는 네가 그렇게 해주길 바랐어."

"알아, 하지만 내가 거리를 둬야 했는데. 그렇게 해버리다니 제정신이 아니었어. 미안해."

"여기 앉아봐." 내가 말한다. 하지만 갯이 움직이지 않자 내가 다가간다. 내 손을 갯의 목에 올리고, 내 뺨을 그의 뺨에 댄다. 나의 진심이 전해지기를 바라며 격렬하게 키스한다. 그의 입술은 너무도 부드럽다. 갯은 내가 아는 가장 좋은 사람이다. 우리 사이에 어떤 나쁜 일이 있었든지, 또 앞으로 무슨 일이 일어나든지 간에. "사랑해." 내가 속삭인다.

그가 뒤로 물러선다. "이게 바로 내가 말하는 거야. 미안해. 그냥 널 보고 싶었어."

그가 돌아서서 어둠 속으로 사라진다.

78

마서즈 비니어드의 병원. 사고 후, 열다섯 번째 여름.

나는 파란 시트를 덮고 침대에 누워 있었다. 보통 병원 시트는 흰색이라고 생각하겠지만 그곳의 시트는 파란색이었다. 병실은 더웠다. 한쪽 팔에는 링거가 꽂혀 있었다.

엄마와 할아버지가 나를 내려다보았다. 할아버지는 선물로 가져온 에드거타운 퍼지 상자를 들고 있었다.

내가 에드거타운 퍼지를 좋아한다는 걸 할아버지가 기억하고 있었다니, 감동이다.

귀에 이어폰을 꽂고 음악을 듣는 중이라서 어른들이 뭐라고 말하는지 안 들렸다. 엄마가 울었다.

할아버지가 퍼지 상자를 열어 한 조각을 떼어낸 뒤 내게 건넸다.

이어폰에서는 :

우리의 젊음은 낭비되지만
우린 낭비하지 않을 거야.
내 이름을 기억해.
우리가 역사를 만들었으니까.
나 나 나 나, 나 나 나.

이어폰을 빼려고 팔을 들었다. 내 팔에 붕대가 감겨 있는 게 보였다.

두 손 모두 붕대에 감겨 있었다.

발도 마찬가지였다. 파란 시트 아래로 발에 감겨 있는 테이프가 느껴졌다.

나의 손과 발에 붕대가 감겨 있었던 건 화상 때문이다.

79

옛날 옛날에 아름다운 세 딸을 둔 왕이 있었습니다.

아니, 아니, 잠깐만.

옛날 옛날에 숲속 아주 작은 집에 사는 곰 세 마리가 있었습니다.

옛날 옛날에 다리 근처에 사는 숫염소 세 마리가 있었습니다.

옛날 옛날에 전쟁이 끝난 뒤 함께 길을 걷던 세 명의 군인이 있었습니다.

옛날 옛날에 아기 돼지 세 마리가 있었습니다.

옛날 옛날에 세 형제가 있었습니다.

아니, 이거다. 내가 원하는 변형은 이렇게 시작된다.

옛날 옛날에 아름다운 세 아이가 있었습니다. 둘은 남자아이고 한 명은 여자아이였지요. 아이가 태어날 때마다 부모는 기뻐했고, 하늘도 기뻐했으며 심지어는 요정들도 기뻐했습니다. 요정들은 아기들의 세례식에 찾아와 신비한 선물을 주었습니다.

생기, 노력, 빈정거림.

사색과 열정. 야망과 진한 커피.

설탕, 호기심, 비.

하지만, 마녀가 있었습니다.

항상 마녀가 있는 법이죠.

이 마녀는 아름다운 아이들과 같은 나이였고, 아이들이 점점 자라는 동안 마녀는 여자아이도, 남자아이들도 질투했습니다. 이들은 선물로 요정들의 축복을 받았지만 마녀는 자신의 세례식에서 그런 선물을 받지 못했기 때문입니다.

첫째 남자아이는 힘이 세고 빠르며, 유능하고 잘생겼습니다. 그렇긴 하지만, 그는 키가 유난히 작았습니다.

둘째 남자아이는 학구적이고 마음이 넓었습니다. 그렇긴 하지만, 그는 외부인이었습니다.

그리고 여자아이는 재치 있고, 너그러우며, 도덕적이었습니다. 그렇긴 하지만, 그녀는 무력감을 느꼈습니다.

마녀는 이런 것들을 하나도 갖지 못했습니다. 그녀의 부모가 요정들을 화나게 했기 때문이죠. 그녀는 어떤 선물도 받지 못했습니다. 그녀는 외로웠고, 그녀가 지닌 유일한 힘은 어둡고 추한 마법뿐이었습니다.

그녀는 검소함을 자선 행위로 착각해 자신이 가진 물건들을 나눠주었지만, 그것으로 진정한 선행을 베풀지는 못했습니다.

그녀는 아픈 것을 용감한 것으로 착각해, 고통을 겪으면서 그것이 칭찬받을 만한 일이라고 생각했습니다.

그녀는 재치를 지혜로 착각해 사람들을 웃게 했지만, 그들의 마음을 가볍게 하거나 생각하게 만들지는 못했습니다.

그녀가 가진 것은 마법뿐이었고, 그녀는 가장 좋아하는 것을 파괴하는 데 그 마법을 사용했습니다. 그녀는 아이들의 열 번째 생일이 돌아오자 차례로 한 명씩 찾아갔습니다. 하지만 직접적으로 해치지는 못했습니다. 어떤 요정-아마도 라일락 요정-의 보호 때문에 그럴 수 없었기 때문입니다.

대신 그녀는 아이들에게 저주를 내렸습니다.

"너희가 열여섯 살이 되면," 마녀는 질투에 찬 분노로 선언했습니다. "우리 모두 열여섯 살이 되면," 마녀가 아름다운 아이들에게 말했습니다. "너희는 물레에 손가락을 다칠 거야-아니, 성냥을 켜게 될 거야-그래, 너희는 성냥을 켜고 그 불에 타서 죽을 거야."

아름다운 아이들의 부모는 이 저주가 무서웠고, 다들 그렇듯이 이 저주를 피하기 위해 애썼습니다. 그들은 아이들을 데리고 강한 바람이 부는 섬 위의 성으로 이사했습니다. 성에는 성냥이 하나도 없었습니다.

거기라면 분명히 안전할 것이라고 생각했습니다.

거기라면 분명히 마녀가 찾지 못할 것이라고 생각했습니다.

그러나 마녀는 아이들을 찾아냈습니다. 그리고 이 아름다운 아이들의 열다섯 살이 지나고 열여섯 번째 생일이 되기 조금 전에, 걱정 많은 부모들도 아직 예상하지 못하고 있을 때, 질투에 찬 마녀는 독기와 증오를 품은 자신을 금발 소녀의 모습으로 변신시켜 이들의 삶 속으로 들어갔습니다.

소녀는 아름다운 아이들과 친구가 되었습니다. 그녀는 이 아이들에게 입 맞추고, 보트를 태워주고, 퍼지를 사다주었고, 이야기를 들려주었습니다.

그러다 소녀가 아이들에게 성냥 한 상자를 주었습니다.

아이들은 거의 열여섯 살이 되도록 한 번도 불을 본 적이 없었기 때문에 넋을 잃고 바라보았습니다.

어서, 켜봐, 마녀가 미소를 지으며 말했습니다. 불은 아름다워. 아무 일도 일어나지 않을 거야.

어서, 그녀가 말했습니다. 불꽃이 너희의 영혼을 정화시켜 줄 거야.

어서, 그녀가 말했습니다. 너희는 독립적으로 생각할 줄 알잖아.

어서, 그녀가 말했습니다. 행동하지 않는다면 우리가 사는 이 삶이 무슨 의미가 있겠어?

그리고 아이들은 소녀의 말을 들었습니다.

그들은 소녀에게서 성냥을 받아들고 불을 켰습니다. 마녀는 아이들이 불타는 모습을 지켜보았습니다.

그들의 아름다움이,

그들의 생기가,

그들의 지성이,

그들의 재치가,

그들의 열린 마음이,

그들의 매력이,

그들의 미래에 대한 꿈이 불탔습니다.

마녀는 이 모든 것이 연기 속으로 사라지는 것을 지켜보았
습니다.

5. 진실

80

다음은 아름다운 싱클레어 가족에 대한 진실이다. 적어도 할아버지가 알고 있는 진실은 이런 내용이다. 어느 신문에도 실리지 않도록 주의했던 진실이기도 하다.

두 해 전, 어느 따뜻한 7월의 저녁,

개트윅 매튜 패틸,

미렌 싱클레어 셰필드,

그리고

조너선 싱클레어 데니스가

주택 화재로 사망했으며, 화재의 원인은 신발장 근처에 넘어져 있던 모터보트 연료통인 것으로 추정되었다. 문제의 집은 인근 소방대가 현장에 도착하기 전에 완전히 불타버렸다.

케이든스 싱클레어 이스트먼은 화재 당시 섬에 있었지만 불이 크게 번지기 전까지 화재를 알아차리지 못했다. 건물 안에 사람과 동물이 갇혀 있다는 것을 깨달았을 때에는 불길이 집 전체로 번져 안으로 들어갈 수 없었다. 그녀는 이들을 구하려고 시도하는 과정에서 손과 발에 화상을 입었다. 그 후 그녀는 섬에 있는 다른 집으로 달려가 소방대에 전화를 걸었다.

마침내 구조대가 도착했을 때, 이스트먼 양은 작은 바닷가에서 반쯤 물에 잠긴 채 몸을 웅크린 상태로 발견되었다. 그녀는 무슨 일이 일어났는지 질문에 대답할 수 없었고, 머리에 부상을 입은 것으로 보였다. 사고 후 며칠 동안 그녀는 강한 진정제를 맞아야 했다.

섬의 소유주인 해리스 싱클레어는 화재 원인을 밝히기 위한 모든 공식적인 조사를 거부했다. 현장 주변의 많은 나무들이 불에 타 사라졌다.

개트윅 매튜 패틸,

미렌 싱클레어 셰필드,

그리고

조너선 싱클레어 데니스의

장례식은 그들의 고향인 케임브리지와 뉴욕시에서 열렸다.

케이든스 싱클레어 이스트먼은 건강 상태가 좋지 않아 참석할 수 없었다.

이듬해 여름, 싱클레어 가족은 비치우드 섬으로 돌아왔다. 그들은 무너졌다. 그들은 애도했다. 그들은 술을 많이 마셨다.

그리고 그들은 옛집의 잿더미 위에 새 집을 지었다.

케이든스 싱클레어 이스트먼은 화재와 관련된 기억이 전혀 없었다. 그녀는 화재가 있었다는 사실조차 기억하지 못했다. 그녀의 화상은 빠르게 치유되었지만, 지난여름의 사건들에 대해서는 선택적 기억상실을 보였다. 그녀는 수영을 하다가 머리를 다쳤다고 굳게 믿었다. 의사들은 그녀의 극심한 편두통이 인식

되지 않는 슬픔과 죄책감에서 비롯한 것이라고 추정했다. 그녀는 강한 약물 치료를 받았고, 신체적으로나 정신적으로 매우 취약한 상태였다.

의사들은 케이든스가 스스로 기억하지 못한다면 그 비극에 대해 설명하는 것을 중단하라고 케이든스의 어머니에게 조언했다. 매일, 새롭게, 트라우마에 대한 이야기를 듣는 것은 너무나 고통스러운 일이었다. 그녀 나름의 속도로 기억해내도록 놔두라고 했다. 또한 케이든스가 충분히 회복할 시간을 가질 때까지는 비치우드 섬에 돌아가서는 안 된다고도 했다. 특히 사고 직후 1년 동안은 가능한 한 모든 조치를 취해 그녀가 섬에 가지 못하도록 해야 했다.

케이든스는 자신이 소유한 물건 중 불필요한 것들을 처분하려는 불안한 욕망을 보였다. 마치 과거의 죄에 대한 속죄라도 하려는 것처럼 정서적 가치가 있는 물건들까지도 없애고 싶어 했다. 그녀는 머리를 어둡게 염색하고 옷을 소박하게 입기 시작했다. 그녀의 어머니는 케이든스의 행동에 대해 전문가의 조언을 구했고, 이런 행동이 정상적인 애도 과정의 일부로 보인다는 조언을 받았다.

사고가 난 지 2년째 되던 해, 가족들은 회복되기 시작했다. 케이든스는 장기간의 결석 후 다시 학교에 다니기 시작했다. 결국, 그녀는 비치우드 섬에 돌아가고 싶다는 의사를 밝혔다. 의사들과 다른 가족 구성원들도 동의했다. 그러는 편이 그녀에게 좋을지도 모른다고.

어쩌면, 섬에서 그녀는 완전히 회복될 수 있을 것이다.

81

잊지 마, 발이나 옷이 젖지 않게 조심해야 해.

린넨 수납장, 수건, 바닥, 책, 침대는 흠뻑 적셔.

잊지 마, 휘발유통은 불쏘시개와 멀리 떨어진 곳에 둬. 나중에 잡아야 하니까.

불이 붙는 거, 불이 타는 걸 봐. 그러고 나서 뛰어. 주방 계단으로 내려와서 신발장 쪽 문으로 나가.

잊지 마, 휘발유통은 갖고 나와서 보트 창고에 돌려놔.

커들다운에서 보자. 거기서 옷을 세탁기에 넣고 갈아입은 다음, 소방서에 전화하기 전에 마지막으로 불길을 지켜보자.

이것이 내가 그들 중 누군가에게 마지막으로 한 말이었다. 조니와 미렌은 불쏘시개로 쓸 오래된 신문지 뭉치와 휘발유통을 들고 위층, 위위층으로 올라갔다.

갯이 지하실로 내려가기 전 나는 그에게 키스했다. "더 나은 세상에서 만나." 그가 내게 말했고 나는 웃었다.

우리는 조금 취해 있었다. 이모들이 섬을 떠난 뒤 냉장고에 남아 있던 와인을 마셨기 때문이다. 술기운에 나는 들뜨고 강해진 것 같은 느낌이었지만, 주방에 혼자 서게 되었을 땐 어지럽고 메스꺼웠다.

집은 추웠다. 파괴되어야 마땅한 것처럼 느껴졌다. 이모들이 서로 가지려고 다투던 물건들이 가득했다. 값비싼 미술품, 도자기, 사진들. 이 모든 것들이 가족의 분노를 부채질했다. 나는 어린 시절의 엄마, 캐리 이모, 그리고 베스 이모가 카메라를 향해 활짝 웃고 있는 주방의 사진을 주먹으로 쳤다. 액자의 유리가 산산조각 났고 나는 비틀거리며 뒤로 물러섰다.

와인이 머리를 혼란스럽게 만들고 있었다. 내게는 익숙하지 않은 감각이었다.

한 손에 휘발유통을, 다른 손에 불쏘시개 봉지를 들고 있던 나는 최대한 빨리 일을 끝내기로 결심했다. 먼저 주방에 휘발유를 뿌렸고, 그다음에는 식료품 저장실에 뿌렸다. 식당을 끝내고 거실 소파에 휘발유를 붓던 중에 문득, 신발장 쪽 출입문과 가장 먼 곳부터 시작했어야 했다는 걸 깨달았다. 그곳이 우리의 출구였다. 발에 휘발유를 묻히지 않은 채 빠져나가려면 주방을 맨 마지막에 했어야 했다.

멍청이.

거실에서 앞 베란다로 나갈 수 있는 정문은 이미 휘발유로 흠뻑 젖었지만, 작은 뒷문도 있었다. 할아버지 서재 옆에 있는 문인데, 여기로 나가면 직원용 건물로 이어지는 산책로가 나왔다. 그 문을 사용하기로 했다.

복도의 일부와 공예실에 휘발유를 뿌렸다. 할머니가 간직하던 예쁜 날염 직물과 다채로운 색감의 실들이 불에 타 없어질 걸 생각하니 슬픔이 밀려왔다. 할머니는 내가 하고 있는 짓을 싫어했을 것이다. 할머니는 모아둔 헝겊과 오래된 재봉틀, 예쁜 물건들을 사랑했다.

또 멍청한 짓을 했다. 내 에스파드리유[*]에 휘발유를 적셔버렸다.

괜찮아, 진정해. 일을 마칠 때까지 신고 있다가 밖으로 나갈 때 불 속에 던져 버리면 돼.

할아버지의 서재에 들어가서는 책상 위에 올라가 휘발유통을 최대한 멀리 잡고, 책장과 천장까지 휘발유를 뿌렸다. 아직 기름이 꽤 남아 있었는데 이 방이 마지막이었으므로 책들을 흠뻑 적셨다.

그런 다음 바닥에 휘발유를 붓고 그 위에 불쏘시개를 쌓았다. 뒷문으로 이어지는 작은 현관으로 물러섰다. 신발을 벗어 잡지 더미 위에 던지고, 마른 바닥 한 칸에 발을 딛고 휘발유통을 내려놓았다. 청바지 주머니에 들어 있던 성냥을 꺼낸 뒤 두루마리 휴지에 불을 붙였다.

불이 붙은 휴지를 불쏘시개에 던졌다. 불이 붙고, 커지고, 퍼져나갔다. 아주 널찍한 서재 문을 통해 불길이 직선을 그리며 한쪽은 복도로, 다른 쪽은 거실로 퍼지는 모습을 보았다. 소

---

[*] 신발 윗부분은 헝겊으로 되어 있고 바닥은 로프 같은 걸 꼬아 만든 가벼운 신발로. 발목에 끈을 감아 신는다.

파에 불이 붙었다.

그때, 내 앞에 있는 책장이 불길에 휩싸였다. 휘발유에 젖은 종이는 다른 어떤 것보다 빨리 탔다. 갑자기 천장에 불이 붙었다. 나는 고개를 돌릴 수 없었다. 불길은 끔찍하고 비현실적이었다.

누군가 비명을 질렀다.

또 비명을 질렀다.

비명 소리는 내 머리 바로 위에 있는 방에서 들렸다. 조니가 이층에서 작업 중이었다. 내가 불을 붙인 서재는 다른 어느 곳보다 빨리 불탔다. 불길이 위로 치솟았고, 조니는 아직 나오지 않았다.

아, 안 돼, 안 돼, 안 돼. 나는 뒷문 쪽으로 달려갔지만 문은 단단히 잠겨 있었다. 내 손은 휘발유로 미끄러웠고, 금속은 이미 뜨거웠다. 나는 하나, 둘, 셋, 힘을 줘어짜 빗장을 풀었지만 뭔가 잘못되었다. 문은 꿈쩍하지 않았다.

또 다른 비명소리.

나는 다시 빗장을 열려고 시도했다. 실패였다. 포기했다.

나는 손으로 입과 코를 막은 뒤 불타는 서재를 뛰쳐나와 불길이 치솟는 복도를 지나 주방으로 달렸다. 정말 다행히도 주방에는 아직 불이 붙지 않았다. 나는 젖은 바닥을 가로질러 신발장 쪽 문으로 갔다.

비틀거리고, 미끄러지고, 넘어지고, 여기저기 고여 있는 휘발유 웅덩이에 몸이 다 젖었다.

서재를 지나오는 동안 바지 밑단에 불이 붙었다. 불꽃이 주방 바닥의 휘발유를 핥아댔고, 기다란 자국을 그리며 나무로 된 부엌 캐비닛과 할머니의 예쁜 행주로 번졌다. 내 앞에서 신발장 쪽 출구를 가로질러 불길이 번져나갔고, 이제는 내 청바지도 발목에서 무릎까지 불타고 있었다. 나는 불길 속을 뚫고 신발장 출입문을 향해 뛰었다.

"나와!" 내가 소리쳤지만 누가 들을 수 있을 것 같진 않았다. "당장 나와!"

밖으로 나온 나는 잔디에 몸을 던졌다. 바지의 불이 꺼질 때까지 굴렀다.

이미 클레어몬트 위쪽의 두 개 층이 열기로 빛나고 있었고, 내가 맡았던 일층은 완전히 불타고 있었다. 지하층은 알 수 없었다.

"갯! 조니! 미렌! 어디 있어?"

대답이 없었다.

패닉을 억누르며, 지금쯤이면 애들도 다 나왔을 것이라고 스스로에게 말했다.

진정해. 다 괜찮을 거야. 그래야 해.

"다들 어디 있어?" 나는 뛰기 시작하면서 다시 소리 질렀다.

또다시 대답은 없었다.

어쩌면 휘발유통을 가져다놓으러 보트 창고에 갔을지도 모른다. 창고는 멀지 않았다. 나는 최대한 큰 소리로 아이들의 이름을 부르면서 달렸다. 목재 산책로를 달리는데 맨발로 바닥을 딛을 때마다 이상한 울림이 느껴졌다.

문은 닫혀 있었다. 확 잡아당겨 열었다. "갯! 조니? 미렌!"

그곳엔 아무도 없었다. 혹시 이미 커들다운에 가 있는 건 아닐까? 내가 왜 이렇게 오래 걸리는지 의아해하면서.

보트 창고에서 테니스 코트를 지나 저 너머 커들다운까지 산책로가 뻗어 있었다. 나는 다시 달렸다. 어둠에 잠긴 섬은 이상하게 고요했다. 나는 계속 속으로 말했다. 다들 거기 있을 거야, 나를 기다리면서, 내 걱정을 하면서.

모두들 안전할 테니 우리는 웃을 거야. 화상을 얼음물에 담그고 엄청 운이 좋다고 느낄 거야.

그럴 거야.

커들다운에 다다랐을 때 집은 깜깜했다.

그곳에는 아무도 기다리고 있지 않았다.

나는 다시 클레어몬트로 달려갔고, 시야에 나타났을 때 클레어몬트는 바닥부터 꼭대기까지 불타고 있었다. 작은 탑 방도, 침실들도, 지하실의 창문도 오렌지색으로 빛났다. 모든 것이 뜨거웠다.

나는 신발장 출입문으로 달려가 문을 당겼다. 연기가 뿜어져 나왔다. 휘발유에 젖은 스웨터와 청바지를 벗어던지고 숨이 막혀 헛구역질했다. 억지로 안으로 들어가 주방 계단을 통해 지하실로 내려갔다.

계단을 반쯤 내려갔을 때 불길의 벽이 앞을 가로막았다. 벽이었다.

갯은 나오지 않았다. 나오지 못할 것이다.

나는 되돌아가 조니와 미렌 쪽으로 뛰었지만, 발밑에서 나무 바닥이 불타고 있었다.

계단 난간도 불길에 휩싸였다. 내 앞에 있는 계단이 무너져 내리면서 불꽃이 튀었다.

나는 휘청거리며 물러섰다.

위로 올라갈 수 없었다.

그들을 구할 수 없었다.

이제 갈 곳은

아무 곳도,

아무 곳도,

아무 곳도 없었다.

내려가는 수밖에는.

82

기억이 돌아오는 지금, 이 모든 것이 지금 겪고 있는 것처럼 생생하다. 나는 윈드미어 계단에 걸터앉아 갯이 어둠 속으로 사라진 지점을 바라보고 있다. 내가 저지른 일에 대한 깨달음이 차갑고 어두운 안개처럼 가슴에 밀려와 퍼진다. 나는 얼굴을 찡그리고 몸을 웅크린다. 얼음 같은 안개가 가슴에서 등을 타고 목까지 흐른다. 나의 머리를 관통해 척추를 따라 내려간다.

차디찬 후회.

주방부터 휘발유를 뿌리지 말았어야 했다. 서재에서 불을 붙이지 말았어야 했다.

책에 휘발유를 그렇게 흠뻑 들이부은 건 정말 어리석었다. 책이 어떻게 탈지 누구라도 예상할 수 있었다. 누구라도.

우리는 불을 붙이는 시간을 정해 놓았어야 했다.

우리가 함께 모여 있어야 한다고 주장했어야 했다.

보트 창고를 확인하러 가지 말았어야 했다.

커들다운으로 뛰어가지 말았어야 했다.

클레어몬트로 좀 더 빨리 돌아가기만 했어도 어쩌면 조니를 구할 수 있었을지도 모른다. 아니면 지하실에 불이 붙기 전에 갯에게 경고할 수 있었을지도. 어쩌면 소화기를 찾아내서 불길을 어떻게든 막을 수 있었을지도.

어쩌면, 어쩌면.

그러기만 했더라도, 그러기만 했더라도.

나는 우리를 위해 너무나도 많은 것을 원했다. 속박과 편견에서 자유로운 삶을. 마음껏 사랑하고 사랑받는 자유로운 삶을.

그리고 여기서, 나는 그 애들을 죽였다.

나의 사랑스러운 거짓말쟁이들.

내가 죽었다. 나의 미렌, 나의 조니, 나의 갯.

깨달음이 척추를 타고 올라와 어깨를 지나 손끝까지 퍼진다. 손가락이 얼음으로 변한다. 손가락이 조각나고 부서져 작은 조각들이 윈드미어 계단에 흩어진다. 팔에 금이 가고 어깨와 목 앞까지 갈라진다. 얼굴이 얼어붙는다. 슬픔에 찬 마녀의 냉소로 얼굴이 갈라진다. 목구멍이 막힌다. 소리를 낼 수 없다.

불에 타야 마땅한 내가, 여기서 얼어붙고 있다.

우리 손으로 직접 해결하자고 하지 말았어야 했다. 차라리 입을 다물어야 했다. 타협할 수도 있었다. 전화로 이야기를 나누는 것도 괜찮았을 텐데. 곧 운전면허를 따게 되었을 거고, 조금만 있으면 대학에 갔을 테니 아름다운 싱클레어 저택들은 아주 멀고 중요하지 않은 것처럼 보였을 것이다.

우리는 인내할 수 있었다.

내가 이성적인 의견을 낼 수도 있었다.

그랬다면, 이모들이 남긴 와인을 마셨을 때 우리의 야망 같은 건 잊어버렸을 것이다. 술기운에 졸음이 쏟아졌을 테니까. 텔레비전 앞에서 깜빡 잠이 들어 화나고 무력감이 들었겠지만, 아무것도 불태우지는 않았을 것이다.

이제는 그 어떤 것도 되돌릴 수 없다.

나는 갈라진 얼음 손으로 바닥을 짚고 집 안으로 기어 들어간다. 내 방으로 올라간다. 얼어붙은 몸에서 떨어져 나간 조각들이 내 뒤로 흩어진다. 발뒤꿈치, 무릎뼈. 나는 담요 속으로 들어가지만 몸이 발작적으로 떨린다. 조각난 내 몸이 베개 위로 떨어진다. 손가락. 이빨. 턱뼈. 쇄골.

마침내, 마침내 떨림이 멈춘다. 몸이 따뜻해지고 나는 녹기 시작한다.

나는 첫째를 잃은 이모들을 위해 운다.

형을 잃은 윌을 위해서도.

언니와 누나를 잃은 리버티와 보니, 태프트를 위해서도.

궁전뿐 아니라 손주들까지 불에 타 없어진 것을 봐야 했던 할아버지를 위해서도.

그리고 개들, 그 불쌍한 말썽꾸러기 개들을 위해서도.

내가 여름 내내 늘어놓은 경솔하고 헛된 불평들 때문에 운다. 나의 수치스러운 자기 연민 때문에. 내가 세웠던 미래 계획 때문에.

다른 사람에게 나눠준 나의 물건을 위해서도 운다. 나의 베개, 책, 사진 들이 그립다. 자선이라고 착각한 나의 망상, 미덕으로 위장한 나의 수치심에, 나 자신에게 했던 거짓말에, 스스로에게 가했던 형벌에, 그리고 엄마에게 가했던 형벌에 몸이 떨린다.

모든 가족이 짊어진 고통, 더 정확히는 그 슬픔의 원인이 나라는 공포에 운다.

결국, 우리는 완벽한 여름을 구해내지 못했다. 그런 삶이 존재한 적이 있었는지도 모르겠지만, 영원히 사라져버렸다. 우리는 그 여름의 순수함을 잃었다. 이모들의 분노가 어느 정도인지 알기 전, 할머니가 돌아가시기 전, 그리고 할아버지가 무너지기 전의 순수함을.

우리가 범죄자가 되기 전, 우리가 유령이 되기 전.

이모들이 서로를 껴안는 것은 클레어몬트 집과 그 모든 상징에서 벗어났기 때문이 아니라, 비극과 연민 때문이었다. 우리가 그들을 해방시켜서가 아니라, 우리가 그들을 파괴했기 때문에. 이모들은 공포 때문에 서로에게 매달리고 있었다.

조니. 조니는 마라톤을 뛰고 싶어 했다. 그는 몇 킬로미터나 달리면서 자신의 폐가 터지지 않는다는 걸 증명하고 싶어 했다. 할아버지가 원하는 모습의 남자라는 것을, 키는 작아도 강인하다는 것을 증명하고 싶어 했다.

하지만 조니의 폐는 연기로 가득 찼다. 이제 증명할 것은 아무것도 없고, 달릴 이유도 없다.

조니는 차를 갖고 싶어 했고, 제과점 진열장에서 본 화려한 케이크를 먹고 싶어 했다. 크게 웃고, 예술품을 사고, 정교하게 만들어진 옷을 입고 싶어 했다. 스웨터, 스카프, 줄무늬의 울 제품들. 그는 레고로 참치 모형을 만들어 박제처럼 걸어놓고 싶어 했다. 진지해지기를 거부했고, 화가 치밀 만큼 촐싹거렸지만, 자신에게 중요한 것들에 대해서는 누구보다 헌신적이었다. 달리기. 윌과 캐리 이모. 거짓말쟁이들. 그리고 옳고 그름에 대한 신념. 그는 자신의 원칙을 지키기 위해서 조금의 망설임도 없이 대학 자금을 포기했다.

조니의 튼튼한 팔을 떠올린다. 코에 하얗게 발린 선크림 자국, 옻나무 때문에 우리 둘 다 아팠을 때 해먹에 나란히 누워 서로를 긁어주던 시간, 바닷가에서 주워온 돌과 골판지로 나와 미렌에게 인형의 집을 만들어주던 모습도.

조녀선 싱클레어 데니스, 넌 수많은 사람들에게 어둠 속의 빛이 되었을 거야.

이미 넌 그런 사람이었어. 정말 그랬어.

그리고 나는 최악의 방식으로 너를 실망시켰어.

나는 미렌을 위해 운다. 미렌은 콩고에 가보고 싶어 했다. 아직 어떻게 살아야 할지, 무엇을 믿어야 할지 몰랐지만 미렌은 그곳에 이끌린다는 걸 알았다. 하지만 콩고는 이제 그녀에게 결코 현실이 될 수 없다. 사진이나 영화, 사람들의 재미를 위해 출판된 이야기 이상의 그 무엇도 되지 못할 것이다.

미렌은 '성관계'에 관해 많이 이야기했지만 실제로 해본 적은 없었다. 어렸을 때, 우리 둘은 밤늦게까지 웃고, 놀고, 퍼지를 먹다가 윈드미어의 베란다에 침낭을 펴놓고 함께 자곤 했다. 바비 인형 때문에 싸우기도, 서로에게 화장을 해주면서 사랑을 꿈꾸기도 했다. 미렌은 이제 노란 장미로 장식한 결혼식을 하지 못할 것이다. 바보 같은 노란 장식 허리띠를 할 만큼 그녀를 사랑하는 신랑도 만나지 못할 것이다.

미렌은 짜증을 잘 내고, 이래라저래라 명령하기도 했다. 하지만 그런 모습마저 웃겼다. 미렌을 화나게 하는 건 쉬웠다. 미렌은 거의 항상 베스 이모에게 화가 난 상태였고 쌍둥이들에게 짜증을 부렸다. 하지만 그러고 나면 후회로 가득 차서 자신의 날카로운 말투 때문에 끙끙 앓았다. 미렌은 가족을 사랑했다. 가족 모두를. 그들에게 책을 읽어주고, 아이스크림을 만드는 걸 도와주고, 바닷가에서 찾은 예쁜 조개껍데기를 선물하기도 했다.

미렌은 더 이상 화해의 손길을 내밀 수 없을 것이다.

그녀는 자기 엄마처럼 되고 싶어 하지 않았다. 공주님이 아니라 탐험가, 여성 기업인, 착한 사마리아인, 아이스크림 만드는 사람, 혹은 그 무엇이 되고 싶었든

이제는 아무것도 될 수 없다. 나 때문에.

미렌, 미안하다는 말조차 못 하겠어. 내가 얼마나 끔찍하게 느끼는지 표현할 스크래블 단어조차 없어.

그리고 갯, 나의 갯.

갯은 결코 대학에 가지 못할 것이다. 갯은 끊임없이 생각을 뒤집어보며 답을 찾기보다는 이해하려고 애쓰는, 지적인 갈망을 갖고 있었다. 갯은 그 어떤 호기심도 채우지 못할 것이고, 가장 위대한 소설 100선도 끝내지 못할 것이며, 될 수도 있었을 훌륭한 사람이 결코 되지 못할 것이다.

갯은 세상의 악을 멈추고 싶어 했다. 분노를 표현하고자 했

고, 누구보다도 열정적으로 살았다. 나의 용감한 갯. 사람들이 그를 침묵시키려 해도 그는 입을 다물지 않았고, 끝내 사람들이 그의 말을 듣게 만들었다. 그러고선 그들의 이야기를 귀 기울여 들었다. 갯은 언제나 잘 웃는 사람이었지만 그 어떤 것도 가볍게 넘기지 않았다.

정말로, 갯은 나를 웃게 했다. 그리고 생각하게 했다. 생각하고 싶지 않을 때에도, 너무 귀찮아서 집중할 마음이 없을 때조차도.

내가 갯에게 피를 흘리고, 피를 흘리고, 또 피를 흘리도록 놔두었다. 전혀 개의치 않았다. 그는 내가 왜 피를 흘리는지 알고 싶어 했고, 상처를 치료하기 위해 자신이 무엇을 할 수 있을지 궁금해했다.

갯은 두 번 다시 초콜릿을 먹지 못할 것이다.

그를 사랑했다. 지금도 사랑한다. 내가 할 수 있는 최대로. 하지만 갯의 말이 맞았다. 나는 그를 완전히 알지 못했다. 나는 갯이 사는 아파트를 보지 못할 것이고, 그의 엄마가 만든 음식을 먹어보지 못할 것이며, 그의 학교 친구들도 만나지 못할 것이다. 그의 침대 위에 깔린 커버도, 벽에 붙여놓은 포스터도 볼 수 없을 것이고, 아침에 에그 샌드위치를 사먹던 작은 식당이나 자전거에 이중 자물쇠를 채워놓았던 그 모퉁이도 영원히 알 수 없을 것이다.

갯이 정말 에그 샌드위치를 사먹었는지, 벽에 포스터를 걸어놓았는지 사실 나는 모른다. 그에게 자전거가 있었는지, 침대 커버가 있었는지도 알지 못한다. 다만 모퉁이의 자전거 거치대와 이중 자물쇠를 상상할 뿐이다. 그의 집에 가본 적이 없고, 그의 삶을 본 적도 없으며, 비치우드 섬 밖에서 갯이 어떤 사람이었는지 알지 못했으니까.

지금쯤 갯의 방은 비어 있겠지. 그가 죽은 지 2년이나 됐으니까.

우리는 함께할 수 있었는데.

우리가 함께할 수 있었는데.

갯, 나는 너를 잃었어. 내가 너무도 절실하게, 지독하게 너를 사랑했기 때문에.

나는 마지막 순간에 불타고 있는 거짓말쟁이들을 떠올린다. 연기를 들이마시고, 살갗이 불에 타는 모습을. 얼마나 아팠을까.

미렌의 머리카락이 불탄다. 조니는 바닥에 쓰러져 있다. 갯의 손, 그의 손끝이 타들어가고 팔은 불 속에서 오그라든다.

그의 손등에 글씨가 적혀 있다. 왼쪽 손등에 '*갯*', 오른쪽 손등에 '*케이든스*'.

나의 손글씨다.

우리 중 나만, 나 혼자만 살아 있다는 사실에 운다. 거짓말쟁이들 없이 혼자 살아가야 한다는 것 때문에. 그들도 나 없이 그들 앞에 놓인 무언가를 겪어내야 한다는 것 때문에.

나, 갯, 조니, 미렌.

미렌, 갯, 조니, 나.

이 여름 우리는 여기에 있었다.

또한 여기에 있지 않았다.

그렇기도 하고 아니기도 하다.

내 잘못이다, 내 잘못, 내 잘못. 그런데도 그 애들은 상관없이 나를 사랑한다. 불쌍한 개들, 나의 어리석음과 과대망상, 그리고 우리의 범죄에도 불구하고. 나의 이기심에도, 나의 징징거림에도, 나만 살아남은 이 멍청하고 말도 안 되는 운에 감사하지 못하는 한심함에도 불구하고. 거짓말쟁이들─그 애들에겐 더 이상 아무것도 없다. 아무것도. 함께했던 그 마지막 여름만이 남았을 뿐.

그 애들은 나를 사랑한다고 말했다.

갯의 키스에서 느낄 수 있었다.

조니의 웃음에서도.

미렌은 심지어 바다 건너에서도 사랑한다고 소리쳤다.

아마 그래서 그 애들이 여기 있었던 거겠지.

나는 그 애들이 필요했으니까.

83

엄마가 방문을 두드리며 내 이름을 부른다.

나는 대답하지 않는다.

한 시간 후 엄마가 다시 두드린다.

"문 좀 열어줄래?"

"그냥 가."

"편두통이니? 그것만 말해줘."

"편두통 아니야." 내가 말한다. "다른 거야."

"사랑해, 케이디." 엄마가 말한다.

내가 아프기 시작한 뒤로 엄마는 항상 그렇게 말했지만, 이제야 그 말이 무슨 뜻인지 알 것 같다.

이 비통함에도 불구하고 너를 사랑해. 네가 미쳤어도 말이야.

네가 저질렀을 거라고 의심 가는 그 일에도 불구하고, 나는 널 사랑해.

"우리 모두 널 사랑하는 거 알지?" 엄마가 문 너머로 말한다. "베스 이모, 캐리 이모, 할아버지 모두 말이야. 베스 이모가 네가 좋아하는 블루베리 파이를 굽고 있어. 앞으로 삼십 분이면 다 될 거야. 아침 식사로 먹을 수 있게, 엄마가 부탁했어."

나는 침대에서 일어나 문 쪽으로 가서 아주 살짝만 연다. "이모한테 내가 감사드린다고 전해줘." 내가 말한다. "지금 당장은 못 가겠어."

"울고 있었구나." 엄마가 말한다.

"조금."

"알았다."

"미안해. 내가 아침 식사 하러 가기를 원하는 거 알아."

"미안하다고 말할 필요 없어." 엄마가 내게 말한다. "정말로. 케이디, 너는 절대 그런 말 하지 않아도 돼."

84

늘 그렇듯 커들다운에는 아무도 보이지 않는다. 내가 계단을 올라가며 발소리를 내기 전까지는. 그러다 조니가 문 앞에 나타나, 깨진 유리 조각을 밟지 않도록 조심조심 발걸음을 옮긴다. 내 얼굴을 보자 조니가 멈춰 선다.

"기억났구나." 그가 말한다.

내가 고개를 끄덕인다.

"전부 다 기억난 거야?"

"네가 아직도 여기 있을지 몰랐어." 내가 말한다.

조니가 팔을 뻗어 내 손을 잡는다. 그의 손은 따뜻하고, 촉감마저도 느껴지지만 안색이 창백하고 피곤에 지친 듯 다크서클이 내려와 있다. 그리고 아직 어리다.

겨우 열다섯 살.

"우린 오래 머물 수 없어." 조니가 말했다. "점점 힘이 들어."

내가 고개를 끄덕인다.

"미렌이 가장 힘들어하지만, 갯과 나도 느끼고 있어."

"어디로 가는 거야?"

"여길 떠나면?"

"응."

"네가 여기 있지 않을 때 있는 곳. 지금까지 있었던 곳으로 가. 거긴 뭐랄까……" 조니가 잠시 멈추고 머리를 긁적인다. "휴식 같기도 하고, 어떤 점에서는 아무것도 아닌 것 같기도 해. 그리고 솔직히, 케이디, 널 사랑하지만 지금은 그냥 미친 듯이 피곤해. 그냥 눕고 싶어. 다 끝났으면 좋겠어. 이 모든 게 나한테는 아주 오래전에 일어난 일이야."

내가 그를 바라보며 말한다. "정말, 정말 미안해, 나의 사랑하는 조니." 눈물이 차오르는 게 느껴진다.

"네 잘못이 아니야." 조니가 말한다. "내 말은, 우리 다 같이 했잖아. 모두 제정신이 아니었어. 우리 모두 책임을 져야 해. 너 혼자 그 짐을 지고 있으면 안 된다고." 그가 말한다. "슬퍼하고, 미안해해도 돼─하지만 그걸 다 짊어지진 마."

우리가 집 안으로 들어가자 미렌이 자기 방에서 나온다. 내가 문을 열고 들어오기 바로 전까지 그녀가 아마 방에 없었을 거라는 걸 깨닫는다. 미렌이 나를 안아준다. 그녀의 꿀빛 머리카락은 윤기를 잃었고 입술 가장자리는 바싹 말라 갈라져 있다. "내가 이 모든 걸 더 잘하지 못해서 미안해, 케이디." 미렌이 말한다. "한 번의 기회가 있었는데. 나도 모르겠어. 시간을 오래

끌고 너무 많은 거짓말을 했어."

"괜찮아."

"관대한 사람이 되고 싶은데 내 안엔 아직도 분노가 가득 남아 있어. 성인처럼 현명할 줄 알았는데, 오히려 널 질투했고 다른 가족들에게도 엄청 화를 냈지. 엉망이지만 이제 다 끝났 어." 그녀가 내 어깨에 얼굴을 묻고 말한다.

두 팔로 그녀를 안으며 말한다. "넌 그냥 너였어, 미렌. 난 그거면 충분해."

"이제 가야 해." 그녀가 말한다. "더는 여기 있을 수 없어. 바 다로 내려갈 거야."

안 돼, 제발.

가지 마. 나를 두고 떠나지 마, 미렌, 미렌.

네가 필요해.

그렇게 말하고 싶고, 소리치고 싶지만 그러지 않는다.

내 안의 한 부분이 이 큰 거실 바닥에 피를 쏟고, 커다란 슬 픔의 웅덩이로 녹아내리고 싶어 한다.

하지만 그러지 않는다. 나는 불평하지도, 연민을 구하지도 않는다.

그 대신 운다. 울면서 미렌을 꼭 끌어안는다. 그녀의 따뜻한 볼에 키스하고, 그녀의 얼굴을 기억하려고 애쓴다.

우리는 손을 잡고 셋이 나란히 작은 바닷가로 내려간다.

갯이 우리를 기다리고 있다. 빛나는 하늘을 배경으로 서 있는 그의 옆모습. 나는 이 모습을 영원히 기억할 것이다. 그가 돌아서서 나를 보며 미소 짓는다. 뛰어와 나를 안아올리더니 빙빙 돌린다. 마치 축하할 일이라도 있는 것처럼. 마치 우리가 바닷가에서 사랑에 빠진 행복한 커플인 것처럼.

나는 이제 흐느끼지는 않지만 눈물이 멈추지 않고 흘러내린다. 조니가 버튼다운 셔츠를 벗어 내게 건넨다. "코 흘린 얼굴 좀 닦아." 그가 다정하게 말한다.

미렌이 선드레스를 벗고 수영복 차림으로 서 있다. "이 순간에 비키니를 입는다니 믿기지 않아." 갯이 여전히 두 팔로 나를 감싼 채 말한다.

"미친 거지." 조니가 덧붙인다.

"난 이 비키니가 좋아." 미렌이 말한다. "에드거타운에서 샀어. 열다섯 번째 여름에. 기억나, 케이디?"

그리고 나는 기억해낸다.

우리는 절망적으로 지루해하고 있었다. 꼬마들은 자전거를 빌려서 경치 좋은 길을 따라 오크 블러프스까지 갔는데 언제쯤 돌아올지 알 수 없었다. 우리는 꼬마들을 기다렸다가 보트에 태워 데려가야 했다. 그래서 하는 수 없이 퍼지를 사러 다니고, 바람개비를 구경하고, 결국 관광객용 상점에 들어가서 우리가 찾을 수 있는 가장 촌스러운 수영복들을 입어봤다.

"엉덩이에 '*더 비니어드는 연인을 위한 곳*'이라고 쓰여 있었잖아." 내가 조니에게 말한다.

미렌이 뒤돌아선다. 정말 그렇게 쓰여 있다. "영광스러운 마무리, 뭐 그런 거지." 미렌이 약간의 씁쓸함을 담아 말한다.

그녀가 내 쪽으로 걸어와 볼에 키스하며 말한다. "필요한 것보다 조금 더 친절하도록 해, 케이디. 그러면 다 잘될 거야."

"네 엉덩이보다 큰 건 절대 먹지 마!" 조니가 소리 지른다. 나를 잠깐 포옹하고는 신발을 벗어 던진다. 두 사람은 바다로 걸어 들어간다.

내가 고개를 돌려 갯을 쳐다본다. "너도 가?"

그가 고개를 끄덕인다.

"정말 미안해, 갯." 내가 말한다. "정말, 정말 미안해. 너에게 이걸 어떻게든 만회할 방법이 없을 거야."

그가 내게 키스한다. 그의 몸이 떨리는 게 느껴지고, 나는 그를 꼭 안는다. 마치 그가 사라지지 않게 할 수 있는 것처럼, 이 순간을 붙잡아둘 수 있는 것처럼. 하지만 그의 피부는 차갑고, 눈물로 축축하다. 나는 갯이 떠나고 있음을 깨닫는다.

사랑받는 건 좋은 일이다. 비록 그 사랑이 지속되지 않더라도.

한때 갯과 내가 여기 있었다는 걸 아는 것도 좋은 일이다.

갯이 떠난다. 나는 갯과 떨어지는 걸 견딜 수 없다. 그리고 생각한다. 이게 끝일 리 없다고, 우리가 다시는 함께 있지 못한다는 게 사실일 리 없다고. 우리의 사랑이 이렇게 진실한데 그럴 수는 없다. 이 이야기는 해피엔딩이어야 한다.

하지만 아니었다.

갯은 나를 떠나고 있다.

그는 이미 죽었다.

이 이야기는 오래전에 끝났다.

갯은 뒤돌아보지 않고 바다로 달려가 옷을 입은 채로 작은 파도 속으로 뛰어든다.

거짓말쟁이들은 작은 만의 끝을 지나 넓은 바다로 헤엄쳐 간다. 하늘 높이 떠 있는 태양이 물 위로 반짝인다. 너무 밝다, 너무나 밝다. 그리고 그 애들이 다이빙을 하고-

아니면 뭔가를-

아니면 뭔가를-

그러다 사라진다.

나는 남겨진다. 비치우드 섬의 남쪽 끝, 작은 바닷가에. 홀로.

85

며칠은 잔 것 같다. 나는 일어날 수가 없다.

눈을 뜨면, 밖이 환하다.

눈을 뜨면, 밖이 깜깜하다.

마침내 일어난다. 화장실 거울 속의 나는 더 이상 검은 머리가 아니다. 녹슨 갈색으로 바랬고, 뿌리는 금발이다. 피부는 주근깨투성이고 입술은 햇볕에 탔다.

거울 속의 저 여자아이가 누구인지 모르겠다.

보쉬, 그렌델, 파피가 헥헥거리고 꼬리를 흔들면서 나를 따라 집 밖으로 나온다. 뉴 클레어몬트 주방에서는 이모들이 피크닉 도시락에 넣을 샌드위치를 만드는 중이다. 지니는 냉장고를 청소하고 있고, 에드 아저씨가 레모네이드와 진저에일 병을 아이스박스에 담고 있다.

에드 아저씨.

안녕하세요, 에드 아저씨.

그가 내게 손을 흔든다. 진저에일 병을 하나 열어 캐리 이모에게 건넨다. 냉장고를 뒤져 얼음 한 봉지를 꺼낸다.

보니는 책을 읽는 중이고 리버티는 토마토를 썰고 있다. 케이크 두 개가 제과점 상자에 담긴 채 주방 조리대 위에 놓여 있다. 하나는 *초콜릿*, 하나는 *바닐라*라고 적혀 있다. 나는 쌍둥이들에게 생일 축하한다고 말한다.

보니가 읽고 있던 *집단 환영*에서 눈을 떼고 나를 올려다본다. "좀 나아졌어?"

"응."

"별로 좋아 보이진 않는데."

"조용히 해."

"보니는 잔소리꾼이야, 내버려둬." 리버티가 말한다. "근데 우리 내일 아침에 튜브 타러 갈 거야. 언니도 갈래?"

"좋아." 내가 말한다.

"언닌 운전 못 해. 우리가 할 거야."

"그래."

엄마가 나를 꼭 안는다. 길고 걱정 가득한 그런 포옹. 하지만 나는 엄마에게 아무 말도 하지 않는다.

아직은. 아마 당분간은.

어쨌든, 엄마는 내 기억이 돌아왔다는 걸 안다.

내 방문을 두드렸을 때부터 알고 있었다는 게 느껴졌다.

엄마가 아침에 남겨둔 스콘을 건넨다. 나는 순순히 받아 들고, 냉장고에서 오렌지주스를 꺼낸다.

보드마커를 찾아 손등에 글씨를 쓴다.

왼손에 '*조금만 더*', 그리고 오른손에 '*친절하게*'라고 쓴다.

밖에서는 태프트와 월이 일본식 정원에서 놀고 있다. 특이하게 생긴 돌을 찾고 있는 중이다. 나도 함께 찾아본다. 그 애들은 내게 반짝이는 돌이나 화살촉으로 쓸 수 있는 돌을 찾아보라고 한다.

내가 보라색 돌을 좋아한다는 걸 기억한 태프트가 보라색 돌을 찾아내어 건넨다. 나는 그 돌을 주머니에 넣는다.

86

그날 오후 할아버지와 나는 에드거타운에 간다. 베스 이모가 운전을 해주겠다고 해놓고는 우리가 쇼핑하는 동안 혼자 어디론가 가버렸다. 나는 쌍둥이들에게 줄 예쁜 에코백을 찾고, 할아버지는 에드거타운 서점에서 내게 동화책을 한 권 사주겠다고 고집한다.

"에드 아저씨가 돌아왔던데요." 계산대에서 기다리는 동안 내가 말한다.

"으음."

"할아버지는 아저씨를 좋아하지 않죠."

"그렇게 많이는 아니지."

"그래도 아저씨가 왔네요."

"응."

"캐리 이모랑 같이요."

"그래, 맞다." 할아버지가 이마를 찡그린다. "쓸데없는 소리 그만해라. 이제 퍼지 가게에 가자." 할아버지가 말한다. 우리는 퍼지 가게로 간다.

괜찮은 외출이다. 할아버지가 나를 미렌이라고 부른 건 딱 한 번뿐이다.

저녁에는 모두 모여 케이크와 선물로 생일을 축하한다. 태프트는 설탕에 취해 정원에 있는 큰 바위에서 떨어져 무릎이 까진다. 내가 태프트를 욕실로 데려가 반창고를 찾는다. "미렌 누나가 반창고를 붙여줬었는데." 그가 말한다. "내 말은, 어렸을 때 그랬다고."

그 애의 팔을 살짝 눌렀다. "이제 내가 붙여줘?"

"닥쳐." 그가 말한다. "나 벌써 열 살이야."

◆ ◆ ◆

다음 날 나는 커들다운에 가서 주방 싱크대 아래를 들여다본다.

스펀지와 레몬향 스프레이 세제가 있다. 종이 타월, 표백제도 보인다.

깨진 유리 조각과 엉킨 리본을 쓸어낸다. 빈 병을 비닐봉지에 담는다. 진공청소기로 감자칩 부스러기를 치운다. 끈적거리는 바닥을 문질러 닦는다. 이불도 세탁한다.

유리창의 때를 닦고, 보드게임을 벽장에 넣고, 침실의 쓰레기를 치운다.

가구는 미렌이 좋아하던 그대로 둔다.

충동적으로 태프트 방에서 스케치북과 볼펜을 꺼내와 그림을 그리기 시작한다. 겨우 막대기 인형 수준이지만, 그래도 거짓말쟁이들이라는 걸 알아볼 수 있다.

코가 인상적인 갯은 다리를 꼬고 앉아서 책을 읽고 있다.

미렌은 비키니를 입고 춤을 춘다.

조니는 스노클링 마스크를 쓰고 한 손에 게를 들고 있다.

그림이 완성되자 냉장고에 붙인다. 아빠, 할머니, 그리고 우리 집 골든 리트리버들을 그린 오래된 크레용 그림 옆에 나란히.

87

옛날 옛날에 아름다운 세 딸을 둔 왕이 있었습니다. 이 딸들은 자라서 어른이 되었고, 아이들을, 아름다운 아이들을, 아주 많이 낳았습니다. 그런데 어느 날 나쁜 일이 일어났습니다.

어리석고,

폭력적이고,

끔찍하고,

피할 수도 있었던,

절대로 일어나지 말았어야 할 일,

그럼에도 결국에는 용서받을 수 있는 일이었지요.

아이들은 불 속에서 죽고 말았습니다—한 명만 빼고요.

딱 한 명이 살아남았고, 그 아이는—

아니, 이게 아니다.

아이들은 불 속에서 죽고 말았습니다. 세 명의 여자아이와 두 명의 남자아이를 빼고요.

세 명의 여자아이와 두 명의 남자아이가 남았습니다.

케이든스, 리버티, 보니, 태프트, 그리고 윌.

그리고 세 공주들, 아이들의 엄마들은 분노와 절망으로 무너졌습니다. 그들은 술을 마시고, 쇼핑을 하고, 식사를 거르고,

박박 문질러 닦고, 강박에 사로잡혔습니다. 그들은 슬픔 속에서 서로에게 매달리고, 서로를 용서하고, 눈물을 흘렸습니다. 아빠들도 비록 멀리 떨어져 있긴 했지만 분노했습니다. 왕은 미묘한 광기에 빠져들어, 아주 가끔씩만 옛 모습을 드러냈습니다.

아이들은 제정신이 아니었고 슬펐습니다. 살아 있다는 죄책감에 시달리고, 두통, 악몽, 이상한 충동, 그리고 유령에 대한 공포에도 시달렸습니다. 다른 아이들은 죽었는데 자신들만 살아남아서 벌을 받는다고 생각했지요.

공주들, 아빠들, 왕, 그리고 아이들 모두 달걀껍질처럼 바스러졌습니다. 가루가 되었지만, 여전히 아름다웠습니다―그들은 언제나 아름다웠으니까요.

마치

마치

이 비극이 가문의 종말을 알리는 것처럼 보였습니다.

어쩌면 그랬을지도 모릅니다.

하지만 어쩌면 그렇지 않았을지도 모릅니다.

그들은 아름다운 가족이었습니다. 여전히요.

그리고 그들 스스로도 이것을 알고 있었습니다. 사실, 시간이 지나면서 그 비극의 흔적은 매혹의 상징이 되었습니다. 신비함의 상징이었고, 멀리서 그 가족을 바라보는 사람들에게는 매력의 원천이 되었습니다.

"첫째 아이들이 불에 타 죽었대." 사람들이 말합니다. 벌링턴의 마을 사람들과 케임브리지의 이웃들, 로어 맨해튼의 사립학교 학부모들, 그리고 보스턴의 노인들이요. "섬에 불이 났었대." 그들이 말합니다. "몇 년 전 여름인데, 기억나?"

사람들의 눈에 아름다운 세 딸은 더욱더 아름다워 보였습니다.

그리고 그 사실을 딸들도 알고 있었습니다. 심지어는 노쇠해진 그들의 아버지조차도 알고 있었습니다.

하지만 남아 있는 아이들,

케이든스, 리버티, 보니, 태프트 그리고 윌은

비극이 매혹적이지 않다는 걸 알고 있었습니다.

아이들은 비극이 책 속이나 무대 위와는 다른 모습으로 펼쳐진다는 걸 알았습니다. 비극은 벌로 내려지는 것도, 교훈으로 주어지는 것도 아니었지요. 그 끔찍함은 어느 한 사람의 잘못으로 돌릴 수 있는 것이 아니었습니다.

비극은 추하고, 뒤엉켰으며, 어리석고, 혼란스럽습니다.

아이들은 이 사실을 알고 있었습니다.

또한 아이들은

자기 집안에 관한 이야기들이

사실인 동시에 사실이 아니라는 것을 알았습니다.

변형된 이야기들이 끝없이 나오고,

사람들은 계속해서 그 이야기를 할 것이라는 것도요.

내 이름은 케이든스 싱클레어 이스트먼.

버몬트주 벌링턴에서 엄마, 그리고 개 세 마리와 함께 살고 있다.

나는 곧 열여덟 살이 된다.

나는 자주 사용하는 도서관 카드 한 장, 말린 해당화가 가득 담긴 봉투 하나, 동화책 한 권, 예쁜 보라색 돌 한 움큼을 갖고 있다. 이것 말고는 별로 가진 게 없다.

나는

무모한 망상에서 비롯된 범죄의

가해자이고

그 일은

비극이 되었다.

맞다. 내가 누군가와 사랑에 빠졌고, 그가 이 세상에서 내가 가장 사랑했던 다른 두 사람과 함께 죽었다는 것은 사실이다. 나에 대해 알아야 할 가장 중요한 사실은 이것이고,

아주 오랫동안 나에 대해 알아야 할 것은 이것뿐이었다.

비록 나조차도 그걸 몰랐지만.

하지만 알아야 할 것들이 더 있을 것이다.

더 많은 게 생길 것이다.

내 이름은 케이든스 싱클레어 이스트먼.

나는 편두통을 참아낸다. 나는 바보 같은 짓은 참아내지 않

는다.

나는 의미를 비트는 것을 좋아한다.

나는 견뎌낸다.

우리는 거짓말쟁이

지은이 | E. 록하트

옮긴이 | 하윤숙

초판 1쇄 발행 | 2024년 10월 5일

펴낸이 | 안의진

만든이 | 김민령 안의진 유수진

펴낸곳 | 바람북스

등록 | 2003년 7월 11일 (제312-2003-38호)

주소 | 03035 종로구 필운대로 116, 신우빌딩 5층(신교동)

전화 | (02) 3142-0495   팩스 | (02) 3142-0494

이메일 | barambooks@daum.net

블로그 | blog.naver.com/barambooks_kr

인스타그램 | @barambooks.kr

트위터 | @baramkids

제조국 | 한국